잡동사니

がらくた

GARAKUTA

Copyright © 2007 by Kaori EKUNI

First published in Japan in 2007 by SHINCHOSHA Publishing Co., Ltd.

Korean translation rights arranged with Kaori EKUNI

through Japan Foreign-Rights Centre/ Shinwon Agency Co.

이 책의 한국어판 저작권은 Japan Foreign-Rights Centre와 신원에이전시를 통한
에쿠니 가오리와의 독점 계약으로 (주)태일소담에 있습니다.
저작권법에 의해 한국 내에서 보호를 받는 저작물이므로 무단 전재와 무단 복제를 금합니다.

잡동사니

펴 낸 날 | 2013년 3월 13일 초판 1쇄
　　　　　2013년 4월 30일 초판 5쇄

지 은 이 | 에쿠니 가오리
옮 긴 이 | 신유희
펴 낸 이 | 이태권
책임편집 | 김은경
책임미술 | 정혜미
펴 낸 곳 | (주)태일소담
　　　　　서울시 성북구 성북동 178-2 (우)136-020
　　　　　전화 | 745-8566~7 팩스 | 747-3238
　　　　　e-mail | sodam@dreamsodam.co.kr
　　　　　등록번호 | 제2-42호(1979년 11월 14일)
　　　　　홈페이지 | www.dreamsodam.co.kr

ISBN 978-89-7381-557-9 03830

• 책값은 뒤표지에 있습니다.
• 잘못된 책은 구입하신 곳에서 교환해드립니다.

잡동사니

에쿠니 가오리 지음
신유희 옮김

소담출판사

I

 그 소녀는 이국적으로 생긴 데다가 팔다리가 길고 가늘어서 서양인이거나, 혹은 서양인의 피가 섞인 것처럼 보이기도 한다. 하지만 나는 한눈에 그 아이가 일본인임을 알았다. 자그마한 비키니를 걸친 작고 올록볼록한 몸, 하얀 피부, 머리에는 선글라스를 얹어 바비 인형처럼 멋을 내고, 커다란 가방 하나를 떡하니 안고 아침마다 모래사장에 나온다.
 소녀는 브랜드 마크가 빽빽이 들어간 갈색 가방을 바로 옆에 있는 비치 체어 위에 놓아둔다. 가방 입구를 빠끔히 열어둔 채. 물론 비치 체어는 드러눕기에 딱 좋은 각도로 조절되어 있지만,

그 아이는 눕지 않고 무릎을 끌어안은 듯한 자세로 그곳에 앉는다. 저 혼자. 그리고 옆에 놓아둔 가방에서 차례차례, 정말 온갖 것들을 꺼낸다. 책, 잡지, 선탠 오일, 화장품 파우치, 엠디플레이어, 타월 재질의 봉제 인형, 사탕. 하나하나 꺼낼 때마다 몸을 일으켜 가방 안을 휘젓는 그 몸짓이 자못 급한 일이라도 있는 듯 보여 귀엽다.

이런 해외 휴양지에 익숙한, 겁 없는 아이라는 것을 먼발치에서도 알 수 있다. 사람이 온 것을 인지하자마자 나타나서 파라솔을 펼치거나 타월을 건네주는 비치 보이와 두세 마디 주고받는 그 모습도 경지에 이른 듯 보인다.

파도치는 물가에 한 줄, 거기서 조금 떨어진 뒤편에 또 한 줄, 두 개씩 띄엄띄엄 늘어선 목제 비치 체어들 중에서, 그 소녀는 꼭 물가에 있는 것을 선택한다. 그래서 뒷줄을 선택하는 내게 멋진 관찰 대상이 된다. 나이는 아마 열다섯에서 열일곱 사이이지 싶다. 소녀는 늘 생머리를 등 뒤로 곧게 늘어뜨렸고, 비키니를 적어도 세 종류는 갖고 있다.

나와 엄마가 9박 10일 예정으로 이곳에 머문 지 사흘째가 된다. 오전 7시 35분. 이런 시각에 모래사장에 나와 있는 사람은 우리와 그 소녀뿐이다. 다른 투숙객들은 10시가 지나야 겨우 보이기 시작한다. 거의가 미국이나 유럽에서 온 부유하고 연령이

높은 사람들이다. 호텔 전용 개인 비치는 색깔 하나하나까지 꼼꼼하게 계산되어 있다. 경치에 방해가 되지 않도록 모든 비품도 파라솔 천과 같은 흰색 혹은 나무와 비슷한 짙은 갈색으로 통일되어 있다.

오늘 아침은 파도가 높다. 멀리서부터 소리도 없이―그러나 우르릉 하는 소리 비슷한 진동을 전하면서―밀어닥치는 파도는 보고 있는 것만으로도 내 가슴을 가득 채운다. 조용히, 그러나 우르릉 우르릉 힘차게 반복한다. 그에 비하면, 부서져 흩어지는 파도 소리며 물보라, 모래를 끌어안고 바다로 돌아가려는 물소리 따위는 한숨 소리만큼의 인상도 주지 않는다. 거기에 의식을 집중하지 않는 한 그 존재조차 잊어버릴 정도다.

문득 인기척이 나서 돌아보자, 하얀 쇼트팬츠만 걸친 구릿빛 피부의 비치 보이가 서 있다.

"커피 좀 가져다 드릴까요?"

그가 부드러운 영어로 묻자, 나보다 한 발 앞서 엄마가 일본어로 대답했다.

"네, 잘 마실게요."

그리고 읽고 있던 책에서 얼굴을 들고 상냥하게 덧붙인다.

"설탕은 넣지 말고 우유는 듬뿍이요."

챙 넓은 밀짚모자를 쓰고 있는 엄마는 상대와 시선을 맞추려

고개를 바짝 치켜들고 있다. 주름이 새겨진 피부와 립스틱을 짙게 바른 입술. 올해 일흔네 살이 되는 엄마는 무릎이 좋지 않아 의료용 지팡이 없이는 아무 데도 못 가지만, 강한 의지와 무서울 정도의 명석함은 녹슬지 않았다.

비치 보이가 곤혹스런 미소를 띠며 나를 보았기에, 나는 엄마의 바람을 다시 전하며 내가 마실 블랙커피도 부탁했다.

하늘은 한없이 하얬지만, 동쪽만은 그 흰빛에 장밋빛이 덧씌워져 주위에 성스럽기 그지없는 금빛을 흘리고 있다. 기온도 이미 조금씩 오르고 있었다.

도쿄에 있었다면 나는 아직 자고 있을 시각이다. 집에서, 혹은 작업실로 쓰고 있는 엄마의 맨션에서.

"조용하네."

나는 눈을 감고 말했다. 도쿄에서의 평범한 일상이 거의 생각나지 않을 정도로 아득하게 느껴진다. 지금도 그곳에 있을 사람들 — 친구들, 지인들 — 조차 모두 가공의 존재로 여겨진다. 물론 남편은 제외하고.

남편만은 시간과 거리를 뛰어넘어 언제라도 가까이 있는 것처럼 느낄 수 있다. 볼과 볼이 닿을 정도로 가까이.

"따분하면 오후에 거리에라도 나가보는 게 좋지 않겠니?"

엄마가 말했다.

"나는 머리라도 하고 있을 테니까."

나는 따분하지 않다고 대답했다. 거리에 나가보았자 덥고 시끄럽기만 할 뿐이다. 엄마를 위한 스파 예약을 잊어버리지 않도록 머릿속 메모지에 적어두고, 커피를 홀짝였다. 태양은 이제 꽤 높은 위치에서 빛나고 있다. 장밋빛은 사라지고, 대신 하늘에 푸른빛이 생겨난다.

소녀는 커피가 아닌 물을 부탁한 모양이다. 뚜껑을 딴 물병과 차갑게 얼린 유리잔이 나왔다. 나는 옆에 있는 쌍안경으로 그 아이를 샅샅이 훑는다. 비치 보이를 향한 그 아이의 웃는 얼굴이며 가볍게 틀어진 상체, 어깨뼈에 맺힌 땀, 유리잔에 물을 따르는 손놀림, 새끼손가락에 낀 화사한 금반지, 머리를 뒤로 젖히고 물을 마시는, 아직 어린 티가 남아 있는 동작과 목의 피부 따위를……

"또 그 아이를 보고 있니?"

반은 질렸다는 투로, 그리고 반은 재미있어하는 투로 엄마가 말하고 뒤이어 책장 넘기는 소리가 들렸다.

"재미있는걸. 나도 모르게 보게 돼."

나는 쌍안경을 눈에 댄 채 대답했다.

"덥다. 좀 전의 그 남자아이 불러서 파라솔 방향 좀 손봐달라고 하렴."

엄마가 말했다.

우리 엄마는 평생 바깥일이라고는 한 번도 해본 적이 없는 여성이다. 하긴, 이것도 당사자의 말에 따르면 정확한 표현은 아니다.
"나는 집안일조차 해본 적이 없어."
어떤 의미에서 이건 사실이다. 엄마에게 요리는 '먹는 것'이고, 세탁이나 청소는 '시키는 것'이며, 아이들 학교행사니 친지 간의 관혼상제니 하는 것들은 '불참하는 것'이다.
그럼 74년 동안 대체 무엇을 했냐. 엄마의 표현을 다시 한 번 빌자면 책만 읽었다고 한다.
믿지 못할 사람이 대부분이겠지만 사실이다. 그래도 전쟁 통에 살아남았고, 책 읽는 짬짬이 결혼도 하고 아이도 낳아 길렀으니 그걸로 충분하다는 것이다.
"내 인생은 퍼펙트해."
엄마는 말한다. 그러나, 어디까지나 내 생각이지만, 완벽하지 않은 인생이란 게 있을까. 모든 인생은 일종의 완벽이며, 나는 그것을 정사情事로부터 배웠다.
엄마 인생에서의 책은, 내 인생에서의 정사와 같은 것인지도 모른다는 생각이 가끔 든다. 아버지의 장례식에서조차 엄마는 책을 끌어안고 있었다. 자리가 자리인 만큼 펼쳐놓고 읽지는 않앉지만, 마치 신앙심 깊은 사람이 성서를 지니고 다니는 것처럼 잠시도 책을 손에서 떼어놓지 않았다.

생전의 아버지는, 나로서는 짐작할 길 없는 이유로 엄마에게 진심으로 의지했다. 집안 대소사는 물론이고 업무상의 문제에 관해서도 변호사나 회계사보다 엄마의 의견에 귀를 기울였다.

오후 3시. 엄마는 스파에서 헤어 관리를 받고 있다.

"돈은 있지만 혼자서는 여행할 수 없는 기리코 씨와, 어디든 다닐 수 있지만 돈이 없는 당신이 같이 여행한다는 거, 이치에 딱 맞네."

나와 엄마 둘이서 종종 떠나는 여행에 대해 남편은 그렇게 말하며 웃는다.

"아주 멀리 다녀와도 돼. 몸조심하고."

내가 결코 '멀리' 가지 못한다는 것을 알고 하는 소리다.

테라스에는 뜨거운 햇볕이 내리쬐지만, 빌라 안은 어둡다. 칸막이 문이 전부 나무이다 보니 시골집에서 덧문을 꼭 닫았을 때 나는 것과 비슷한 냄새가 난다. 나는 옷도 신발도 벗지 않은 채 침대에 엎드려 온몸으로 정적을 맛본다. 많은 새소리, 게다가 느닷없이 쏟아져 내리는 어마어마한 매미 소리.

어느 틈엔가 잠이 들어 눈을 떠보니 5시가 다 돼가고 있었다. 나는 황급히 일어나 전화기를 집어 들고 테라스로 나갔다. 여기

나와 있으면 엄마가 돌아오는 것이 보이기 때문이다. 테라스 일부는 정자처럼 꾸며져 있고, 호리고타쓰堀り炬燵, 마루청을 뚫어 다리를 내려놓고 앉을 수 있게 만든 좌석가 연상되는 테이블과 작은 침대만 한 좌식 의자가 네 개 놓여 있다. 싱그러움이 뚝뚝 떨어지는 주변 나무들을 석양빛이 채색하고 있다.

신호음이 세 번 울렸을 때 남편이 전화를 받았다.

"어이."

꿀처럼 달콤한 목소리가 순식간에 내 귀에, 피부에, 뼈에 스며든다.

"전화 받기 전부터 슈코인 줄 알았어."

나는 제대로 말을 할 수가 없다. 웃는 얼굴로 전화기를 귀에 댄 채 테라스를 이리저리 걸어 다닌다. 마치 원숭이처럼.

"그런데 늦었네. 오늘 아침에 전화해주려나 싶었는데. 왠지 모르게 말이야."

오늘 아침, 해변에서 돌아와 엄마가 샤워 중일 때 전화기 앞에서 망설였던 것이 생각났지만, 입 밖에 내지 않았다. 말하지 않아도 알 사람이기에.

"별일 없어?"

나는 간신히 소리 내어 물었다.

"응. 지금 여기는 오후 7시고, 나는 일하고 있어. 그래서 옆에는 시오자와가 있고, 당신이 좋아하는 후지타는······어라? 없네. 어디 갔지?"

나는 남편이 일하는 방송국의 어수선한 사무실을 떠올린다.

"그쪽은 어때?"

"아주 멋져. 조용하고 정말 아름다운 곳이야."

"기리코 씨는?"

"잘 있어. 지금 스파에 가고 없는데, 5시까지니까 곧 돌아올 거야."

걸음을 멈추고 바닥에 다리를 뻗고 앉았다. 샌들을 신은 맨발의 발끝을 바라본다. 햇볕의 온기를 머금은 나무 바닥의 감촉.

"또 전화할게."

가슴이 쓰려 더 이상 목소리를 듣고 있을 수 없어 그렇게 말했다. 언제나 그렇다. 나는 이 사람과 전화로 오래 이야기할 수가 없다. 남편은 희미하게 웃는 눈치였다.

"그럼 기리코 씨에게 안부 전해줘. 여기는 엄청 추워. 오늘 밤은 눈발이 날릴 것 같아."

전화를 끊고 나서도 나는 한동안 그 자리에 앉아 있었다. 지금이 1월이라는 것이 생각났다. 그러고 보니 나리타 공항을 출발할 때 엄마는 모피 코트를 입고 있었다.

몸을 젖혀 하늘을 본다. 약한 바람이 불어 치마가 펄럭인다.

하늘이 참 파랗다. 나는 호텔 비품인 까만 전화기를 가슴에 안았다. 남편 팔이라도 되는 양 소중하게.

저녁은 두 군데 있는 레스토랑 중에 태국 요리가 나오는 곳으로 가서 먹기로 했다. 태국 요리라고는 해도 외국인 관광객 입맛에 맞춰져 있어 첫날 시험 삼아 먹어본 우리는 크게 실망했지만, 그래도 둘째 날 시도한 이탈리아 요리보다는 나았다. 와인은 어느 가게에서든 리스트가 같았고, 그중에서 고를 수 있었다.

"이 호텔은 확실히 서비스는 좋은데."

엄마에게는 끝이 안 보인다고 해도 좋을, 빌라에서 레스토랑까지 이어지는 길을 걸으며 누가 듣건 말건 엄마는 대놓고 말했다.

"음식은 영 엉망이다."

곳곳에 풋라이트가 설치되어 있을 만큼 어둡고 좁은 길과 컴컴한 계단. 바로 가까이에서 파도 소리가 들리지만 이곳에선 바다는 보이지 않는다.

"점심때 바에서 마신 진토닉도."

콧잔등을 찌푸리고 있겠구나 싶은 목소리로 엄마는 계속 말한다.

"마치 물처럼 싱거웠어."

스파에서 돌아와 두 시간 정도 자고 일어난 엄마는 기운이 넘친다. 딱, 딱, 딱, 딱. 지팡이가 내는 규칙적인 소리가 밤공기 속에 울려 퍼진다.

"샴페인 마시면 되잖아. 그게 실패할 확률이 가장 적어."

벌레 소리, 개구리 울음소리, 파도 소리, 그리고 딱, 딱, 딱, 딱, 지팡이 소리. 레스토랑이 가까워짐에 따라 거기에 사람들 목소리가 섞인다.

엄마가 갑자기 멈춰 서더니 물에서 나온 강아지처럼 머리를 흔들었다. 싫다고 도리질 치는 어린아이처럼 격하게.

"왜 그래?"

깜짝 놀라 물은 나는 엄마의 대답에 그만 웃고 말았다.

"머리 냄새가 심해. 헤어팩인지 헤어크림인지는 몰라도, 아까 덕지덕지 발라서 그래. 고약해."

한심하고 난감하다는 듯한 얼굴로 엄마는 말했다. 사실 그것은 고전적인 콜드크림 냄새여서 그리 '고약한' 것도 아니었지만, 나는 웃으면서 동의했다.

"그러게."

솔직히 엄마하고는 너무 안 어울리는 냄새였기 때문이다.

"추억 속에서나 있을 법한 다정한 엄마한테서나 나는 향기네."

그렇게 말하자 엄마는 더욱더 한심하다는 듯한 표정을 지었다.

레스토랑에서는 풀장을 마주한 테이블에 안내받았다. 발치에 모기향이 놓인다. 비어 있는 테이블 하나를 사이에 두고 그 소녀가 옆에 앉아 있었다. 아버지로 보이는 남자와 둘이. 엊저녁에도 그랬고 낮에 로비에서 스쳐 지나갈 때도 그랬듯이 우리는 가볍게 인사를 나눴다. 투숙객 중에 일본인은 우리를 포함해 두 팀뿐인 듯하다. 소녀는 휴양지 스타일의 빨간 저지 드레스를 입고 있었다.

"말 타러 언제 갈 거니?"

주문을 마친 후에 엄마가 물었다. 담배 케이스에서 꺼낸 담배를 불을 붙이지 않은 채 가느다란 손가락 사이에 끼우고 있다. 나는 웨이터를 불러 재떨이를 받았다. 엄마는 동남아시아에는 담배를 피울 수 있는 호텔과 레스토랑이 많아 좋다고 말한다.

"글쎄, 아직 못 정했는데. 내일은 바다에 들어가보고 싶으니까, 모레나 글피쯤?"

여기서 조금 떨어진 해변에 승마를 즐길 수 있는 시설이 있다는 것을, 나는 사전에 조사해두었다. 여기저기 테이블에서 허브를 듬뿍 사용한 요리 냄새가 풍긴다. 바람이 불자 풀장 맞은편에 매달린 풍경이 딸그랑딸그랑 부드러운 소리를 냈다.

샴페인이 나오고, 나와 엄마는 잔을 맞대었다. 차가운 액체가 목을 타고 내려간다.

검정 타일을 바른 탓에 풀장 물은 밤하늘보다 까맣다. 게다가 하얀 목련 꽃이 몇 송이씩 둥둥 떠 있어서 풀장이라기보다 연못처럼 보인다. 모서리가 너무 각지긴 했지만.

"실례합니다."

목소리가 들려 실내로 눈을 돌리자 그 소녀의 아버지가 서 있었다. 볕에 잔뜩 그을린 그는 청바지에 알로하셔츠 차림이었다.

"실례되는 질문이지만, 두 분은 그러니까, 오늘 밤도 와인을 드실 예정이십니까?"

네, 하고 엄마가 대답하기까지 잠깐의 공백이 있었다. 뜻밖의 질문에 천하의 엄마도 순간 당황했던 것일 테지.

"아, 죄송합니다. 어젯밤에도 두 분이 저기 저 가게에서 샴페인과 와인을 다 병으로 주문하시기에."

그렇다면……, 하고 나는 생각했다. 그렇다면, 이 사람은 우리가 마시다 남은 두 병을 방으로 가지고 돌아가는 모습도 지켜보았단 말인가.

"글라스 중에서는 마땅히 고를 만한 게 없으니까요."

이번엔 똑 부러지게 엄마가 말했다. 알로하셔츠를 입은 남자가 싱긋 웃는다.

"알고 있습니다."

해맑고 기분 좋은 미소다.

"오늘 밤은 제가 와인을 대접하게 해주시지 않으시겠습니까?

그러니까, 두 잔씩 정도면 충분하려나, 셋으로 나누면."

제 딸은 아직 술을 못 마시니까요, 하고 설명하면서 남자가 소녀를 본다.

"그야 보면 알죠."

엄마가 말했다.

"하지만 당신, 그렇게 젊은데 와인 한 병을 다 못 마셔요?"

"엄마."

나도 모르게 날카로운 목소리가 나와버렸다. 엄마는 모른 척 시치미를 떼고 있다. 남편이 보면 기리코 씨답다고 말하겠지.

남자는 양쪽 눈썹을 치켰으나 의외로 기죽는 기색 없이 마시라고 하시면 못 마실 것도 없지요, 하고 다시 싱긋 웃었다. 우리는 그의 제안을 받아들이기로 했다.

"화이트 와인으로, 종류는 당신에게 맡기리다."

엄마의 말을 듣고 남자는 자신의 테이블로 돌아갔다. 그런 대화가 오가는 내내 남자의 딸은 우리를 등지고 앉은 채 무관심한 태도로 일관했다.

그 부녀가 방으로 돌아간 후에야 우리는 식사를 마쳤다.

"맛있는 와인이었지?"

엄마가 냅킨으로 입을 닦고 눈가에 미소를 띠며 말했다. 그 남자가 선택한 것은 오스트레일리아산 샤르도네였다. 처음에 엄마는 병만 보고 미간을 찌푸렸는데…….

풍부하면서도 느긋한 맛이 나는 와인으로 해변 공기와 잘 어울렸다.

목욕을 마친 후, 나는 목욕 가운을 입고 세면대 앞에 섰다. 거울을 들여다보며 바로 뒤에 남편이 서 있는 모습을 상상한다. 아니, 상상이 아니다. 바로 뒤에 남편이 서 있는 것을 또렷이 느낀다. 남편은 내 허리에 팔을 두르고 가운 끈을 푼다. 천천히.

우습다. 내가 여행하는 건 남편에게서 벗어나기 위해서인데. 아니, 어쩌면, 벗어나지 않았다는 것을 확인하기 위해서일까. 오전 0시 15분. 남편의 오른손이 가운 속으로 미끄러져 들어온다. 건조하고 따뜻한 손바닥이 나의 왼쪽 옆구리를 타고 올라와 왼쪽 가슴을 감싼다. 천천히.

밤늦은 시각에만 우는 듯싶은 생물의 소리가 벌레 소리에 섞여 테라스에서 들려온다. 새인지 개구리인지 알 수 없지만, 꽉 꽉 하고 운다. 간격을 두고 짧게. 놀랍도록 크고 힘찬 소리로. 이 빌라 주변은 낮보다 밤이 더 활기차다.

침대에서는 엄마가 희미하게 코를 골며 자고 있다. 욕조와 세면대 모두 방구석에 오도카니 놓여 있는 구조이다 보니, 거울 구석에 엄마가 자고 있는 침대가 도도록하니 하얗게 비친다.

남편과의 정사는 내 인생에서 가장 뜻밖의 사건이었다. 뭐랄까, 고층 빌딩 옥상에서 뛰어내리는 것 같은 일이었다. 뛰어내리면 죽는다는 생각뿐이었는데 갑자기 내 등에서 날개가 돋는 듯한.

애당초 나는 내 자신이 오직 한 남자만을 사랑하게 될 줄은 생각도 못 했고, 자신은 오직 한 남자만을 사랑한다고 주장하는 세상 여자들은 모두 거짓말쟁이거나 바보이거나 둘 중 하나려니 여겼다. 결혼이란, 연애라는 달콤한 설탕으로 장식된 자기 보호로밖에 안 보였다. 자기 보호를 꾀하는 것이 나쁜 게 아니라 해도.

만약 일곱 살의 나, 혹은 열네 살의 나, 아니 스물여섯 살도 좋고 서른두 살도 좋고, 여하튼 남편을 만나기 전의 내게 묻는다면, 내가 결혼한다는 것은 언젠가 내가 피겨스케이팅 선수가 되어 얼음판 위를 빙글빙글 도는 것과 같을 만큼 상상이 가지 않는다고 대답했으리라.

나는 몇 번의 연애를 경험했고, 지금도 그 남자들을 사랑한다. 가령 그들과 우연히 재회해 그 마음을 전할 기회가 찾아온다면, 나는 말이든 몸이든 아끼지 않고 내 마음을 전할 것이다.

나는 서른일곱 살이 되던 여름에 남편과 결혼했다. 지금으로부터 8년 전이다. 우리의 결혼은 그것이 뭐가 됐든 자기 보호는 아니었다. 그리고 나는 남편에게 소유됨으로써 비로소 해방되었다.

남편과는 일을 통해 알게 되었다. 나는 번역가지만 전공이 미술사였기 때문에 미술 관련 행사의 통역이나 큐레이터 업무 같은 번역 이외의 일도 많았다. 남편이 맡아 하던 어느 텔레비전 프로그램의 통역 및 코디네이터로 동원된 것이 만남의 시작이었고, 1년 후에는 함께 살기 시작해, 그 반년 후에는 혼인신고를 마쳤다.

그 소녀의 이름이 '미미'임을 알게 된 것은 해변에 마련된 간이 바에서 잠깐 이야기를 나눴을 때였다. 오후 시간이었고, 당시 엄마는 방에서 낮잠을 자고 있었다. 바다는 오히려 따분하게 느껴질 정도로 맑고 평온했다. 30분쯤 수영한 후 바에 가자 그곳에 그 부녀가 있었다.

"안녕하세요."

나는 생긋 웃으며 인사했다. 머리는 흠뻑 젖고, 발은 모래투성이에, 수영복 위에 가운만 걸친 차림이었다.

"어젯밤에는 덕분에 잘 먹었습니다. 와인, 정말 맛있었어요."

소녀의 아버지도 생긋 웃었다. 나는 카운터 쪽에 앉았는데 그곳은 실내에 딱 하나 있는 테이블석에 앉은 그 부녀와 서로 등지게 되는 위치였다. 날씨, 기후, 체류 일수, 일본에서는 어디에 살고 있는지 등, 우리는 이런 자리에서 오갈 법한 이야기들을 나누었다. 또는 다른 투숙객들에 대한 가벼운 농담—박력 있는 육체, 금색 반지에 팔찌에 목걸이, 손목시계, 그리고 중년 이상의 커플들에 국한된 이야기지만, 무뚝뚝한 얼굴을 해가지고 희한하게 사이가 좋다는 것을 과시한다—을. 중간중간 조그맣게 웃거나 맞장구쳐가며 우리는 띄엄띄엄 이야기했다.

소녀는 수영복을 입고 허리에 비치웨어를 두른 모습이었는데, 머리카락도 몸도 물기 하나 없이 말라 있었고, 손톱에서 갓 바른 듯한 매니큐어 냄새가 났다. 반대로 소녀의 아버지는 티셔츠에 청바지 차림이었지만 막 샤워를 마친 사람처럼 머리카락이 젖어 있었다.

소녀가 매일 아침 저 혼자 해변에 나오는 것은 아버지가 다른 곳으로 서핑을 하러 가기 때문이라는 것도 이때 알았다.

"따라오라고 하는데도, 이곳이 마음에 드는 모양인지."

소녀의 아버지는 그렇게 말하고 웃었다. 아름답다기보다 기분 좋은 미소다. 상냥해 보이는 데다 체형도 다부지고, 분명 자랑스러운 아버지겠거니 상상했다.

"미미? 상당히 독특한 이름이네. 어떤 글자를 쓴다니?"

방에 돌아오자 엄마는 이미 일어나서 책을 읽고 있었다. 바에서 있었던 일을 전하자 그렇게 말하며 코를 찡그렸다.

"몰라. 그 애한테 직접 들은 게 아니라서. 그 애 아버지가 그렇게 부르는 소리를 들었을 뿐이니까."

수영하는 건 좋은데……. 나는 팔다리를 대자로 펴고 침대에 몸을 던진다. 수영하는 건 좋은데, 30분 넘게 헤엄치면 아주 녹초가 되고 만다.

"애 아버지 이름은 뭔데?"

"몰라."

무거운 팔을 들어 얼굴 위에 얹었다. 방 안은 에어컨이 돌고 있어 시원하고 적당히 어둑어둑하지만, 그래도 이렇게 하면 안심이 된다. 옛날부터.

"헌데 진토닉을 마시더라. 엄마가 물처럼 싱겁다고 한 그 진토닉을 아주 맛있게 마시던걸."

문득 생각이 나서 말하자 엄마는 흐음, 하고 콧소리를 냈다.

"갓 세탁한 듯한 티셔츠를 입고 있었는데, 다가가니 세제 냄새가 났어. 낡고 빛바랜 티셔츠였지만 청결해 보였어."

"너는 노상 냄새만 맡고 다니는구나."

엄마의 야멸친 한마디에 나는 말문이 막혔다.

"넌 어릴 때부터 그랬어. 노상 냄새만 맡았지."

"냄새는 실제로 그곳에 있으니까."

목소리가 기어 들어갔다. 마치 변명을 하는 것처럼. 어찌됐든, 하고 엄마는 말을 이었다.

"어찌됐든, 다음에 또 레스토랑에서 그 사람들을 만난다면, 그때는 우리 쪽에서 와인을 대접해야겠지?"

하지만 그 기회는 한동안 찾아오지 않았다. 그도 그럴 것이, 그날 밤에는 엄마가 피곤하다며 룸서비스로 저녁을 해결하자고 했고, 다음 날 밤에는 어느 레스토랑에도 그 부녀의 모습이 보이지 않았기 때문이다.

이곳에 오기 전날 밤, 남편은 여느 때와 다름없이 한밤중에 퇴근해 들어왔다. 짐을 다 채워 넣은 내 여행 가방이 침실 바닥에 놓여 있었다.

"진짜 가는 거야?"

그 가방을 내려다보며 남편이 말했다.

"그래. 진짜 가는 거야."

나는 애써 가벼운 투로 말했다. 실은 당장이라도 여행을 무르고 싶었다. 열흘이나 떨어져 지내야 하다니, 생각만으로도 불안하고, 무모한 일처럼 느껴졌다.

"질리지도 않나 보네."

남편의 쓴웃음 섞인 말에 나는 바로 대답했다.

"질리지 않아."

가끔 드는 생각인데, 나는 남편에게 무언가를 말할 때 내 의지와 상관없이 하게 되는 경우가 많다. 나는 이 남자의 이상형의 여자이고 싶고 이 남자가 바라는 말만 하고 싶기 때문이다.

"하지만, 당신도 함께 가주면 좋을 텐데."

나는 그렇게 말하고, 침대에 앉아 있던 남편과 마주 보는 자세로 그의 무릎 위에 앉았다. 오른손을 남편의 왼손과, 왼손을 남편의 오른손과 맞잡는다. 손가락 하나하나를 마주 얽듯이.

남편에게선 바깥 냄새가 났다. 바깥 공기와 택시, 담배와 술, 그리고 양고기라 추정되는 냄새.

"늦게 와도 괜찮아. 이틀이나 사흘 밤, 아니면 주말만이라도 같이 있게."

나는 남편의 눈을 바라보았다. 알코올 탓에 다소 젖어 있지만 결코 술에 취한 눈은 아니다. 그 눈이 재미있어하는 듯한 빛을 머금고 나를 다시 바라본다.

"혼자 가는 건 싫어."

작은 저항. 그 또한 남편이 바라는 것 중 하나다.

"혼자가 아니라 기리코 씨랑 같이 가잖아?"

남편은 한 손으로 내 머리를 끌어안으며 밝게 말했다.

"무슨 일이 있어도 와주지 않을 거야?"

"질투하는 거야?"

내 물음에 남편이 되물었다.

"그래."

나는 바로 답했다. 남편에게는 여자 친구들이 많이 있다. 내가 없는 동안 그녀들이 남편과 보낼 달콤한 시간을 상상하자 미칠 듯이 슬퍼졌다.

물론 이것은 터무니없는 상상이었다. 내가 여행을 가든 안 가든 남편은 그 여자들과 만나고 싶을 때 만날 수 있고, 하고 싶은 것을 할 수 있다. 하늘에서 내려준 매력을—본인이 의식하든 의식하지 않든—발산하지 않을 수 없는 것이다. 어쩔 수 없는 일이지 않은가. 여자들은 많고, 그녀들이 이 세상에 존재한다는 것은 이 세상에 바퀴벌레가 있고, 세금이 있고, 아이가 있고, 기적이 일어나는 것과 같은 것이다. 피할 수 없다.

"바보 같으니."

남편의 웃음에 나는 마음을 다잡는다.

"그러게."

내가 대답하자 남편이 내 등을 부드럽게 토닥여주었다. 나는 바로 안심한다.

"후지타 씨는 잘 지내?"

밝은 목소리로 물었다.

"오늘 밤 함께 있었지?"

"함께 있었지. 한 팀이니까."

사람이 사람을 소유할 수는 있어도 독차지할 수는 없다. 그것은 내가 정사를 통해 배운 것 중 하나다. 그럼에도 어떻게 해서든 독차지하고 싶다면, 원치 않는 것들까지 포함한 그 사람의 모든 것을 소유하는 수밖에 없다. 예를 들면 남편의 여자 친구들이라든지…….

"다 같이 칭기즈칸ジンギスカン, 둥근 철판 위에 양고기와 채소를 넣고 볶아 먹는 홋카이도 요리을 먹었어. 그러고 나서 그녀 집으로 갔고, 그곳에서 그림에 대해 이야기를 나눴지. 당신이 이전에 보여준 화집이 마음에 들었던 모양이야. 언젠가 기회가 되면 석판화를 갖고 싶다더라."

"그래?"

나는 웃으며 남편 뺨에 내 뺨을 댔다. 후지타 씨의 피부 감촉을 간접적으로 느껴보려는 듯이.

얼마쯤 그러고 있었을까. 1분? 아니, 그 이상일지도 모른다. 나는 여기 있어, 하고 마음속으로 몇 번이고 되풀이했다. 주문을 외듯. 이윽고 남편이 그런 내 마음을 알아차렸다는 것을 알 수 있었다. 내 피부를 그저 내 피부로만 인식하고 느끼고 받아들였다는 것을.

그러고 나서 우리는 섹스를 했다. 상대를 새롭게 확인하려는 듯이 처음에는 조심스럽게, 어느 시점부터는 갑자기 격렬하게.

이튿날 아침은 겨울답게 찬 공기가 단단히 엉겨 붙은 흐린 날이었다.

"다녀와. 직선거리로 고작 5천여백 킬로미터야."

남편은 웃는 얼굴로 나를 배웅했다. 5천여백 킬로미터. 아주 먼 거리다. 여행을 가겠다고 결정한 사람은 나인데 오히려 남편에게 버림받은 듯한 기분이 들었다. 적어도, 또다시 시험받는 듯한 기분이었다.

오렌지색 튜브를 끼고 챙 넓은 모자를 쓴 채 엄마가 풀장에 떠 있다. 때마침 부는 바람에 밀려 천천히 이동해간다. 바람이 멎으면 엄마도 멈춘다. 볕이 한창 내리쬐는 시각. 풀장에는 미국인으로 보이는 커플—중년 남자와 젊은 여자—한 쌍이 조금 전까지 요란하게 물보라를 일으키며 헤엄도 치고 떠들썩하게 장난도 쳐가며 놀았는데, 엄마가 들어가자 딱할 정도로 조심조심 끄트머리로 이동한다. 여자가 남자에게 붙들려 한 쌍의 물개 커플 같은 모습으로 조용히 헤엄치더니, 결국 둘은 사뿐히 물 밖으로 올라와 어딘가로 가버렸다. 행복한 듯 키들대는 웃음소리와 얼마 못 가 말라버리는 발자국을 남기고.

엄마는 여전히 두둥실 떠 있을 뿐이다. 풀장 한가운데에 혼자.

"괜찮아?"

말을 걸자 엄마는 생긋 웃으며 손을 흔들어 보였다. 즐거워하고 있는 것이다. 나는 가슴을 쓸어내린다. 바람이 불자 엄마는 한들한들 이동해간다. 주름지고 힘줄 불거진 두 팔꿈치를 튜브에 척 얹은 채.

나는 풀장 사이드에서 집에서부터 가져온 일을 시작했다. 모네를 중심으로 한 인상파 화가들에 관한 기록으로, 새로운 맛은 부족하지만 꽤 흥미로운 서적이다. 인상파 화가들이 일본에서 왜 이토록 많은 사랑을 받는지는 알 수 없지만 그와 관련된 글을 번역하는 일은 마음에 든다.

조용한 오후다. 바로 옆에 놓인 엄마의 의료용 지팡이에 햇살이 반짝반짝 반사되고 있다.

일흘이란 시간은 확실히 길다. 테라스에서 샴페인을 마시며, 나는 쓸려 내려온 나뭇가지 같은 기분으로 멍하니 생각했다. 해 질 녘. 여기 온 지 아직 엿새째다. 간밤에 엄마와 마시다 남은 샴페인은 방으로 가져와 그대로 냉장고에 넣어두었다. 내 생각에 이 호텔에서 가장 훌륭한 것은 냉장고다. 무엇이든 극한까지 차가워진다. 비치된 음료가 전부 유리병에 담긴 것도 그 이유 때문이지 싶다. 도착한 날 페트병에 담긴 물을 넣어두었더니 하룻밤 새 얼어버렸다.

엄마는 샤워 중이다. 저녁 식사를 위한 치장에 앞으로 30분은 더 걸릴 것이다.

바람이 나뭇잎을 흔들고 있다. 금색 입자가 되어 도처에 가득한 빛. 나는 눈을 감고 귀를 기울여 남편을 느껴보려 한다. 귀 뒤로, 목덜미로, 왼쪽 허벅지 주변으로. 숨을 들이마시고 그 숨을 다시 내뱉는다.

괜찮아. 남편 목소리가 들리는 것만 같았다. 곁에 있으니까 괜찮아……. 하지만 그것은 역효과를 낳고 만다. 나는 안타까움에 몸부림친다. 뜻대로 되지 않음에 심장이 안달한다. 눈을 뜨자 나는 외톨이일 뿐, 나무들의 싱그러움도 저녁 하늘도 모두 나의 적이다. 손에 쥔 유리잔과 그 안에 반쯤 담긴 채 흔들리고 있는 샴페인만이 유일한 친구인 듯한 기분이 들었다.

파도 소리에 섞여 빌라와 빌라 사이 어딘가를 누군가가 빗자루로 쓸고 있는 소리가 들린다. 이곳에서는 언제나, 누군가가 어딘가를 청소한다. 주변이 너무 조용하다 보니 해 질 녘에는 그 소리가 두드러진다. 직선으로 5천여백 킬로미터, 시차는 두 시간. 생활의 기척은 원하지 않아도 내가 남편이 있는 장소에서 멀어졌음을 깨닫게 해준다.

"슈코."

방충창 너머로 나를 부르는 엄마의 소리가 들렸다.

"왜?"

어둑어둑한 실내로 돌아오자 엄마가 속옷 차림으로 서 있었다. 벽장문에 개구리가 들러붙어 있어 무서워서 문을 열지 못하겠단다. 가만 보니 아닌 게 아니라 중간 크기 정도 되는 개구리가 찌부러진 과일 같은 모양으로 붙어 있다.

"괜찮아."

나는 개구리를 쳐다보며 말했다.

"개구리는 물지 않으니까."

엄마는 대답이 없다. 여전히 개구리한테서 눈을 떼지 못한다. 나는 이런 종류의 동물이 싫지는 않지만 갑자기 뛰어오르는 것은 싫다.

"이것 좀."

나는 샴페인잔을 엄마에게 넘겼다.

"괜찮지? 연다."

살짝 열면 괜찮을 거라고 내 자신을 설득했다. 숨을 죽이고 벽장문을 잡아당겼다. 순간 비명 소리가 났다. 엄청나게 시끄럽다. 게다가 하나가 아니라 두 개의 비명. 또 다른 비명의 범인은 나였다. 나는 양손을 귀 부근까지 쳐들고 소리치며 쭈그려 앉았다. 비명은 멎었어도 팔다리가 후들후들 떨렸다.

"사람 놀라게 하지 좀 마."

나는 일어나며 말했다.

"왜 갑자기 비명은 지르고 그래. 더군다나 바로 뒤에서. 뭐야 정말, 놀라게 좀 하지 말라고."

불평하는 내 목소리도 아직 떨리고 있었다. 엄마는 그 자리에 얼어붙은 듯 서 있고, 유리잔 속 샴페인은 엄마 손을 적시고 바닥에 작은 물웅덩이를 만들었다.

그리고 곧, 발작하듯 웃음이 터졌다. 누가 먼저인지는 알 수 없다. 정신을 차려보니 우리는 둘 다 웃고 있었다. 뭐가 우스운지도 모른 채 그냥 우스워서, 눈가에 눈물이 번지고 배가 땅기도록 웃었다.

무사히 열린 벽장문에는 그 난리 통에 정신이 나갔을지도 모를 개구리가 얌전히 달라붙어 있었다.

오늘 아침, 미미를 만났다. 호텔에 엄마를 남겨두고 방타오 비치까지 말을 타러 갔을 때 일이다. 날이 더워지기 전에 가는 게 좋을 거라는 호텔 담당자의 조언에 따라 오전 7시에 예약을 해둔 터였다. 토착적이면서 가족적인 분위기의 클럽 하우스는 솔직히 말하면 낡은 시설이었다. 접수처로 보이는 작은 오두막에는 빽빽 울어대는 갓난아기를 포함해 아이들이 대여섯 명 있었다. 그들은 서 있거나 앉아 있거나 무언가를 먹고 있었는데, 나를 보더니 그중 한 아이가 안쪽을 향해 뭔가 말을 한다. 그러자 이윽고 만사가 귀찮아 보이는 어른이 나타났다.

나는 말을 좋아한다. 제아무리 사람에게 길들여진 말이라도 어딘가 사람을 믿지 않는 구석이 있는데, 바로 그 점에 끌리는 것이다. 동물다운 우직함.

블랙 아이즈. 그날 내게 부여된 말 이름이다. 다갈색 몸에 갈기는 탈색한 것처럼 푸석한 올리브 빛깔이었다. 다섯 살이라고 소개된 그 작은 수말은 농마農馬 같은 체형에 어쩐지 지쳐 있는 듯 보였다. 마부 손에 이끌린 채 클럽에서부터 모래사장까지 이어지는 콘크리트 포장길을 블랙 아이즈를 악착같이 타고 따각따각 갈 때는 그가 가여워 견딜 수 없었다. 기온도 이미 오르기 시작했고 이런 장소에서 승마할 생각을 했던 것을 반쯤 후회하기 시작했을 정도였다.

하지만 모래사장에 도착하자 말은 기운을 되찾은 듯 보였다. 내가 가볍게 발로 차 신호를 보내자, 그는 기다리고 있었다는 듯 갑자기 땅을 박차고 뛰어나갔다. 그리고 아주 경쾌하게―혹은, 거칠 것 없이―백사장 위를 이리저리 내달렸다. 나는 비명 비슷한 웃음소리를 높이며 말고삐를 당겼다가 이내 다시 말을 자유롭게 해주었다. 그것은 정말 작은 놀라움이었다. 말은 물이 싫지는 않은지 젖는 것을 마다하지 않고 물보라를 일으키며 파도치는 물가를 곧장 달렸다.

"좋은 녀석이구나."

"훌륭해."

나는 몸을 앞으로 숙인 채 이따금씩 블랙 아이즈에게 귓속말을 했지만, 아쉽게도 내 목소리는 파도 소리에 묻히고 말았다.

방향을 전환할 때 이외에는 거의 속도를 늦추는 일 없이, 우리는 일찌감치 영업 준비를 하고 있던 아이스크림 가게며 포장마차며 여기저기 놓인 파라솔 사이를 내달렸다.

한바탕 놀고 마부가 기다리는 장소로 돌아왔을 때에는 우리 둘 다 머리까지 파도에 젖어 있었다.

"고맙습니다. 즐거웠어요. 성격 좋은 말이네요."

물거품 같은 땀을 털어내고 있는 블랙 아이즈의 목덜미를 툭툭 두드려 노고를 치하해주면서 마부에게 말했다. 말을 넘겨주며 팁도 듬뿍 주었다. 바로 그때, 그 소녀가 눈에 들어왔다. 땅딸막한 말에 올라앉아, 방금 전의 나와 마찬가지로 콘크리트 길을 따라 느릿느릿 이쪽으로 오고 있었다. 어쩔 줄 몰라 하는 표정으로. 호텔에서 보았을 때보다 훨씬 더 어려 보인다. 탱크톱에 쇼트팬츠라는 무방비한 복장 탓인지도 모른다.

나는 그 아이가 곁에 오기를 기다렸다.

"안녕."

내가 말을 걸자, 소녀는 가벼운 인사와 함께 순수한 미소로 화답했다. 놀랍게도 아이는 귀에 이어폰을 꽂고 있었다. 플레이어 본체는 호주머니에 넣은 채. 손목에는 삼실로 짠 하얀 손가방까지 걸고서.

"그거, 달릴 때 떨어질 것 같은데."

나는 이어폰 줄을 가리키며 말했다.

"달려요?"

소녀가 되물었다. 납득이 안 간다는 듯이.

딱, 딱, 딱, 딱. 다른 투숙객들 귀에도 이미 익어버렸을 지팡이 소리를 내며 우리는 레스토랑으로 내려갔다. 밤공기에 섞인 바다 내음과 풋라이트만이 의지처인 어두운 길. 풀 사이로 벌레가 튀어 오르는 것이 보인다.

마늘과 허브 향, 사람들 말소리, 불빛, 그리고 풍경의 부드러운 음색.

"헬로, 마마, 안녕하세요."

우리가 온 것을 발견하고 웨이터 중 한 사람이 웃는 낯으로 다가와 엄마에게 의자를 빼주었다. 엄마는 어느새 모두에게 '마마'로 불리고 있다.

"샴페인이랑 재떨이 부탁해요."

이제는 일본어 주문도 통했다.

나란히 붙어 있는 옆 레스토랑에 그 부녀가 나타난 것은 30분쯤 지나서였다. 나는 엄마가 시키는 대로 그 테이블에 와인을 한 병 내가도록 웨이터에게 부탁했다.

오늘 밤, 미미는 검정 원피스를 입고 있었다. 가슴 선이 깊이 파이고, 허리선까지는 몸에 착 달라붙어 내려오다가 그 밑으로 주름을 잡아 부풀린 스커트가 날씬한 허리를 덮고 있다. 길게 뻗은 가는 다리. 굽 높은 검정 샌들은 스웨이드 소재로, 발목을 끈으로 묶게 되어 있다. 매일 아침 모래사장에서 화장품 파우치를 꺼내 속눈썹을 세우기 위한 도구 따위를 사용하는 것을 보면 민낯은 아닐지 모르지만, 이렇게 멀찌감치에서 관찰하는 한 화장기는 없는 듯 보였다. 그리고 그런 점이 미미의 타고난 아름다움과 쭉 뻗은 팔다리가 자아내는 때 묻지 않은 미색을 한층 돋보이게 한다.

"또 그 아이를 보고 있구나."

토란 튀김을 포크로 찍으며 엄마가 말했다.

"그러면 안 돼?"

그렇게 말하고 나서, 나는 필요 이상으로 정색했던 것을 후회하며 덧붙였다.

"예쁘단 말이야. 나도 모르게 자꾸 보게 돼. 왠지 눈길이 가고 마는걸."

엄마는 나를 말똥말똥 쳐다보며 말했다.

"바보 같으니. 왜 그런지 모르겠어?"

엄마는 샴페인을 물처럼 꿀꺽 마시고 잔을 내려놓는다.

"질투잖아, 그거."

의기양양한 얼굴로 말했다.

"질투? 하지만 아직 어린애인걸, 말도 안 돼."

"바로 그거야. 아이와 어른의 중간, 네가 잃은 것과 얻은 것을 둘 다 가지고 있으니까. 지금밖에 가질 수 없는, 그런 종류의 생명력이 저 아이에게는 있으니까."

나는 웃고 나서 단맛이 나는 푸성귀를 입에 넣었다. 이곳 요리는 하나같이 달아서 샴페인과 같이 흘려 넣지 않으면 안 된다. 오늘 아침 말을 타러 나갔다가 미미를 보았다고 엄마에게 말했다. 그 아이가 무척 어려 보였다는 것, 승마는 처음이어서 초보자용 말이 달린다고는 생각 못 하고 있더라는 것, 그리고 미미가 말을 타는 동안 내가 가방이며 선글라스며 엠디플레이어 등을 맡아주고 보호자처럼 서서 기다렸다는 것을. 실제로 나는 그 아이의 엄마라고 해도 충분할 나이다.

"이야기를 나눠보니까 순수하고 착한 아이였어. 열다섯 살로, 이번 봄에 고등학교에 올라간다더라."

나는 미미가 다닌다는 도심 속 고등학교 이름을 말했다. 진녹색 교복의, 이름 있는 여학교다.

그 다음 이야기는 엄마에게 말하지 않았다. 마부는 미미에게 말고삐를 쥐어준 채 모래사장을 왕복시켰다. 미미는 무서워하는 기색이었지만 자세도 좋았고, 아주 조금 달리기 시작하자 밝은 웃음소리를 냈다.

"그만해요. 달리게 하지 말아요. 무서워. 떨어질 것 같아."

미미는 영어로 그런 말을 외쳤고, 젊은 마부는 서비스 차원에서인지 한층 더 말을 달리게 했다. 미미는 즐거운 듯 아침 햇살 속에서 비명인지 환성인지 분간할 수 없는 소리를 계속 질렀다.

나는 손에 들고 있던 소녀의 이어폰을 귀에 꽂아보았다. 스위치를 켜자 스테픈울프의 노래가 꽝꽝 흘러나왔다. 그때 나는, 파도가 아무것도 신지 않은 내 발을 씻고 지나가 시원한 기분을 만끽하고 있었는데, 그 파도 소리마저 날아가버릴 만큼 과격한 음량으로 그 그리운 남자들이 born to be wild, born to be wild, 하고 노래하고 있었다. 나는 황급히 스위치를 껐다. 무언가를 기대했던 건 아니지만 스테픈울프는 확실히 내가 예상하지 못한 것이었다. 남의 것을 훔쳐 들었다는 죄책감에 나는 몸이 오그라들 정도로 부끄러웠다.

승마를 마치고 돌아온 미미는 두 뺨이 상기되어 만족한 기색이었다.

"재미있었어?"

소녀는 고개를 끄덕였다.

"독신이세요?"

클럽 하우스 돌계단에 걸터앉아 자신을 데리러 올 차를 기다리며 미미가 갑자기 물었다.

"아니. 결혼했어."

우리 주변에는 아이들과 더럽고 야윈 개가 있었다. 이 땅에는 떠돌이 개가 많다.

"함께 있는 사람은 어머니? 아니면 시어머니?"

"우리 엄마."

미미는 잠시 생각하더니 이내 말했다.

"그럼 괜찮을지도 모르겠네."

"뭐가?"

"우리 아빠는 그쪽에 관심이 많아요."

미미는 내가 묻는 말에는 답하지 않고 느닷없이 이렇게 말했다.

"눈치채고 있었죠? 그런 게 아니면 이런 장소에서 모르는 사람에게 일부러 말을 걸거나 하진 않으니까."

말문이 막힌 탓도 있었지만, 나는 눈썹을 치키며 어이없다는 표정을 짓는 것으로 소녀에게 주의를 줄 생각이었다. 하지만 미미는 개의치 않고 세상 돌아가는 이야기라도 하는 투로 말했다.

"외국에 오면 아빠는 언제나 새로운 걸프렌드를 찾아요."

"그런 관계는 오래가지도 않을 뿐더러 질척거리지도 않아요. 왜냐하면 어른들이니까."

미미는 하얀 손가방에서 페트병에 담긴 물을 꺼내 마시고, 같은 가방에서 벌레 물린 데 바르는 약을 꺼내 다리에 발랐다. 아빠는 아침 일찍 일어나서 서핑을 하러 나갔다가 돌아오면 점심 때까지 낮잠을 자니까 그 사이에 방으로 놀러 가면 될 거예요, 하고 친절하게 방 호수까지 일러주고는, 물론 그쪽이 그럴 마음이 있어야 하겠지만, 하고 덧붙였다.

없어. 나는 그렇게 대답해야 했는지도 모른다. 미미가 무슨 생각으로 그런 말을 했든, 내가 거절했다면 소녀는 오히려 안도하며 가슴을 쓸어내렸을지 모른다.

"그래. 그럼 생각해볼게."

나는 그렇게 말했다. 탱크톱에 쇼트팬츠를 걸친 어린아이 같은 모습의 미미는 눈이 부신 듯 고개를 들어 나를 보며 생긋 웃었다. 우리는 각자 다른 차를 타고 같은 호텔로 돌아왔다.

"이게 뭐지?"

미심쩍어하는 듯한 엄마의 목소리가 들렸다. 가만 보니, 엄마는 코코넛과 레몬그라스 맛이 나는 카레 속에 잔뜩 들어 있는 둥근 것을 스푼으로 쑤석이고 있다.

"커다란 완두콩인 줄 알았는데, 그런 것치곤 부드럽고, 꽈리 같은 맛이 나네."

나도 먹어보았지만 뭔지 알 수 없었다.

주문한 기억이 없는 식후주食後酒가 나와 옆 가게를 보니 미미와 그 애 아버지가 손을 흔들고 있었다.

"끝이 없네."

엄마가 쓴웃음을 지으며 말했다.

이튿날은 오전 중에 바다에서 수영을 하고 오후에 피부 관리 및 전신 마사지를 받았다. 저녁에는 엄마가 방에서 쉬고 있었기 때문에 도서관—장서는 얼마 없지만 그렇게 불리는 시설이 이곳에는 딸려 있다—에서 일을 했다.

matière＝물감의 물질성, modernité＝모더니티.

번역이라는 작업은 때때로 나를 곤혹스럽게 한다. 'matière'라는 말은 'matière'로밖에 있을 수 없는 것 아닐까. 'modernité'와 '모더니티'도 저마다 고유의 의미와 느낌과 질량을 갖추고 있으므로 한쪽이 다른 한쪽보다 이해하기 쉽다는 이유만으로 바꾸어놓아 좋을 리 없지 않은가.

그리고 그것은 '모든 인생=일종의 완벽'이란 것과 닮았다. 일종의 완벽=A Kind of Perfect. 내가 아는 미국인들이라면 그것을 언어 모순이라고 할지도 모른다. 나는 노트에 적어본다.

'A Kind of Perfect = UNIQUE.'

이건 내가 정사에서 배운 것이다. 모든 남자는 다 다르게 생겼고 다른 냄새가 나며 다른 목소리를 가졌고 다른 느낌이 난다. 그것들을 비교할 수는 없다. 내가 할 수 있는 건 하나씩 맛을 보는 것뿐이다.

지금쯤 남편도 누군가를 맛보고 있을까, 하고 생각한다. 특이한 과일처럼 독특한, 불완전하면서도 완벽한 누군가를.

이레째. 여행을 오면 늘 그랬던 것처럼 내 자신의 생활로부터 완전히 분리되어버린 듯한 기분이 든다. 도쿄로 돌아가도 이젠 머물 곳이 없다고 느낀다.

내가 소녀의 아버지와 잔 것은 그날 밤이었다.

도서관에서 두 시간쯤 일을 한 뒤 방으로 돌아왔는데도 엄마는 여전히 자고 있었다. 오늘 아침에는 엄마도 바다에 들어갔기 때문에 고단했으려니 생각했다. 풀장 비품인 오렌지색 튜브를 끼고, 유영 구역 안이라고는 해도 꽤 멀리까지 과감하게 나가 떠

돌았던 엄마의 모습을 떠올리고 나는 쓴웃음을 지었다.

"마마! 와우, 마마!"

비치 보이들이 너도나도 웃으며 엄마에게 말을 걸었다. 괜찮느냐느니, 멋지다느니 외치는 소리에 엄마는 겸연쩍은 듯했다. 표정까지는 보이지 않았지만 대답도 없이 떠 있는 모습에서 어쩐지 그런 느낌이 전해졌다.

"엄마, 벌써 6시야. 어떻게 할 거야?"

나는 이불 위로 엄마를 쿡쿡 찔렀다.

"바비큐 파티에 갈 생각이면 이제 준비해야 해."

해변에서 바비큐 파티를 하는데 괜찮으면 오시지 않으시겠어요? 엊저녁 와인과 식후주가 오간 후, 우리는 미미 아버지에게 초대를 받았다. 두 군데밖에 없는 레스토랑 요리에 질려 있던 엄마는 꼭 같이하고 싶다고 단박에 대답했다.

"가야지, 물론."

엄마는 눈을 감은 채 느릿느릿 몸을 움직이며 말했다.

"그 전에 목욕을 좀 하고 싶어. 조금 늦어도 괜찮겠지?"

나는 괜찮다고 대답하고 욕조에 물을 받았다.

우리가 모래사장으로 내려갔을 때는 이미 고기와 생선을 굽는 연기가 모락모락 피어오르고 있었다. 단지 내가 실망한 점이 있다면, 캠프장에서 하는 것 같은 그런 바비큐 파티가 아니라 식탁보까지 제대로 깔린, 레스토랑에서 쓰는 것과 똑같은 테이블이 파도치는 물가까지 옮겨졌을 뿐이라는 것이었다. 옆에는 그릴이 놓여 있고 세 명의 웨이터가 꼬박 붙어서 시중을 들어준다. 아이스박스 안의 진공 팩에 든 재료를 보고 엄마도 실망감을 드러냈다.

"아, 안녕하세요."

미미 아버지는 상냥하게 말하고 일어나서 엄마를 에스코트했다.

"늦으신다는 메시지를 주셔서 먼저 시작했습니다."

색 바랜 알로하셔츠에 청바지를 입은 그는 현지인으로 보일 만큼 피부가 까무잡잡하다. 딸은 희디흰 피부인데.

맥주로 건배하고 테이블에 나와 있던 샐러드부터 먹었다.

"기분 좋은 장소네요."

나는 말했다. 하늘에는 별도 달도 떠 있고 바로 옆에선 파도가 부서진다. 테이블 양옆에는 랜턴이 걸려 있다. 이걸 두고 불평하면 벌 받겠지.

"슈코 씨. 낮에 놀러 안 왔죠?"

미미가 물었다.

"내일은 올 수 있을 것 같아요?"

내가 아무 말도 않고 있는 사이에 미미 아버지가 말했다.

"승마, 잘하신다면서요. 딸에게 승마를 가르쳐주셨다고 미미한테 들었습니다."

그건 사실이 아니었다. 나는 그저 미미가 말을 타는 동안 짐만 들어주었을 뿐이다. 발은 말등자에 올려두라든지, 겁을 내면 말이 우습게 본다든지 하는 기본적인 조언을 해준 것 외에는.

"이 아이 아버지가 명기수였거든."

엄마가 끼어들었다.

"전국체전에도 나간 적이 있어요."

"내일은."

나는 미미를 보며 딱 잘라 말했다.

"내일은 놀러 갈 수 없겠다, 아쉽지만."

"그래요?"

미미가 말했다.

"아쉽네요."

적어도 이때까지는 그 애 아버지에게 관심 같은 건 없었다.

그 애 아버지 이름은 '네기시 히데히코'였다. 직업은 건축가지만 서핑을 워낙 좋아해서 하야마에 서핑숍을 열어버렸을 정도란다(가게 일을 맡긴 젊은 녀석의 취향대로 구제 옷 가게 같은 양상이 돼버렸다지만). 미미 엄마와는 꽤 오래전에 이혼했고 미미는 엄마와 살고 있단다. 이런 이야기들은 모두 엄마의 거리낌 없는 질문이 끌어낸 것이다.

새우, 흰 살 생선 토막, 소 등심, 옥수수. 미미 아버지는 혼자 왕성한 식욕을 보이고 있다. 엄마와 미미는 거의 먹지 않았다. 나는 묘한 의무감에 사로잡혀 개인 접시에 덜어준 분량만은 어떻게 해서든 배 속에 넣었다.

나는 식사하는 내내 미미만 바라보았다. 보면 볼수록 도도해 보이고, 귀엽고, 투명하게 아름다운 그 모습이 흥미로워 눈을 뗄 수 없었다. 내가 생각해도 신기했다. 도대체 왜 이토록 이 아이를 보고 싶어 하는지.

'질투'라고 엄마는 말했다. 그 말에 나는 웃고 말았지만, 그럴지도 모른다는 생각이 든다. 잡티 하나 없는 매끄러운 피부, 자연 그대로 분홍빛이 도는 입술, 눈이 휘둥그레질 정도로 긴 다리와 작은 머리. 오늘 미미는 그런 면을 한층 강조하려는 듯이 엉덩이가 반쯤 보일 만큼 짧게 자른 청바지를 입고 있다. 미미의 엉덩이는 체리 같았다. 위에는 빨갛고 하얀 줄무늬가 그려진 탱크톱을 입고 머리는 대충 올려 핀으로 고정했다. 넓은 이마에서 천진난만함이 느껴졌다.

두 잔째 백포도주를 마시는 중에 미미를 관찰하면서 나는 생각했다. 이것은 질투라기보다 갓난아기나 새끼 고양이, 더 나아가 원숭이나 쥐 같은 동물의 움직임이 흥미로워 주시하게 되는,

그런 기분에 오히려 가깝다. 인간이 아닌 것, 말이 통하지 않는 존재에 대한 두려움, 혹은 다른 생명체에 대한 순수한 놀라움.

"슈코 씨는 번역가야."

미미가 자기 아버지에게 말하는 소리가 들렸다. 고기와 생선에는 가지 않던 손이 식후에 나온 과일에는 부지런히 움직였는지 미미의 개인 접시에 과일이 가득 담겨 있다.

"그럼 미미가 목표로 하는 것과 비슷하네."

아버지가 말하자, 미미는 고개를 움츠리며 파인애플을 한 조각 입에 넣었다.

"그러게. 하지만 조금 다르다고 봐. 나는 책을 좋아하는 것도 아니고 문법도 약해서. 나는 구어 전문이거든."

"통역가가 되고 싶니?"

내가 묻자 미미는 고개를 저으며 말했다.

"영화 자막 넣는 사람."

"영어는 잘해요, 일단 외국에서 살다 왔고. 하지만 문법은 잘 몰라요."

희한한 이유였다. 물론 구어에도 문법은 필요하고, 문법을 문법으로 의식하지 않은 채 익혔다면 그보다 좋은 것은 없다. 하지만 미미 나름으로는 논리 정연한 이유일 것이다.

영화 자막 넣는 사람······.

"꼭 그렇게 되면 좋겠다."

나는 말했다. 진심이었다. 그리고 그때 문득, 미미 아버지와 내가 같은 장소에 있다고 느꼈다. 미미가 있는 장소와는 다른 곳이다. 우리는 지금 이렇게 실제로 넷이 함께 있지만 속해 있는 시간은 각기 다르고, 미미의 그 시간은 내 손이 닿지 않는 곳에 있다.

"그런데 말이다."

엄마가 말했다.

"그런 일을 하려면, 영어보다 오히려 일본어 실력이 문제 아닐까?"

바람이 조금 세진 듯하다.

산책을 하고 싶다고 말한 사람은 나였다. 과일을 다 먹고 냅킨으로 입을 닦은 후 미미 아버지의 시선을 끌어 그렇게 청했다.

"좋죠."

그는 그렇게 응했다. 엄마는 그만 쉬겠다기에 미미가 엄마를 숙소까지 바래다주겠다고 했다.

"아니다, 너도 아빠랑 함께 산책하렴. 나는 혼자서 갈 수 있으니 괜찮다."

엄마 목소리는 거의 미미를 나무라는 듯 들렸다.

"그럼 아주머니 모셔다 드리고 나서 합류할게요. 와인도 남았고, 두 분은 여기 좀 더 있을 거죠?"

있을게, 하고 미미 아버지가 대답하고, 나도 기다리겠다고 말했다. 하지만 나는 그 아이가 돌아오지 않으리라는 것을 알고 있었다.

콩드리외라는 이름의 프랑스산 백포도주를 다 마실 때까지 우리는 그곳에 있었다. 두 사람이 가고 없자 파도 소리가 한층 높고 크게 들렸다. 바다는 칠흑같이 어둡고 우리에게는 딱히 할 이야기가 없었다. 바다가 보이게 의자를 놓고, 다리를 편안히 뻗고 앉아 말없이 와인을 홀짝였다. 별도 달도 멀리에서 그저 차가운 빛만 발산하고 있다. 그 외엔 어둠, 그리고 파도. 바로 뒤에는 호텔이 있고 사람들이 있고 불빛이 있다. 하지만 이렇게 앞을 향해 있는 한, 보이는 것은 바다와 하늘뿐이다.

"늦네."

미미 아버지가 중얼거렸다.

"정말 오긴 오려나."

그는 난감한 얼굴을 하고 있었다. 개와 닮았다고 생각했다. 이 남자는 이곳에 많이 살고 있는 야위고 순한 개를 닮았다. 성실해 보이고 슬퍼 보이는. 그의 뺨에 베인 상처 같은 세로 주름이 있는 것을 그때야 알았다.

"자."

나는 미소를 지으며 와인잔을 쥔 채 일어났다. 손끝으로 남자의 손을 건드리며 재촉했다.

"좀 걸으면서 기다리면 되겠네요."

신발 바닥으로 젖은 모래를 느끼며 우리는 나란히 걸었다. 파도치는 물가를 따라 곧장 가다 보면 '바위'라기보다 '돌'이라는 말이 더 어울리는 매끄럽고 커다란 회색 돌이 널려 있는 장소가 나온다는 것을 알고 있었다.

"꽤 어둡네. 무섭지 않아요?"

무척 예의 바르게 미미 아버지가 내 팔꿈치를 잡았다.

"당신이 여기 같이 있는데요?"

나는 되물으며 그의 얼굴을 올려다보았다. 그 순간, 그가 경계를 풀었음을 알았다. 지금껏 살아오면서 몸에 익힌 여성에 대한 수완을 지금 발휘하지 않으면 안 된다고 각오했다는 것을.

미미 아버지는 숨을 흘리듯이 웃었다. 동시에 단단한 팔에 힘을 실어 내 어깨를 끌어안아 나를 걷기 힘들게 만들었다. 나는 가슴이 두근거렸다. 남편이 아닌 외간 남자의 팔, 체온, 그리고 인생. 어린 소녀처럼, 떨고 싶지 않은데도 떨고 만다. 무서워하기라도 하는 양.

멈춰 선 것은 그 긴장감을 참을 수 없었기 때문이다. 멈춰 서서 알로하셔츠 깃을 잡아당겨 남자의 목에 팔을 두르고 입을 맞췄다. 길고 격렬한, 미지의 키스였다.

 모래는 선뜩하니 차가웠다. 레스토랑 불빛도 떠들썩한 소리도 여기까지는 미치지 않는다. 사실 그렇게 멀리 떨어진 것도 아닌데.
 회색의 커다란 돌 그늘에서 우리는 몸을 포개었다. 두 사람 다 솜씨가 좋다고 해도 될 듯싶다. 성급하긴 했지만 거칠지는 않았다. 뻔한 입발림 한마디 대신 우리 사이에는 애써 참는 웃음소리와 서로를 향한 일종의 이해, 게다가 진심에서 우러나오는 배려가 있었다.
 미미 아버지의 입술은 의외다 싶을 정도로 부드러웠다. 두께감 있는 그의 입술에서는 와인 때문인지 차갑고 촉촉함이 느껴졌다. 그 입술이 살짝 열리면서 내 입술을 감쌌고, 나는 그의 바지에 손가락을 걸어 내 쪽으로 끌어당겼다. 단추를 풀려고 했으나 선 채로 다리에 다리를 얽어 허리를 밀착시키려다 보니 쉽사리 풀 수가 없었다.
 정신을 차려보니 나는 모래 위에서 그의 무게를 받아들이고 있었다. 스커트는 걷어 올라가고, 입술은 막히고, 머리 밑에는 손이 들어와 있었다. 떠받치는 듯이, 보호하는 듯이. 부서져 흩어지는 파도 소리가 더욱 가깝고 크게 들렸다.

 피임구를 안 가져왔다는 그의 말에 나는 밖으로 해준다면 상관없다고 대답했다.

 "정말?"

 나를 내려다보는 눈이 재미있다는 듯이 웃고 있었다. 조금도 놀라지 않았음을 알 수 있는 말투였다. 그가 자신의 바지를 내리는 사이 나는 내 속옷을 벗었다. 어둠 속에서도 그의 둔부가 하얗다는 것을 알 수 있었.

 야외에서 이런 짓을 하는 건 오랜만이었다. 나는 이내 그 자유로움과 느긋함을 떠올렸다. 남자의 몸을 끌어안으려다 힘을 빼고 팔을 양옆으로 벌린 채 모래의 차가운 느낌을 맛보았다. 무릎을 접어 발바닥으로도 그것을 느꼈다. 머리를 젖혀 밤공기를 되도록 깊이 들이마시려 했다. 별이 총총한 밤하늘이 보인다.

 "이렇게 힘을 빼고 있으면 아주 기분 좋아요. 당신도 해봐요."

 그렇게 재촉하고 이번엔 내가 그의 위로 올라갔다. 나는 그에게 밤하늘을 보여주고 싶었다. 파도 소리를 듣고 모래를 느끼며 오감을 전부 열어 바다 냄새를 맡길 바랐다.

 우리는 천천히, 그러나 쉬지 않고 움직였다. 소리 죽여 짧은 대화도 나누고—눈을 감지 말라는 내 말에 그는 쓴웃음을 지으며 알았다고 대답했다. 시원해서 기분 좋다, 그렇게 말하고 눈을 감자, 잠들지 마요, 라고 그가 말했다. 나는 웃었다―, 그러는 짬짬이 입술을 다른 일에 사용했다. 이미 긴장은 풀려 있었고 유쾌하기까지 했다.

이때 남편은 어디에도 존재하지 않았다. 지금 현재 이곳에 있고, 나와 세상을 공유하고 있는 남성은 미미 아버지뿐이었다. 가는 뼈가 드러난 허리와 새하얀 엉덩이, 따뜻한 손바닥과 까만 뻗침 머리, 색 바랜 알로하셔츠와 청결한 냄새를 기억에 새겼다.

일어나서 분주히 속옷을 걸치고 블라우스의 매무새를 정돈한 뒤 우리는 서로서로 몸에 묻은 모래를 털어줬다. 미미 아버지가 유쾌해 보였기에 나는 안심했다. 그리고 무척 기뻤다.

호텔 앞에 돌아오자 몇몇 테이블에서 바비큐 파티가 여전히 계속되고 있었다. 시간을 들인 행위도 아니었고 그 행위에는 애정도, 열정도, 필연도 없었다. 하지만 그랬기 때문에 부드러움과 쾌활함으로 채색되어 있었다.

들뜬 기분과 열기를 가라앉히기 위해 우리는 바에서 진토닉을 한 잔씩 마셨다. 바닷바람이 불고 카운터 구석에 놓인 작은 시디플레이어에서 보사노바bossa nova, 삼바에 모던 재즈가 가미되어 발달한 음악가 흐르고 있었다.

"이렇게 되는 건."

미미 아버지가 말했다.

"좀 더 지나서일 거라 생각했습니다."

"좀 더 지나서?"

나는 그렇게 되묻고 밤바다를 응시했다. 새카맣게 넘실거리는 물. 그 위에 비춘 한 줄기 조명에 날벌레 떼가 들끓고 있었다.

"말하자면, 도쿄로 돌아가고 나서일 거라고 생각했어요."

나는 그의 얼굴을 보았다. 그는 마실 것에 시선을 주며 가만히 웃고 있다. 청결한 사람이라고 생각했다. 갓 빨아 입은 셔츠 때문이 아니라 풍기는 분위기가 그랬다. 분위기와 언동에서 그런 느낌이 묻어났다.

이 남자를 도쿄에서 만날 생각은 없었다.

"이런 식으로 시작하는 것에 익숙하신가 봐요."

미미 아버지는 고개를 갸우뚱하며 진의를 살피려는 듯이 나를 보았다. 먼저 시작한 건 그쪽이지 않느냐고 생각하는지도 몰랐다.

"아마도 익숙하지 싶습니다."

그는 선선히 인정했다.

"하지만 당신만큼은 아닐걸요."

나는 웃었으나 그 웃음은 답례에 지나지 않았다. 땀이 밴 유리잔을 쥐었다가 놓기를 반복한다. 이 바의 진토닉은 확실히 물처럼 싱겁다.

"그게 어떤 것이든, 나는 무언가를 시작하는 것에 익숙지 않아요."

나는 정직하게 말했다. 주위를 에워싸는 개구리 소리 탓에 그 말은 필요 이상으로 맑게 울려 퍼졌다. 맑고 건조하게.

"이런 일은 여행지에서만 있는 일로 정해놓았다?"

나도 모르게 소리 내어 웃었다. 상당히 신랄한 말투를 구사하는 남자다.

"아뇨."

대답하고 잠시 생각했다.

"장소 문제가 아니라, 그저 나에게는 세상 모든 일이 시작하는 것이 아니라 통과하는 것이에요. 언제나, 어떤 상황에서든."

실제로 나는 눈앞의 이 남자에게 이미 흥미를 잃었다. 나는 벌써 그를 통과해버린 것이다. 방금 전의 일이 아득히 먼 옛날 일처럼 느껴졌다. 혹은, 현실에서는 일어나지 않았던 일처럼.

"만약 슬퍼해줄 사람이 없다면, 나는 그 누구와도 잘 수 있다고 봐."

남편에게 그 말을 한 것은 몇 년 전이었을 것이다. 우리는 부엌에 있었고 흘러넘친 우유가 바닥을 적시고 있었다. 다소 격식을 차려야 하는 자리에서 방금 돌아온 터라 둘 다 코트와 머플러를 두른 채였다. 말다툼은 돌아오는 택시 안에서부터 계속되어 남편은 질린 얼굴을, 나는 원한에 찬 표정을 하고 있었던 것 같다.

"불가능해."

남편은 벌써 몇 번이나 한 말을 다시 한 번 되풀이했다.

"슈코가 누구와 자든 난 슬퍼할 수 없어."

나는 히스테리를 부리기 시작했다.

"하지만 난, 어느 누구와도 자지 않았어."

나는 양팔을 벌린 채 고함을 지르며 두 발로 부엌 바닥을 쿵쿵 굴렀다.

"알아."

남편은 힘없이 인정했다. 그 무렵 우리 사이에는 말다툼이 끊이지 않았다. 나는 매일 울거나 소리쳤고, 목소리도 마음도 메마르고 금이 가 있었다.

"당신이 외간 여자와 자면 나는 슬프단 말이야."

어리석게도 나는 설명하려고 했다. 비참한 듯이 울먹이는 목소리로.

"어째서?"

냉담한 눈으로 날 바라보던 남편의 모습이 아직도 생생하다.

"이리 와."

나는 녹색과 핑크색이 섞인 격자무늬 모헤어 코트를 입고 있었다. 코트는 우유에 젖어 얼룩져 있었다. 고약한 냄새가 났다.

"슬프고 말고 할 것 하나 없어."

그래도 슬퍼. 나는 재차 말했고 끼이 끼이 하고 쥐와 같은 소리를 내며 울었다. 와인을 꽤 많이 마신 데다 흥분해서 소리친 탓에 머리도 멍했다.

"어째서?"

남편도 참을성 있게 같은 말을 반복했다. 냉장고를 열고 다시 우유를 꺼낸다.

"내가 옆에서 지켜봐줄 테니 마셔봐."

지금이라면 나도 안다. 그 슬픔은 나만의 것이다. 나 혼자 맞서야 하는 것이며 남편과는 아무런 상관도 없는 것이다.

나는 흐느껴 울면서 그 하얀 액체를 삼켰다. 나는 어릴 적부터 끔찍하게도 우유를 싫어했다. 우유는 내 몸이 받아들이지 못하는 거의 유일한 식품이다. 구토를 자아내는 비린내와 단맛이 목구멍에 달라붙었다.

"숨을 참으면 안 돼."

남편 말이 들렸다.

"그저 우유일 뿐이니까 괜찮아. 안심하고 천천히 마셔. 두려워하면 맛보는 법을 익힐 수 없어."

우유를 다 마신 후 나는 입으로만 숨을 쉬었다. 그렇게 하지 않으면 토해버리기 때문이다.

"착하네."

나는 여전히 슬펐지만 칭찬을 받아 뿌듯하고 기뻤다.

내가 방으로 돌아올 때까지 엄마는 안 자고 침대에서 책을 읽고 있었다.

"어서 와."

엄마가 얼굴을 들고 말했다. 체구가 작은 엄마는 얼굴도 작아서 검은 테 돋보기안경이 고글처럼 큼직해 보인다.

"산책? 어디까지 갔다 왔니?"

"그냥 조금 걸었을 뿐이야."

나는 그렇게 말하고 나서 벽장을 열고 옷을 벗어 걸었다.

"미미도 오지 않아서 산책은 금방 끝내고 바에서 한잔하고 왔어."

"그래."

목욕 가운을 입고, 화장을 지우고, 세수하고 이를 닦았다. 비치된 모기향을 새것으로 교체했다.

"모르는 사람과 산책이라니, 무슨 바람이 분 거냐."

호기심을 감추지 않고 재미있어하는 투로 엄마가 물었다.

"별거 없어. 느낌이 좋은 사람인 것 같기에 좀 더 이야기해보고 싶어졌을 뿐이야."

그렇게 대답하고 내 침대에 누웠다. 벌레 소리가 들린다. 개구리 소리와 정체를 알 수 없는 곽곽 우는 소리도.

"그래서?"

"그것 말고 뭐가 더 있겠어."

"뭐야. 시시하게."

탁 하고 책을 덮는 소리가 났다. 엄마가 머리맡의 스탠드를 끄자 방 안 전체가 어둠에 잠겼다.

"미미 말이야, 애가 착하지?"

미미 아버지 이야기가 질렸는지 엄마는 그런 말을 했다.

"사진, 컴퓨터로 뽑아서 준다더라."

"그래."

눈을 감자 모래사장의 감촉이 되살아났다. 촉촉한 공기 냄새도, 파도 소리도, 미미 아버지의 무게도.

"거리에 나가면 더 싸고 맛있는 레스토랑이 있다더라. 요전번에는 제 아빠랑 디스코장에 갔었단다. 이런 곳의 디스코장은 어떤지 모르겠네."

엄마 목소리를 들으며 나는 금세 잠에 빠져들었다. 여행을 떠

나온 이후 가장 평온하고 기분 좋은 숙면이었다.

 아침. 세면대에 햇볕이 내리쬐고 있다. 이곳은 방 두 칸이 연결되어 있는데, 침실은 덧문이 달려 있어 어둡지만 욕조가 있는 다른 한쪽 공간은 빛이 넘쳐흐른다. 샤워를 하고 목욕 타월만 두른 채 거울 앞에 섰다. 전날보다 내 몸이 신선하게 느껴졌다.
 남편 이외의 남자와 정사를 나눈 후에는 항상 두 다리 사이에 희미한 위화감이 남아 있다.
 상쾌하다고 해도 좋을 기분이었다. 숙제를 모두 끝낸 아이 같은 기분.
 "오늘도 덥겠네."
 테라스에서 엄마가 말하는 것이 들렸다. 그곳엔 룸서비스로 시킨 아침 식사가 준비되어 있다.
 오늘도 일어나자마자 곧장 해변으로 내려갔다 왔다. 비치 체어에 누워 있자 여느 때처럼 미미가 나타났다. 커다란 가방을 안고. 우리는 웃는 얼굴로 서로 손을 흔들었다. 그러나 말은 나누지 않고 저마다 마음에 드는 장소에 자리를 잡았다. 이른 아침, 해변에는 달리 인적이 없고 태양도 아직 완전히 떠오르지 않았다. 하늘도, 바다도, 모래도 하얬다. 오른쪽에서 왼쪽으로 거침없이 달려가는 파도가 보였다.

"커피 식는다."

엄마 목소리가 들렸다.

"좀 이따가 따라놓지."

소용없다는 것을 알면서도 나는 말했다. 엄마가 듣고 있지 않다는 증거로, 책장 넘기는 소리가 났다.

엊저녁, 엄마를 바래다준 후 미미는 무엇을 하고 있었을까. 방에 돌아가 아빠를 기다리는 동안 무슨 생각을 하고 있었을까. 나는 목욕 가운을 걸치고 허리끈을 묶었다. 젖은 머리카락이 이마와 목덜미에 달라붙는다. 아주 작은 생명체가 세면대 위를 기어가는 것이 보였다. 아주 투명한 딸기 핑크색의, 놀랍도록 가냘픈 개미다. 햇살을 받으며, 하얗게 빛나는 도기로 된 길을 곤혹스러운 듯 가로지르고 있었다.

여드레째. 모레에는 도쿄로 돌아가 남편을 만날 수 있다고 생각하니 기쁨으로 가슴이 터질 것 같았다. 나는 어젯밤 외간 남자의 몸을 제대로 맛보았다. 아주 짧은 동안이라고는 해도 평소 좋아서 갇혀 사는 장소—남편에게 소유되어 있다는 느낌은 떨어져 있을 때 오히려 더 강하다—에서 바깥에 놓인 것이다. 뭐, 전체적으로 보았을 때 그럭저럭 잘 견뎌낸 것 아닐까.

테라스로 나오자 판자로 된 마루가 삐걱거렸다. 엄마 옆에서 차가운 포멜로pomelo, 그레이프프루트와 비슷한 열대 과일 주스를 마셨다. 햇살. 여러 종류의 새소리가 마치 소나기처럼 쏟아져 내린다.

오후에는 바다에 들어갔다. 파도가 높다. 태양이 구름 뒤로 완전히 숨어버려 하늘은 묵직한 회백색이다. 여행 오면서 가져온 갈색과 검정색 수영복 중, 오늘은 검정색을 입었다. 둘 다 수수한 디자인으로 장식은 거의 없다.

물은 차갑고 낯설었다. 디디고 서 있을 수 있는 한계까지 걸어가 그곳에서부터 느긋하게 물을 가르며 헤엄쳤다. 턱이 젖는 평형으로. 밀려오는 파도에 맞춰 몸이 오르락내리락하는 것이 재미있었다. 한순간 둥실 떠오르는 것이.

그러다 지치면 선헤엄을 쳤다. 나는 선헤엄을 치면서 주위를 관찰하는 것을 좋아한다. 하늘은 흐렸지만 두터운 구름 위로 이따금씩 빛이 둥글게 번졌다. 눈에 보이지 않아도 햇빛은 항상 존재하고 있는 것이다.

내가 비치 체어로 돌아왔을 때, 엄마는 또 책을 읽고 있었다. 챙 넓은 밀짚모자를 쓰고, 고글 같은 돋보기안경을 쓰고, 입술에는 립스틱을 진하게 바른 채.

나는 젖은 몸을 닦고 수영복 위에 셔츠를 걸치고서 엄마 옆에 누웠다. 가쁜 호흡이 가라앉자 허벅지와 두 팔에 돋아 있던 닭살이 사라진 것을 알았다. 입 주위에 소금기만 남았다.

"네가 수영하는 걸 보고 있으려 했는데 도중에 놓쳐버렸지 뭐니."

엄마는 혼잣말처럼 소곤소곤 말했다.

"괜찮아. 그런 거 봐주지 않아도."

나는 비치 보이를 불러 물을 가져다 달라고 부탁했다.

"그리고 평소 나오는 파인애플도요."

옆에서 느닷없이 엄마가 말했다.

"파인애플? 먹고 싶어?"

파인애플은 이곳에 나와 있으면 특별히 부탁하지 않아도 수시로 나왔다. 신선하긴 하지만 여하튼 너무 많이 나오는 바람에 나나 엄마나 으레 처치 곤란이다.

"나는 필요 없어. 네가 먹고 싶을 것 같아서. 보통 수영하고 난 뒤엔 그런 게 당기니까."

멋대로 말하곤 엄마는 다시 비치 보이를 향해 부자연스러울 정도로 쌩긋 웃으며 거듭 말한다.

"파인애플이요. 파인애플."

비치 보이는 웃는 얼굴로 자신만만하게 고개를 끄덕였다. 엄마 말을 알아들어서 기쁜 것이다. 나는 아무 말 하지 않았다.

팔다리가 무겁다. 눈을 감자 단조로운 파도 소리가 졸음을 부른다. 지금이 가장 떠들썩한 시간대이지만 그럼에도 놀랍도록 조용하다. 이 해변에는 아이가 없다. 젊은 그룹도.

"나중에 가게에 가보자."

엄마 목소리가 들렸다.

"린 군에게 줄 선물을 또 사야 하지 않겠니?"

이곳 레스토랑에서 사용하는 놋쇠 나이프며 포크, 스푼, 그런 게 좋을 것 같아. 엄마는 그런 말도 했다.

엄마와의 여행은 늘 이런 식이다. 둘 다 관광이란 것에 흥미가 없고, 쇼핑에도 열의가 없다. 어딜 가든 도쿄에 있을 때나 다를 바 없이 행동한다. 엄마의 다리 상태가 안 좋은 탓도 있지만 그렇지 않더라도 마찬가지였지 싶다. 하지만, 그러면서도 우리는 빈번하게 여행을 한다. 이곳 같은 리조트가 있는 지역뿐만 아니라, 차를 빌리지 않으면 이동할 수 없는 유럽의 시골을 돌아다닌 적도 있고, 짧지만 사막 여행에 참가한 적도 있다. 여행을 좋아하는 거지 싶다. 단지 이동한다는 것, 그저 여러 다양한 토지의 공기를 마신다는 것, 아마 그것이 우리 모녀에게는 무척 소중한 것이리라.

아버지는 여행을 싫어했다. 남편은 자주 여행을 가지만, 남편의 여행은 나와 엄마가 하는 여행과는 전혀 다르다.

그날 밤, 저녁 식사 시간에 그 부녀는 모습을 보이지 않았다. 시내 레스토랑에 갔거나 아니면 디스코장에라도 갔으려니 생각했다. 나와 엄마는 봉골레 스파게티를 먹고 백포도주를 마셨다. 구름은 이미 걷히고 청명한 밤하늘이 펼쳐져 있었다.

l'enveloppe = 주위를 둘러싸는 것.

인상파 시대 화가며 비평가들이 즐겨 사용하던 말이다. 이 말은 모티프를 둘러싼 대기에 미치는 빛의 효과를 의미한다.

해변에서 비치 체어에 누워 일을 하는 동안, 이제까지 질리도록 읽거나 들어온 그 말이 내 안에서 문득 입체적으로 떠올랐다. 이해되었다는 게 맞는 말일지도 모른다. 가끔 이런 일이 일어난다. 아무 문제 없이 이해하고 있다고 생각했던 것이 갑자기 새롭게 이해되어버리는 순간.

정정訂定은 아니고, 깊이라든지 정도의 문제도 아니다. 말하자면, 근시인 사람이 처음으로 콘택트렌즈를 착용했을 때처럼 눈앞의 모든 것이 신명해지는 느낌이랄까.

l'enveloppe = 주위를 둘러싸는 것.

나는 읽고 있던 서적에서 얼굴을 들고 식기 시작한 커피를 마신다. 하늘이 흐리다. 익숙할 대로 익숙해져 의식하지 않으면 귀에조차 들어오지 않는 파도 소리의 반복. 옆에서 엄마가 마른기침을 한다. 엄마가 다리에 걸치고 있는 타월은 짙은 갈색이다. 워낙 크다 보니 타월이라기보다 모포처럼 보인다. 이곳에서 보이는 전망은 모든 것이 가로로, 그리고 직선으로 펼쳐져 있다. 하늘도 바다도 모래사장도, 그리고 앞줄의 비치 체어도. 그중 하나에 미미가 앉아 있다. 커다란 가방을 곁에 두고, 빨갛고 작은 비키니를 걸친 채. 눈을 가늘게 뜨자 미미의 윤곽이 흐릿해진다. 하지만 나는 여전히 그것이 미미라는 것을 알 수 있다. 바람이 조금 쌀쌀한 회색빛 아침의 해변에서.

지금 이곳에 있다는 것. 흐릿한 작은 점으로서의 미미와 엄마와 나.

오른쪽을 향하면 커다란 회색 돌도 확실히 보인다. 어둡고 검게 솟아 있던 저녁의 모습과는 전혀 딴판으로 무심한 듯 평범하게 그 자리에 있다.

"저 아이 모습도 오늘로 마지막이네."

엄마 말에 나는 그 부녀가 우리보다 하루 일찍, 말하자면 오늘 이곳을 떠난다고 말했던 것을 떠올렸다.

"그러게."

미소와 함께 답하고 번역해야 하는 책에 눈을 돌렸다. 그 아이에게서 눈을 뗄 수 없다는 마음은 사라지고 없었다.

"예를 들면 5년 후에."

나는 엄마에게 말했다.

"5년 후가 아니라 3년 후든 1년 후든, 만약 어딘가에서 재회하게 된다면 저 아이는 분명 완전히 달라져 있을 거야. 주름이 늘었거나 살이 찌거나 더 마르거나, 그야 겉모습은 나나 엄마도 다소 달라져 있겠지만 그런 게 아니라, 뭐랄까, 지금 확실하게 저기에 있는 저 아이가 1년 후엔 이 세상 어디에도 없는 거구나, 지금 있으면서 동시에 없는 존재구나 생각하니 왠지 묘한 생각이 들고, 마치 환상이나 유령이나 우주인 따위를 보고 있는 것 같아서, 그래서 눈을 뗄 수 없었는지도 몰라."

정신을 차려보니 엄마가 상체를 일으킨 채 그야말로 우주인이라도 보는 듯한 얼굴로 나를 보고 있었다.

"뭐니? 무슨 이야기를 하고 있는 거니?"

미간을 찌푸리며 고개를 갸우뚱하고 있는 엄마는 화가 난 것처럼 보였다.

"아무것도 아냐."

나는 웃으며 바다로 눈을 돌렸다.

"그저, 저 아이를 보는 게 오늘로 마지막이구나 싶어서."

"그건 내가 했던 말이잖아."

어이없다는 듯이 엄마는 말했다.

"게다가, 정 보고 싶으면 언제든 볼 수 있잖니. 사진도 보내준다고 했고."

모네는 누차 '순간성瞬間性'에 대해 언급하고 있다. 모네가 말하는 순간성은 '주위를 둘러싸는 것', 즉 'l'enveloppe'에 화가 또한 싸여 있다는 의미다.

"1년 후에 누군가가 이 세상 어디에도 존재하지 않는다고 한다면, 그건 미미가 아니라 오히려 나겠지."

엄마가 홍이 깨진다는 듯이 말했다.

휴가는 별 탈 없이 서서히 끝나가고 있었다. 오전 중엔 도서관에서 일을 하며 보내고, 그동안 엄마는 호텔에서 열린 티 파티에 참가했다. 점심 식사를 마치고 방으로 돌아오자 꽃바구니가 도착해 있었고, 첨부된 카드에는 간단한 인사와 미미 아버지의 이름이 적혀 있었다. 남쪽 나라 특유의 소박한 색조를 띤 그 꽃은 으레 화려한 흰 백합만 장식되어 있을 듯한 이곳 빌라 안에서 자못 사랑스러운 분위기를 풍겼다.

"어쨌든 마지막 밤인데 꽃보다는 술이 어울린다고 생각하지 않니?"

엄마는 그렇게 말하며 얼굴을 찌푸려 보였고, 나는 그런 엄마를 달랬다.

"꽃이 더 예쁘지. 놔두고 갈 수도 있고, 로맨틱하잖아."

그 말에 거짓은 없었다. 그러나 휴대전화 번호가 적힌 그 카드는 바로 쓰레기통에 버렸다. 낮잠을 자고 일어나 마사지를 받은 뒤, 마지막 저녁 식사를 위해 다소 신경 써서 차려입었다. 내게는 축하 자리와도 같았기 때문이다. 여행은 여러 모로 만족스러웠고, 그것은 이 땅의 아름다움과 일하는 사람들의 선의 (아울러 엄마의 신용카드) 덕분이었다. 하지만 그것들은 이제 과거가 되려 하고 있었다.

내일 이 시각 즈음에는 남편 옆에 있겠지. 그렇게 생각하자 기쁨이 차올라 몸이 다 떨릴 지경이다. 저녁이 되면 어김없이 시작되는 벌레와 새, 개구리 울음소리도 오늘 밤은 한층 아름답게 들린다.

나는 속옷 차림으로 향수를 뿌리고, 뿌려진 액체가 증발할 때까지 잠시 기다렸다 청바지와 실크 블라우스를 입었다. 블라우스는 어깨가 드러나는 홀터넥으로 등판도 넓게 뚫려 있다.

"티 파티에서 말이야."

엄마가 거울에서 눈을 떼지 않고 말했다. 엄마는 아직 원피스를 입고 등 뒤의 지퍼도 잠그지 않은 채 화장에 집중하고 있었다.

"왜 있잖아, 호텔 마당에 이상한 무대처럼 되어 있는 곳. 커다란 단지가 장식되어 있는 곳 말이야. 거기서 여자아이가 중국차를 끓여주더라. 철판에 팬케이크 같은 것도 구워주고. 재미있었어."

"좋았겠네."

나는 브러시로 머리를 빗으며 말했다.

"그 철판이 말이지, 다코야키 기계처럼 우묵하게 파여 있더라. 그래서 넓적한 팬케이크가 아니라 둥근 공 같은 팬케이크가 되는 거야."

엄마의 설명은 계속된다. 내가 재미있었다는 건 바로 그 점이야. 그렇지 않아? 중국차와 팬케이크, 그것만으로는 재미도 뭐도 없지 않겠어?

나는 손으로 머리를 매만지고 나서 손목시계를 찼다. 신을 신으니 시계는 오후 5시 40분을 가리키고 있다. 지금 도쿄는 오후 7시 40분이다. 오늘 밤 남편이 다른 여자와 저녁을 함께할지, 아니면 저녁 식사 후에 만나 함께 술을 마실 예정인지 하는 건 이미 알고 있었다. 마지막 밤을 위해. 그렇게 말하면서 둘은 잔을 맞댈 것이다. 나와 엄마가 이제부터 하려고 하는 것처럼.

그런 생각을 해도 내 안의 기쁨은 사라지지 않았다. 아니, 오히려 더 커진 듯했다. 절로 미소가 떠오르고 만다. 마지막 밤을 위해. 그렇게 말하고 잔을 높이 들 때 남편이 나를 생각한다는 것도 알고 있다. 남편이 있는 공간에 시시각각 다가가고 있는 나의 뛰는 가슴과 설레는 마음을 상상할 게 틀림없다. 기다릴게. 소리 내지 않고 그렇게 중얼거릴지도 모른다. 남편 눈앞에 있는 여자는—그게 누구든—그것을 알지 못한다.

"별이 떴어."

테라스로 나가 그렇게 말한 뒤 실내로 돌아와 엄마 등의 지퍼를 올린다. 엄마는 귀고리를 끼려 하고 있다. 일찍이 아버지에게 선물받은 흑진주 귀고리다.

치장의 마무리로서 우리는 팔다리에 벌레 퇴치용 스프레이를 뿌린다. 목덜미와 뺨에는 손바닥을 갖다 대 손바닥에 뿌린 스프레이가 배도록 했다.

"아, 맞다."

레스토랑으로 내려가는 길을 절반 정도 지나왔다 싶을 때 나는 말했다.

"먼저 내려갈래? 5, 6분쯤 후에 갈 테니까."

엄마 얼굴에 한순간 불안이 어렸지만 이내 체념하고 마음을 다잡은 듯하다. 빌라로 되돌아가는 내 귀에 천천히 멀어져가는 지팡이 소리가 들렸다.

아무도 없는 방 안에 두 사람분의 향수 냄새가 감돌고 있었다. 묵직한 무선전화기를 들고 테라스로 나간다. 달려 나가고 싶을 만큼 마음이 급했다. 그렇게 번호를 다 눌러갈 즈음엔 오히려 통화를 미루고 싶은 기분이 스친다. 이럴 거라는 건 이미 알고 있었다. 늘 그러니까. 온몸의 피가 머리와 손발 끝에 집중되고 만다. 두근거림, 그리고 공포 비슷한 무언가가 느껴진다.

벨이 네 번 울리자 남편이 전화를 받았다.

"어이."

목소리가 이미 웃고 있다. 내가 익히 잘 아는, 이 세상의 기적 같은 특별한 목소리.

"어이."

흉내를 냈지만 목소리가 잠겼다.

나는 놀라지 않을 수 없다. 어이. 고작 그 한마디로 이 사람은 내 피부에, 마음에, 심지어 내장 속에까지 파고든다. 그 한마디는 부드럽고 촉촉하게 아주 많은 정보를 전해준다. 나는 내 곳곳에 침투하는 그것을 맛보기에 급급해 아무것도 제대로 생각할 수 없게 된다.

"귀뚜라미?"

남편이 그렇게 물었을 때도 나는 그저 되묻고 말았다.

"귀뚜라미?"

"찌르찌르 찌르르 하고, 잘 들리는데."

"으응, 저녁이니까."

그리고 이제 저녁을 먹으러 갈 참이라고 말했다. 나는 난간에 기대어 어느 결에 눈을 감고 있었다. 온몸으로 남편의 기운을 맛보기 위해.

남편은 지금 집에 있다고 했다. 엊저녁부터 밤새워 일하고 그대로 점심때까지 근무했기 때문에 일단 집으로 돌아와 낮잠을 잤단다. 이제부터 준비하고 늦은 저녁을 먹으러 나갈 테지.

"별일이네, 낮잠이라니."

나는 내가 이야기할 때에는 눈을 뜨고 있다는 것을 깨닫는다.

"하지만 나도 오늘은 낮잠을 잤어. 이쪽에선 매일 일찍 일어나니까."

남편이 흘리는 웃음은 눈을 감고 들었다.

"아침 일찍? 그거야말로 별일이네."

"엄마랑 같이 있으니까. 게다가 이른 아침에 해안에 나가면 흥미로운 게 있거든. 돌아가면 이야기해줄게."

전화가 연결되어 있다는 행복에 나는 갑자기 못 견딜 지경이 되다. 물리적인 거리를 잊을 것만 같아 덜컥 겁이 날 정도다.

"만사 예정대로야."

내가 말했다.

"내일 돌아가."

"나리타에 7시 도착이었지?"

남편이 확인한다.

"괜찮아."

마중 나가진 못하겠지만, 하고 말하는 남편을 가로막으며 서둘러 말했다.

"어차피 엄마가 차량도 예약해놨고, 집까지 바래다줄 것 같으니까."

"응."

남편이 대답했다.

"그만 가봐야 해. 레스토랑에서 엄마가 기다리고 있어."

그리고 마지막으로 그 말을 입에 올린다. 조금이라도 가볍게 들리도록, 빠른 어조로.

"보고 싶어."

대답을 듣기 전에 전화를 끊었다. 그럼, 이라든지 몸조심하라든지 하는, 거리가 느껴지는 말은 듣고 싶지 않았기 때문이다. 남편은 내가 서두르고 있다고 생각해줄지 모른다. 엄마를 기다리게 하는 게 신경 쓰여 황급히 전화를 끊었다고.

나는 잠시 동안 테라스에 서 있었다. 어디에도 연결되지 않은 전화기를 쥔 채 그 주변에서 울고 있는 벌레 소리를 듣고 있었다. 여태 이름 같은 건 생각해본 적도 없는, 그러나 지금은 귀뚜라미라고 알고 있는, 그 벌레 소리를.

엄마는 담배를 한쪽 손에 쥐고 생글거리며 샴페인을 마시고 있었다. 젊은 종업원들이 마마, 마마, 하면서 의자도 빼주고 무릎에 냅킨도 펴주고 하니 (이곳 요리가 마음에 들지 않는 것은 제쳐두고) 싫지만은 않을 것이다.

"술도 왔다."

엄마는 담배를 끼운 손가락으로 병을 가리키며 말했다.

"신경 많이 썼네."

나는 그렇게 대답하고 자리에 앉았지만 실은 건성이었다. 샴페인이 나오든 말든 상관없다. 내일이면 집에 돌아간다. 우리는 건배했다. 마지막 밤을 위해.

"왜?"

엄마가 나를 빤히 쳐다보기에 물었다. 엄마는 대답이 없다.

"뭔데."

내가 재차 묻자 엄마가 되물었다.

"남편 전화가 그렇게 기쁘니?"

놀란다기보다 진심으로 의문스럽게 여기는 눈치였다.

"그렇잖아. 너, 마치 섹스라도 하고 온 것 같은 얼굴이라니까."

하마터면 샴페인이 기도로 넘어갈 뻔했다.

"엄마!"

냅킨으로 입을 닦은 뒤 메뉴판을 펼친다. 사실 이미 다 외우고 있어 굳이 볼 필요도 없었지만.

"정말이지, 무슨 소릴 하는 거야."

엄마는 태연할 따름이다. 메뉴에 시선이 가 있어도 엄마가 나를 보고 있다는 것을 알았다. 그 정도 발언에 동요하는 것을 이해할 수 없다는 듯이.

기리코 씨다워. 남편이 있었다면 그렇게 말하며 재미있어했을 것이다.

"난 좋아, 기리코 씨가."

처음 엄마와 만나던 날, 단 둘이 있게 되었을 때 남편이 했던 말이다. 당시 우리는 정신없이 사랑했다. 오만하고 탐욕스럽고 행복한 동시에 불행했다. 잠시도 떨어져 있지 못하고, 남의 눈도 아랑곳하지 않고, 죽고 못 살 것 같았다.

"미안해."

그날, 엄마는 여느 때처럼 실례되는 말을 했다. 내가 데려간 남자 앞에서 네 마음은 확실한 거냐느니, 어엿한 직업도 있는데 정말 이 사람과 살고 싶냐느니.

"원래 저런 사람이야. 악의는 없어."

"아무 문제 없어."

남편은 웃으며 그렇게 받아줬다.

"난 좋아, 기리코 씨가."

그리고 말했다.

"그런데 슈코랑 기리코 씨는 안 닮았네?"

나는 눈썹을 치켜 보였을 것이다. 나와 닮지 않아서 엄마가 좋다니 그게 무슨 뜻이냐며 농으로 돌려버렸는지도 모른다. 나는 염치고 뭐고 생각할 겨를이 없었다. 이미 남편에게 홀딱 빠져 있었다.

남편은 그걸 알고 있었을 것이다. 그는 자신에 찬 모습으로 웃고는, 잘 이해하지 못하는 아이를 타이르듯이 반복했기 때문이다.

"슈코와 닮지 않은 기리코 씨가 좋고, 기리코 씨와 닮지 않은 슈코가 좋아."

그것은 내가 정사를 통해 배운 것이었다. 누구와도 닮지 않아서 좋아진다는 것, 독특하다는 것, 그것은 일종의 완벽이었다.

"나와 당신은 닮았어."

내가 말했다.

"걸음걸이가 비슷해."

"그거 비극인데."

남편은 웃으며 그렇게 말했다. 익살맞은 모습으로, 그러면서도 동요하는 기색 하나 없이.

나는 생각하지 않을 수 없다. 그때 남편은 정말 알고 있었을까. 비극이 뭔가 거창한 것이 아니라 하루하루 생활 자체가 되어 우리를 붙잡아버릴 거라는 것을. 우리가 거기에 맞서기는커녕 자진해서 몸을 던지게 되리란 것도?

"맛있는 생선이 먹고 싶네."

엄마가 말했다.

"정어리가 좋아. 자그맣고, 손으로 싹 가를 수 있을 정도로 신선한 정어리를 구운 다음, 살이 터진 부분에 간장을 살짝 바르는 거지."

테이블 위에는 눈에 익을 대로 익은(매일 같은 것만 주문하기 때문이지만, 달리 이거다 싶은 것이 없으니 하는 수 없다) 푸른 채소볶음과 희뿌연 수프, 새우 요리가 차려져 있다.

"음, 이제 일본주만 있으면 완벽하겠어. 괜히 거창한 거 말고 '시메하리쓰루'나 '구보타' 같은, 아주 평범한 거면 되니까."

풀장 물은 시커멓다. 바닷바람이 야자 잎을 흔들며 사락사락 소리를 낸다. 바로 뒤이어 풍경이 딸그랑딸그랑 울렸다.

"그건 내일."

내가 말했다.

"지금은 이걸 먹어치우지 않으면 안 돼."

내일……. 나는 상상한다. 뭐 하나 늘어난 것도 없는데 엄마는 짐이 트렁크에 다 들어가지 않는다고 마뜩잖아할 것이다. 이른 아침, 방 안에서 침대 위에 옷가지며 책을 한가득 늘어놓은 채. 우리는 유난히 짐이 많은 여행자다. 커다란 트렁크가 둘, 책이며 자료가 든 상자가 하나, 그 밖에 코트용 여행 가방이 둘. 엄마는 짐을 들 수 없기 때문에 호텔에서든 공항에서든 짐꾼을 부르게 되고, 이동 한번 하려면 큰 소동이 벌어진다.

하지만 엄마는 생글생글 웃으며 택시에 오르겠지. 기분이 좋다면 잘 있으라든지 또 오겠다는 말을 할지도 모른다. 또 오고 싶네. 나도 엄마에게 말할 것이다. 바다며 하늘이며 달콤한 푸른 채소 볶음이며, 여하튼 이 땅과 이 땅을 이루고 있는 것들에 잔뜩 미련이 있다는 듯이.

공항에 도착할 즈음이면 내 머릿속은 온통 남편 생각뿐일 것이다. 숙제를 제대로 끝내고, 칭찬이 듣고 싶어 희희낙락하며 새 학기에 등교하는 아이처럼.

II

 최초의 기억은 사자놀이였다고, 와타루가 언젠가 말해준 적이 있다. 네 살 되던 해 정초였다고 한다. 바로 그 전해에 증조할아버지가 돌아가셨단다. 때는 점심 전으로, 밖은 화창했지만 집안은 고요하고 어두컴컴했다. 볕이 잘 들지 않는 집이었던 것 같다. 낡고 오래된 일본 전통 가옥이었는데, 정원이 넓고 귤나무 등이 있었다고 한다. 갑자기 현관문이 드르륵 열리고, 떠들썩한 신년 인사와 함께 사자가 껑충 뛰었다. 몸을 구불구불 틀어가며 커다란 입을 달각달각 열었다 닫았다 한다. 와타루는 어안이 벙벙했다. 사자놀이란 것을 모르기도 했고 이도 저도 다

현실과 동떨어져 있었다. 가장 무서웠던 것은 다리였다고 한다. 너무 가늘어 마치 인간 다리처럼 보였기 때문에.

 황급히 안에서 나온 엄마가 우리는 상중喪中이라고 말했다고 한다. 알고 보니 그들은 옆집에서 부른 거였다. 대문 앞에 새해맞이 장식도 해놓지 않았는데 도대체 왜 그들이 그런 실수를 했는지 알 수 없다고 했다. 잘은 모르겠지만 아무튼 그것이 와타루의 최초의 기억이었다.

 봄. 나는 와타루를 생각하면서 기리코 씨네 맨션으로 이어지는 길을 걷고 있다. 유명한 프렌치 레스토랑과 부티크, 와인숍 같은 곳을 곁눈질하면서 공원 옆을 빠져나가 언덕을 오르고, 큰길을 지나 이번에는 긴 언덕을 내려간다. 내가 다니는 고등학교에서 지하철로 가면 겨우 한 정거장밖에 안 되지만, 이렇듯 눈부시게 맑은 오후에는 걷는 편이 훨씬 기분 좋다. 모두가 수업을 받고 있는 시각이면 더욱 발걸음이 가볍다. 나는 일주일에 한 번 조퇴할 수 있게 되어 있다. 아니, 정말 그런 건 아니고 그냥 묵인되고 있다. 작년엔 일주일에 절반 정도를 조퇴했다. 그때에 비하면 지금은 그나마 나은 것인지도 모른다.

 기리코 씨는 정월에 푸껫에서 알게 되었다. 나는 아빠와 둘이, 기리코 씨는 딸과 둘이 여행 온 참이었다. 우리가 묵었던 호텔에 다른 일본인이 없기도 했고, 아빠가 기리코 씨 딸을 마음에 두고 있던 탓에 몇 번인가 넷이 함께 식사를 했다. 돌아와서 그때 찍은 사진을 기리코 씨에게 보내자 답례로 사전을 보내왔다. 사전. 사진 몇 장에 대한 답례로는 너무 멋지고 특이한 선물이 아닌지. 엄마의 엄명에 나는 감사의 편지를 썼다. 사진 답례에 대한 답례.

주소에 의지해 처음 그 집을 찾아낸 것은 아직 추울 때였다. 나는 와타루와 함께였다.

"기리코 씨는 지팡이를 짚고 다니는 할머니지만 말솜씨가 뛰어난 사람이야. 주름투성이 몸으로 당당하게 수영복을 입고, 튜브를 사용해서 수영을 해. 비치에서도 바에서도 책을 읽고, 현지인에게도 일본 말로 주문하고."

내 말에 기리코 씨에게 흥미가 생긴 와타루가 자기도 만나보고 싶어 했기 때문이다. 나는 인터폰을 눌렀다. 나쁜 짓을 하는 것도 아닌데 나쁜 짓을 하는 것처럼 가슴이 두근두근했다. 그도 그럴 것이, 사진을 보내줘야 한다고 내게 다짐을 놓긴 했지만, 놀러 오라는 말은 한 번도 하지 않았기에.

기리코 씨는 집에 있었다.

"네."

스피커 너머에서 흘러나오는 무뚝뚝한 소리 뒤에 내 이름을 말했지만 대답이 바로 나오진 않았다.

"미미예요. 푸껫에서 만났던."

내 이름은 미미가 아니지만, 그렇게 말하자 기억해주었다.

"아, 미우미."

기리코 씨는 웬일인지 내 이름을 정확히 말하고 맨션 입구의 잠금장치를 해제해주었다.

"미안해. 계속 미미인 줄 알고 있었거든. 편지를 보고 처음 알았어, 네 이름이 미미가 아니고 미우미라는 것을."

기리코 씨는 현관에서 나를 보자마자 그 말부터 입에 올렸다. 내가 갑자기 (게다가 남자까지 데리고) 찾아온 것에 대해 어떻게 된 거냐느니, 깜짝 놀랐다는 말은 한마디도 없었다. 마치 같은 호텔에 머물고 있기 때문에 자주 얼굴을 마주치는 것이 당연하다고 여기는 느낌이 계속되고 있는 것 같았다.

"괜찮아요. 미미라고 부르셔도."

나는 말했다.

"미니마우스 같아서 귀엽기도 하고요."

기리코 씨는 망연한 표정으로 말했다.

"안 되지, 그런 걸 애매하게 해버리면. 무엇보다 마우스는 쥐잖아?"

그날 기리코 씨는 나와 와타루에게 홍차와 박하맛 초콜릿을 내주고, 여행 이야기를 조금 하고 나서 우리에 대해 많은 것을 물어보았다.

"오빠?"

이것이 와타루에게 한 첫 질문이었다. 와타루는 내 오빠도 아니고 연인도 아니다.

"아뇨. 하지만 그 비슷한 거랄까."

와타루는 그렇게 대답했다.

"아버지 일을 도와주고 있는 사람이에요."

나는 이렇게 대답했다. 기리코 씨는 확실히 내 대답이 마음에 든 모양이었다.

기리코 씨가 부자라는 건 알고 있었다. 비록 여행지에서 만난 사이지만 그런 정도는 겉모습이나 말투, 행동에서 대충 알 수 있고, 엄마 말에 따르면 우리들이 만난 그 리조트 호텔은 '이용하는 사람들의 정신 상태가 의심스러울' 만큼 '터무니없이 비싼' 숙박료를 받는다고 한다. 이빼는 업무상 줄이 닿아서 아주 싼 가격으로 이용할 수 있었다. 엄마와 달리 나는 기리코 씨의 정신 상태를 의심하지는 않았지만, 부자인가 보다고 막연히 생각했다.

하지만 기리코 씨가 살고 있는 맨션은 지극히 평범한 데다 특별히 넓지도 아름답지도 않았다. 그 집은 4층 건물로 외벽은 회색 타일이 발라져 있었는데, 엄마와 내가 살고 있는 집이 더 호화로웠다. 우리 집은 아빠가 직접 설계했는데, 장소는 도심에서 다소 떨어진 시골이지만 건축가 네기시 히데히코가 열정을 기울여 만든 집인 만큼 많은 피와 땀이 배어 있고 외관도 멋져서 사람들의 눈길을 끈다. 아빠 혼자 살고 있는 임대 맨션과 비교해도 크기나 외형 모두 뒤처진다. 게다가 실내에는 물건들이 넘쳐났다. 아무리 생각해도 너무 무거운 유화(아빠라면 그 벽에는 기껏해야 작은 판화나 시크한 포스터가 제격이라고 판단할 테지), 너무 많은 깔 것, 거기다 겹겹이 쌓아올려진 너무 많은 책들, 장식장 안이며 위에 진열된 물건들, 딱 하나 있는 팔걸이 달린 의자에 어지러이 떨어져 있는 쿠션이며 모포. 여기저기 재떨이가 놓여 있고, 그 안에는 하나같이 담배꽁초가 담겨 있었다.

생전 처음 보는 혼란스러움, 그리고 생전 처음 보는 질서라고 생각했다. 와타루는 눈을 휘둥그레 떴지만 나는 오히려 마음이 편했다.

"또 놀러 와도 되나요?"

집을 나오면서 그렇게 묻자 기리코 씨는 놀란 얼굴을 했다. 우리가 갑자기 찾아왔어도 놀라지 않았으면서.

"그야 상관없지만."

미심쩍어하는 듯한 어조였다. 결코 기쁘지는 않지만, 그렇다고 난감해하는 것도 아닌, 정말 아무래도 상관없음을 알 수 있는 이 사람 특유의 말투였다. 기리코 씨는 잠시 침묵하다 평일에는 슈코가 옆방을 작업실로 쓰고 있으니까, 하고 말했다.

"오늘 네가 왔다 간 걸 알면 슈코는 틀림없이 아쉬워할 거야."

'슈코'란 기리코 씨의 딸 이름이다.

"그럼 다음엔 되도록 평일에 올게요."

나는 싱긋 웃으며 말했다.

그리고 오늘, 나는 두 번째로 그 집을 방문하려 하고 있다. 그날 이후 두 달이 지났고, 기리코 씨네 맨션 화단에는 샛노란 개나리가 흐드러지게 피어 있다.

최초의 기억.

와타루의 사자놀이 이야기를 들은 이후, 나는 내 자신의 최초의 기억을 떠올리려 하지만 마음처럼 되지 않는다. 어렴풋이 기억나는 것은 몇 가지 있지만 너무 난편석인 데다 희미해서, 언제 어디서였는지를 따지기에 앞서 정말로 있었던 일인지조차 판단할 방법이 없다. 예를 들면 모르는 사람의 손에 대한 기억. 뒤에서 누군가가 내 양 옆구리에 손을 찔러 넣었다. 손바닥을 안쪽으로 해 나를 단단히 잡았는데, 실은 나를 안아 올렸거나, 넘어지지 않게 떠받쳤을 뿐인지도 모른다. 하지만 그 부분에 대한 기억은 없고, 그저 옆구리 아래로 모르는 사람의 손이 들어온 기억만 남아 있다. 그렇더라도, 그 인물은 내 뒤에 있었는데 어째서 나는 이토록 확실하게 그것이 모르는 사람의 손이었다고 여기는 걸까.

혹은 바다에 대한 기억. 그리고 이제 갓 나오기 시작한 가을의 퍼런 감귤 향. 주변에는 아무도 없고, 나는 바다를 마주 보며 파도치는 물가에 서 있다. 수면에는 엷은 햇살이 비치고 있다.

그러나 이 기억은 앞서 말한 손에 대한 기억보다 더 특정 짓기가 어렵다. 여하튼, 바다를 좋아하는 부모님 밑에서 태어나 미우미美海라는 이름이 붙여졌을 정도로 나는 갓난아기 때부터 여기저기 바다에 끌려갔다(아마 그런 것 같다). 앨범에는 태어난 지 얼마 돼 보이지도 않는 갓난아기인 내가 화려한 문양의 포대기에 싸인 채 해변에 놓여 있는 사진도 있다.

어쨌든 손이나 바다(어쩌면 이 두 가지는 같은 시기의 기억일지도 모르고 아닐지도 모른다) 중 어느 한 가지가 나의 최초의 기억인 것이다. 손이든 바다든 장소는 일본이므로……. 어떻게 그걸 알 수 있냐고 묻는다면 딱히 증명할 길은 없지만, 공기의 질감과 분위기가 그런 것 같다.

조금 더 확실한 기억을 떠올리자면, 전부 미국에서의 기억뿐이다. 노란색 도시락이라든지, 보스턴에 살 때 자주 놀러 갔던 노부부 집이라든지, 맨 처음 살았던 집의 창틀이라든지, 뉴욕의 치과 의사라든지, 한국인 부부가 경영하던 과일 가게 앞이라든지, 엄마 아빠의 싸움이라든지.

접시가 깨지고 엄마는 운다. 어느 동네에서 살든 그 상황은 반복되었다. 아침이고 밤이고. 한번은 엄마가 나를 데리고 가출까지 했다. 버스로 상당히 먼 곳까지 가서 호텔이나 모텔에 묵었다. 버스를 타고 가는 동안, 나는 겁이 나서 행선지를 물을 수도 없었다.

미국에서는 세 살부터 열네 살까지 살았기 때문에 손과 바다와 관련된 기억은 세 살 이전인 셈이 된다.

"어머나."

기리코 씨는 그저 그렇게 말하고 잠금장치를 해제해주었다. 나는 맨션 입구로 들어가 엘리베이터를 기다리는 동안 우편함에 적힌 두 사람의 이름을 보고 있었다.

403호 쓰다 기리코. 402호 하라 슈코.

이것만 봐선 우편배달부는 두 사람이 모녀 사이라고는 생각하지 않을 것이다. 나는 엄마와 이웃으로 산다는 것이 어떤 느낌인지 상상해보려 했다. 이곳은 슈코 씨 자택이 아니라 작업실인 듯싶지만.

"넌 언제나 갑자기 찾아오는구나."

기리코 씨는 그렇게 말하고 슬리퍼를 내주었다. 속까지 펠트로 마무리된 고풍스러운 슬리퍼.

나는 남의 집 안을 보는 것을 좋아한다. 현관만 해도 여러 가지 표정이 있다. 냄새도 다르고, 콘크리트 바닥에 놓인 신발 개수며 종류, 우산 꽂이의 유무, 깔개나 장식의 유무 등. 기리코 씨네 실내는 물건들로 넘쳐나는데 현관만은 심심할 정도로 별게 없다. 한문이 적힌 액자가 하나 걸려 있을 뿐, 달리 장식도 깔개도 없고 우산 꽂이도 없다. 벗어 던져진 신발도.

"공교롭게도 오늘은 슈코가 없어. 바깥일이 있는 데다 저녁에는 제 남편과 데이트한다는 것 같고."

딱, 딱 지팡이를 짚으며 기리코 씨는 말했다. 지난번에 왔을 때와 마찬가지로 온갖 물건이 넘쳐나는 거실을 지난다.

"식당 의자 가져와서 앉으렴."

식당이라기보다 그냥 부엌에 가까웠지만 지난번에도 그랬었기 때문에 나는 바로 알아듣고 의자를 가져와 앉았다.

"그래도 마침 잘됐네. 말린 물가자미를 주문했는데 오늘 아침에 도착했거든. 갈 때 좀 가져가렴."

쿠션이 널려 있는 팔걸이의자에 기리코 씨는 조용히 앉았다.

"물가자미 아니? 그걸 말린 건데, 정말 맛있어."

기리코 씨의 좋은 점은 혼자서 끊임없이 말하는 거다. 내가 별말 안 해도 신경 쓰지 않는다는 것.

"알아요."

나는 말했다.

기리코 씨는 홍차를 타고 또다시 박하맛 초콜릿을 내주었다. 녹색 상자에 든 얇고 네모난 초콜릿. 나는 가만히 앉아서 방을 둘러보고 있었다. 거들어야 하지 않을까 하는 생각도 했다. 하지만, 부엌 식탁에는 아직 2시가 조금 지났을 뿐인데 저녁으로 생각되는 요리가 차려져 있었고, 한 접시씩 랩에 싸인 그것들을 봐서는 안 될 것 같았기에 움직이지 않았다.

"오늘은 보디가드를 데려오지 않았니?"

다시 의자에 앉아 기리코 씨가 입을 열었다.

"네."

정말로 왜소한 할머니다. 혼자 앉기에는 부담스러울 정도로 큰 의자여서 앉아 있다기보다 파묻혀 있는 것처럼 보인다.

"네가 입고 있는 그거, 교복이니?"

"네."

그때 나는 문득 깨달았다. 이 방이 독특하면서도 편안하고, 한편으로는 뒤죽박죽인 듯 보이는 것은 가구 탓이다. 이도 저도 다 너무 중후하다. 발판이며 장식장이며 작은 티 테이블조차도.

방구석에 놓여 있는 괘종시계는 중후한 데다가, 거대한 것이 아무리 봐도 기리코 씨 키보다 크다.

"그렇구나. 잘 어울리네."

홍차는 진하고 뜨거운 데다가, 놀랍도록 두껍게 썬 레몬이 곁들여져 있었다.

거실에 침묵이 내려앉는다. 두 사람이 홍차를 홀짝이는 소리만 들린다.

노인들은 대개 집에 있고, 예고 없이 방문해도 집에 없는 일이 적다. 놀러 온 사람은 환영을 받기도 하고, 설사 환영받지 못하더라도 얼굴은 볼 수 있다. 나는 그것을 경험상 확신하고 있었다. 보스턴에 살 때 아빠는 일 때문에 집에 없는 날이 많았고, 엄마는 대학에 다녔다. 베이비시터가 있긴 했지만 나는 그녀와 지내는 것보다 옆집 노인과 시간을 보내는 게 더 좋았다. 그 집에 놀러 가면 텔레비전을 보여주었다. 어린이 방송은 아니고 성인 대상 퀴즈 프로그램이나 토크쇼 등을.

"뭘 하고 계셨어요?"

나는 기리코 씨에게 물었다.

"잡지 보고 있었어."

기리코 씨는 티 테이블에서 돋보기안경을 집어 쓰고, 두툼한 교과서처럼 보이는 책을 무릎에 얹었다.

"내내 쌓인 통에 읽어놔야 해."

기리코 씨는 별로 내키지 않는 일인 양 말했다.

"무슨 내용이 실린 잡지인가요?"

순수한 호기심에서 물었으나 기리코 씨는 놀란 듯 안경 위로 나를 보았다. 이상한 것을 다 묻는 아이라는 듯이.

"그야 소설이지. 그 밖에 비평이나 수필 같은 거."

나는 당황해 아……, 하고 말했다.

"아버지는 건강하시니?"

네, 하고 대답했지만 아빠와는 벌써 두 달 가까이 못 만났다. 와타루와 아빠가 업무 미팅 겸 만나는 점심 식사 자리에 불청객으로 끼어든 게 마지막이었다. 그러고 보니 여기 처음 온 날이 바로 그날이었다. 기리코 씨의 맨션은 우리 학교에서도 가깝지만 사무실로 쓰고 있는 아빠 집에서도 가깝다.

"그만 가볼게요."

4시 전에 나는 그렇게 말하고 일어서기도 했다. 기리코 씨는 말린 물가자미를 여섯 마리 싸서 주며 말했다.

"미미랑 길이 또 엇갈린 걸 알면 슈코는 분명 실망할 거야. 그 아이, 너를 무척 마음에 들어 했으니까."

이른 저녁. 나는 밖으로 나와 살짝 웃었다. 기리코 씨가 지극히 당연하다는 얼굴로 나를 미미라 불렀기 때문이다. 그렇게 불리니 유쾌한 기분이 들었다. 그런 것을 애매하게 해서는 안 된다고 했으면서 그새 잊어버린 걸까. 이런 것이 나이 든 사람의 재미있는 점 중 하나라고 나는 생각한다.

　엄마와 아빠가 이혼한 것은 내가 아홉 살 때였다. 나와 엄마는 뉴욕으로 이주했고 아빠는 보스턴에 남아 있다가 그 이듬해에 일본으로 귀국했다. 엄마와 내가 현재 살고 있는 기타센주 집은 아빠가 외할아버지와 외할머니를 위해서—그리고 엄마와 내가 언젠가 귀국했을 때 집 없이 살지 않도록 하기 위해서—설계한 것이다. 외할아버지, 외할머니는 애초부터 그곳에 살고 있었는데, 옆집에서 집을 팔려고 내놓자 딸과 헤어진 사위에게 재건축을 상담한 것이었다. 엄마와 아빠는 싸우고(그것도 아주 장렬하게) 헤어졌는데 아빠는 외할아버지, 외할머니와 그 후로도 사이가 좋았던 것 같다.

　엄마는 뉴욕에서 간호사로 일했다. 야근도 많았고 언제나 '기진맥진'해 돌아왔다. 하지만 엄마의 경우, 애인과 잘되어가기만 하면 아무리 바빠도 끄떡없었다. 그런 때의 엄마는 일이든 가사든 소홀함이 없을 뿐만 아니라 자원봉사 활동까지 맡아 했다. 하지만 애인이 없어지고 나면 미소와 헌신, 배려와 인정, 열정, 정의감 그리고 우아함이 있던 자리에는 언제나 '심한 피로'만이 남았다.

 외할머니가 돌아가시고 아빠가 지은 그 집에 외할아버지 혼자 남겨지자 엄마는 귀국을 결심했다. 귀국하고 반년 후에 외할아버지도 돌아가시고 말았지만. 그런데 그 당시 만약 엄마의 사랑이 한차례 막을 내리지 않았다면 엄마는 귀국할 마음을 먹지 못하지 않았을까. 지금도 나는 그렇게 의심하고 있다.

 사물함에 걸터앉아 샌드위치를 먹는다는 건 예의 바른 행동은 아닐 것이다. 나 말고는 아무도 그렇게 행동하는 사람이 없다. 점심시간. 사물함은 창문에 바싹 붙어 있기 때문에 등에 햇살이 닿아 기분이 좋다.
 '미우미는 친구를 만들려고 하지 않는다.'
 나는 반 아이들이 그렇게 생각하고 있다는 것을 안다. '미우미는 혼자 있기를 좋아한다' 또는 '도도하게 군다' 역시.
 확실히, 하고 마음속으로 말하고 살짝 웃었다. 확실히 사물함은 의자보다 높다. 교실 전체를 바라볼 수 있기 때문에 마음의 평정을 유지할 수 있다. 여기서 보이는 풍경 속에 뒤섞여버리는 것은 무서운 일이다. 객관성을 유지할 수 없게 된다.
 게다가 단순히 전망이 좋기도 하다. 내가 이 학교에 들어와 놀란 점 중 하나는, 이곳에서는 모두 레스토랑의 런치처럼 예쁘고 정성이 담긴 도시락을 싸서 가져온다는 것이다. 그것도 날마다 메뉴가 다르다. 미국 학교에서처럼, 매일 같은 파스타, 같은 샌드위치, 같은 가게의 햄버거를 가지고 오는 아이들은 이곳에는 없다.

조퇴를 밥 먹듯이 하면서 이런 말을 하는 것도 우습지만, 전반적으로 나는 이 학교가 마음에 든다. 몇몇 선생님과 학생들이 자아내는 성실하고 온화한 분위기도.

점심 식사를 마치고 바닥으로 폴짝 뛰어내린다. 실내화가 삑 소리를 냈다.

목둘레가 늘어난 짙은 갈색의 긴소매 티셔츠에, 너무 빨아서 색이 바랜 핑크색 트레이닝팬츠. 이마 언저리가 희끗희끗한 검은 머리는 뒤에서 하나로 묶었다. 볼은 홀쭉하고 눈 주위엔 다크서클. 차가운 물로 막 씻은 얼굴은 군데군데 빨갛다. 가까이 다가가자 크림 냄새가 난다.

"일어났니."

게다가 목소리까지 잠겨 있었다.

"응. 많이 마셨어?"

휴일 아침이면 엄마는 늘 이런 느낌이다. 최상의 상태—물론 연애하고 있을 때의 얘기다. 연애, 또는 결혼 생활이 잘되어가고 있을 때─일 때의 엄마와 동일 인물이라고는 도저히 생각할 수 없다.

"아니. 노래방. ××씨랑 ○○씨랑."

엄마는 동료 간호사들 이름을 말했다.

"굉장했나 보네."

"장난 아니었어."

그렇습니까. 나는 속으로 중얼거렸다. 커피를 잔에 따르고 빵을 토스터에 넣는다.

"좋은 날씨네."

조금도 반기는 기색 없이 엄마가 말한다.

"정원에 물 줘야 하는데."

그러고는 한 손으로 얼굴을 반쯤 감싼다.

"주고 올까?"

엄마 얼굴에 진심으로 기뻐하는 듯한 표정이 확 떠오른다.

"그렇게 해주신다면야 고맙지요."

나는 어깨를 으쓱해 보인다. 물 주는 것쯤 크게 힘든 일도 아니다. 조팝나무 덤불, 꽃사과나무가 한 그루, 사라수나무가 한 그루, 시렁을 타고 뻗어나가게 만든 스프레이 장미. 정원이라고 부르기엔 너무나 좁은 공간이지만 다양한 식물이 눈에 띈다. 욱여넣기 식으로 심어져 있을 뿐이지만.

"그래서, 오늘은 무슨 영화 볼래?"

엄마가 물었다. 엄마와 나는 주말마다 영화를 본다. 영화관에 가는 것은 한 달에 두 번 정도이고, 나머지는 디브이디를 빌려 보거나 텔레비전으로 시청하는 게 전부지만, 엄마와 나는 둘 다 영화를 무척 좋아한다. 미국에 살 때도 쇼핑몰에 입점한 복합 영화관에 자주 갔다. 수북한 팝콘과 스프링롤을 사 들고.

오랜만에 영화관에 가자고 엄마가 말한다. 어디서 뭘 볼 수 있는지 알아두라며. 그러고는 일어난다. 커피가 담긴 머그잔을 손에 들고 부엌을 나간다. 분명 한숨 더 자려는 것이다.

토스트가 구워지자 나는 거기에 버터와 명란젓을 바른다. 명란젓은 친할아버지, 친할머니가 자주 보내주기 때문에 우리 집 냉장고에 상비되어 있다. 명란젓과 영화관, 모두 내가 일본으로 돌아와 감동받은 것들이다.

도쿄 거리에는 정말 놀랍도록 많은 영화관이 있다. 게다가 어느 곳이나 청결하고 쾌적하며, 전 세계의 소소한 작품들까지 볼 수 있다. 미국에 있을 때에는 생각지도 못했던 일이다.

영화를 보고 난 후에 엄마와 나는 자막에 대해 곧잘 이야기를 나눈다. 프랑스나 이탈리아 영화일 때는 몰라도, 영어권인 경우, 지적하고 싶은 부분이 어김없이 나오기 때문이다. 저래서는 유머가 제대로 전달되지 않아, 라든지, 저렇게 깔끔하게 일본어로 바꿀 수 있다니, 예술이네, 라든지.

 아침 식사를 마치고 나는 혼자서 설거지를 한다. 정원에 물을 준 후에 무엇을 할지 따위를 생각하면서.

 교내에서는 휴대전화 사용이 금지되어 있지만, 방과 후 교문 밖으로 한 발짝 나와버리면 얘기는 달라진다. 아이들 모두가 교문을 나서기 무섭게 전원을 켠다. 역으로 향하는 길을 걸어가면서 나는 저장해놓은 번호를 눌렀다.

 "네, '리메론'입니다."

 이 번호의 좋은 점은, 영업시간 중이라면 반드시 와타루가 받는다는 점이다. 휴대전화로 걸어도 좀처럼 연결되지 않는 녀석인데.

 "지금 가도 돼?"

 나는 다짜고짜 말했다.

 "오늘은 마지막 교시까지 학교에 있잖아."

 만약을 위해서 덧붙인다.

 "내가 거기에 대해 뭐라고 한 적은 없을 텐데."

 와타루는 웃으며 말했다.

 "물론 되지. 와. 하지만 7시까지는 가게를 못 비워."

 "알고 있어."

"그럼 기다릴게."

간결하다는 것이 우리 두 사람의 대화 및 관계의 특징이며, 내가 상당히 마음에 들어 하는 점이자 곤란해하는 점이기도 하다. 나는 전화를 끊고 지하철을 탔다.

지하철, JR, 사철私鐵 등 전철을 세 번 갈아타고 이케노우에 역에서 내린다. 도쿄는 넓다. 와타루가 점장으로 있는 구제 옷 가게 '리메론'은 건물 자체도 작고 오래돼서 아주 그럴듯하다. 청바지와 티셔츠, 알로하셔츠가 어수선하게 걸려 있고, 쇼 케이스에는 은제 액세서리며 지포 라이터가 진열되어 있다. 가게 구석에는 고색창연한 목마가 서 있다. 햇살이 비치는 교회 안에서 나는 것과 비슷한 냄새가 나는 건 목조건물이기 때문일까. 유리창은 넘실거리는 느낌이랄까, 두툼하고 기포가 들어간 옛날 느낌의 유리라서 밖이 맑든 비가 오든 실내에 직접적인 영향을 주지는 않는다. 언제나 조용하다, 이 가게 안은.

"와타루?"

말을 걸어보았다.

"어서 와."

목소리가 먼저 들리고 한 템포 늦게 사람이 나왔다. 그리스도 같은 풍모와 콧수염.

"가게 볼래? 아니면 안에서 뭐라도 마실래?"

나는 가게를 보겠다고 대답했다. 이곳에는 둥근 목제 스툴 두 개가 반듯하게 놓여 있다.

"이제 곧 즈시로 가겠네?"

이제 막 5월에 접어들었을 뿐이지만, 나는 그렇게 말했다. 매년 여름, 와타루는 아빠가 낸 서핑숍을 봐주기 위해 즈시에 간다. 그리고 여름 내내 그곳에서 지낸다.

"응. 그쪽으로도 또 놀러 와."

안 그래도 갈 생각이었다. 이곳은 그저 가게일 뿐, 와타루의 주거지는 아니지만, 즈시에서는 가게 2층에서 와타루가 기거한다. 어차피 방문할 거라면 사적인 공간과 연결된 장소가 훨씬 더 재미있다.

생각만으로도 맥박이 빨라진다. 나는 작년에도 즈시에 몇 번이나 놀러 갔었지만 올해는 상황이 조금 달라졌다. 서른한 살 독신 와타루에게는 작년까지만 해도 여자 친구가 있었다. 3년 넘게 사귀었다는데 그녀는 어느 날 갑자기 와타루 곁을 떠났다. 아듀, 페어웰, 굿바이, 소롱.

"즈시에 가면 재워줄 거야?"

"물론."

와타루는 단박에 대답했다. 자신의 몸이 위험할 거라는 건 예상해주지 않는 것이다.

커플이 한 쌍 들어왔다 나간다. 와타루가 어서 오세요, 하고 말해 감사합니다, 라고 말하기까지 걸린 시간은 대략 2분.

다음에 온 여자 손님은 가게에 들어와 10분 가까이 있었지만 결국 아무것도 사지 않았다.

가게를 본다고 해도 나는 교복을 입고 있기 때문에 점원으로는 보이지 않는다. 손님은 나와 와타루가 무슨 관계일까 궁금해할 것이다. 그러거나 말거나 와타루는 전혀 신경 쓰지 않는 듯 보이지만, 나로서는 꽤 기쁘다. 특별 대우랄까.

"여기 온다고 료코 씨한테 말했어?"

"했어."

나는 거짓말을 했다.

"어차피 엄마는 오늘 야근이기도 하고."

이건 사실이다. 엄마는 냄비에 뭐가 들어 있는지, 전자레인지에 무엇을 몇 분간 돌려야 하는지 따위를 아침에 세세하게 설명해주었다.

"그럼, 이따가 저녁 겸 뭐라도 먹을래?"

"먹을래."

역시 간결하다.

"일요일에 엄마랑 영화 봤어."

불고기를 먹으며 나는 말했다.

"오호, 뭐 봤는데?"

'리메론'에서 엎어지면 코 닿을 데 있는 이 가게는 와타루의 단골집인 듯싶다. 크림색 테이블은 끈적거리고 의자에는 녹색 비닐이 씌워져 있다. 교복에 냄새가 배는 것은 아무래도 피할 수 없지 싶다.

"사이드웨이."

"오호."

오호, 라는 말에서 나는 와타루가 그 영화를 보지 않았거나, 아니면 애초부터 모른다는 것을 알 수 있었다. 〈어바웃 슈미트〉의 알렉산더 페인이 각본과 감독을 맡고, 산드라 오가 귀여운 역을 맡고 있는데도.

"자막은 어땠어?"

좋았다고 대답했다. 나는 우롱차를 마시며 와타루가 구워준 우설牛舌에 따로 나온 파를 듬뿍 얹는다. 뜨거운 것과 차가운 것, 기름진 것과 신선한 것의 배합이 그야말로 아시아의 식문화답다.

"'fishy'를 수상하다고 번역해서 감동했어."

"오호."

와타루가 맥주를 마실 때면 나는 언제나 그 모습에 넋을 잃고 만다. 저렇게 가는 손목으로 저렇게 큰 맥주잔을 간단히 들어 올리다니.

"'fishy'가 무슨 뜻인데?"

나는 잠시 고민하고 말았다.

"……수상하다."

내 대답에 와타루가 웃었다.

"있지, 다음에 같이 영화 보러 가자."

"좋아."

그는 또다시 단박에 대답한다. 불판 위에는 고기가 차례차례 익어간다. 뱃살, 목살, 심장, 간.

"아니면, 또 쓰키시마에 가자."

"쓰키시마? 좋아. 거기가 마음에 들었어?"

나는 고개를 끄덕였다. 얼마 전에 와타루는 나를 그곳에 데려가주었다. 바다, 부두, 야경, 가로수 길, 혼잡한 버스, 쇼와 시대 분위기가 나는 집들……. 도쿄는 정말 넓다.

"저기 말이야."

와타루가 뭔가 말을 꺼내려는 찰나에 내 휴대전화가 울렸다. 누구한테서 온 것인지는 알고 있었기 때문에 가게 밖으로 나가면서 받았다. 그래도 주변의 소란한 소리는 엄마에게 전해졌을 것이다.

"미우미? 어디니? 여러 번 전화했는데."

"미안. 아직 집에 안 갔어. 와타루와 같이 있어."

가게 안이 연기로 가득한 데다 더웠기 때문에 바깥의 신선한 공기가 고마웠다. 형광등이 달린 전신주. 쌓아 올려진 노랗고 빨간 맥주 케이스.

"마침 밥 먹던 중이었어. 불고기."

전화 너머에서 엄마는 한숨을 쉬었다. 반은 안도의, 반은 노여움을 가라앉히려는 한숨이다.

"그건 괜찮지만 집이 머니까 일찍 나오고, 와타루에게 꼭 데려다 달라고 해."

"알고 있어."

"고맙단 인사라도 하게 와타루 좀 바꿔줘."

그런 건 바라지 않았기에 거짓말을 했다.

"미안. 가게가 지하야. 전화가 잘 안 들려."

테이블로 돌아가자 내 접시에 고기가 수북이 담겨 있었다.

"엄마야. 와타루한테 안부 전해달래."

싱긋 웃으며 말했다.

"응. 나도 안부 여쭙는다고 전해줘."

와타루는 담배에 불을 붙이고 깊이 들이마신다.

"으음, 뭐였더라. 아까 와타루가 뭔가 말하려던 참이었지?"

"응."

저기 말이야. 와타루는 다시 한 번 말하고 내 얼굴을 지그시 바라보았다. 지금처럼 재미있어하는 표정을 지을 때면 각별히 주의해야 한다. 이럴 때 와타루는 곧잘 짓궂은 말을 한다. 짓궂은 말이 아니어도 결국 내 마음에 들지 않는 말을.

"나는 상관없어. 언제든 같이할 수 있어. 영화든 쓰키시마든."

나는 마음의 준비를 하고 기다렸다.

"하지만 말이야, 너에게는 친구도 필요하다고 생각해. 재미없 잖아, 모처럼 학교를 빼먹어도 같이 놀 친구가 없으면."

"오늘은 빼먹은 거 아니야."

"그런 말이 아니라."

침묵이 내려앉는다.

"재미없지 않아. 나는 혼자서 빈둥빈둥 돌아다니는 게 좋아. 도쿄는 재미있기도 하고."

와타루는 아무 말도 하지 않는다. 담배를 끄고 어느샌가 나와 있던 차를 마신다.

"게다가 누군가와 놀고 싶어지면 얼마든지 놀 수 있어. 반에도 가끔 이야기하는 아이가 있고."

또다시 침묵.

"의외로 재미없는 말을 하네. 순식간에 기분 상했어."

내 말에 와타루가 웃음을 터뜨렸다.

"그렇다면 미안해. 알았어. 괜한 참견이었어."

"그래. 괜한 참견이야."

나는 기분이 완전히 상해버렸다. 더 이상 아무런 의욕도 나지 않는다. 나한테 친구가 필요하다고? 일본에 있는 유일한 친구에게 그런 소리를 듣게 될 줄이야.

"그런 말, 앞으로 절대 하지 말아줘. 안 그러면, 두 번 다시 놀러 와주지 않을 테니까."

와타루는 조금 놀란 얼굴을 했다.

오늘은 비가 왔다. 나는 오후 수업을 빼먹고 도서관에 와 있다. 공원 안에 있는 도서관. 그렇더라도 책을 읽고 있는 건 아니다. 로비에 놓인 소파에서 음악을 듣고 있을 뿐. 이곳은 편해서 마음에 든다. 어쨌든 조용하다. 음악을 듣고 있어도 확실히 알 수 있다. 열람실만큼은 아니지만 이곳 역시 바깥과는 비교할 수 없을 정도로 조용해서 기침 소리라든지 발소리라든지 커피 자판기 소리 따위가 유난히 두드러진다는 것을. 정적이란, 소리가 아니라 기척이므로.

엠디플레이어는 내가 늘 지니고 다니는 것 중 하나다. 음악이 있으면 따분하지 않고, 혼자 있어도 고독해 보이지 않는다. 시부야나 신주쿠같이 사람이 많은 번화가를 걸을 때는 특히 필요하다. 거대한 간판이며 게임 센터의 소음이며 각종 전단지를 나눠주는 사람들로 넘쳐나는 그 불온한 거리가, 음악을 들으며 걸으면 마치 영화처럼 아름답게 보인다. 게다가 이어폰을 꽂고 있으면 모르는 사람이 말을 거는 경우도 거의 없다.

하긴, 그럼에도 때로는 이런 사람이 나타나기도 한다. 스팅 노래에 맞춰 속으로 〈SET THEM FREE〉를 부르고 있는 내 앞에 얼굴을 들이밀고 이어폰을 빼라며 몸짓으로 호소하는 사람.

이럴 때면 네, 또는 왜 그러시는데요, 따위의 말을 입에 올리지 않는 게 중요하다는 것을 나는 일찌감치 터득하고 있었다. 남자는 대학생처럼 보인다. 비교적 말끔한 얼굴에 검은 테 안경. 집요하다. 허리를 굽혀 한 손으로 합장하는 자세를 취하곤 있지도 않은 이어폰까지 빼는 시늉을 했다.

나는 이어폰을 뺐다. 진저리 난다는 표정으로.

"뭘 하는 거예요?"

당치도 않게 남자는 그렇게 물었다. 어이가 없었다. 보고도 모른다면 말해줘도 모를 게 뻔하다. 나는 이어폰을 다시 꽂고 아무 일도 없었던 것처럼 그를 외면하고 스팅이 기다리는 곳으로 돌아왔다. 남자는 잠시 심심하다는 듯한 제스처를 취했으나 곧바로 포기하지 않을 수 없었다. 꼴좋다.

재수 옴 붙었으니 도서관을 나갈까 생각한다. 롯폰기힐스라도 기웃거려볼까. 그쪽에는 가까이에 아빠 사무실이 있고 미술관도 있어서 따분하지 않다.

비가 계속 내린다. 저 남자는 분명 나를 재수 없다고 생각했을 것이다.

슈코 씨를 다시 만난 것은 내가 세 번째로 기리코 씨 댁을 방문했을 때였다. 그날은 중간고사가 끝난 날이었다. 점심때 찾아가는 건 실례일 것 같아 거리를 배회하며 시간을 때우고 나서 갔다.

맨션 외관에는 아무런 친근감도 느껴지지 않지만, 일단 현관에 들어서자 익히 잘 알고 있던 장소인 듯한 기분이 들었다.

"잘됐다."

기리코 씨는 나를 반겨 맞았다. 때마침 물가자미가 도착한 참이거든, 하는 말이 나오려나 싶었으니, 그게 아니라 슈코 씨가 있는 날이어서 잘됐다고 한 모양이다.

"어서 들어와. 이 슬리퍼 신고. 거실이 어딘지는 알지? 식당에서 의자 가져다 앉아 있으렴. 나는 슈코한테 잠깐 전화 좀 걸고 올 테니까."

검은 스웨터에 검은 바지, 검은 테 돋보기안경.

"요시다 씨. 여봐요, 요시다 씨."

기리코 씨는 거실을 향해 말했다. 자기 딴엔 고함을 치려 했는지 몰라도 목소리가 전혀 울려 퍼지지 않는다. 분한 듯 한숨을 쉬었다. 이럴 때 기리코 씨는 만화에 나오는 상냥한 불독 같다.

"요시다 씨!"

내가 대신 불러주자 기리코 씨는 눈을 동그랗게 뜨고 나를 보았다.

"사람 놀라게 하지 좀 말아줘. 목소리 한번 엄청 크네. 난 또 뭐에 물리기라도 한 줄 알았지 뭐야."

요시다 씨가 나타났다. 하지만 그녀는 이미 핸드백을 들고 나와 집으로 돌아가려는 참이었다.

"아, 그렇네. 벌써 갈 시간이네."

기리코 씨가 말한다.

"홍차 좀 내달라고 할 생각이었는데. 됐어요, 내가 할게요."

수고했어요, 하는 인사를 듣고 요시다 씨는 돌아갔다.

오늘 저녁 반찬은 생선 조림이란 걸 바로 알았다. 생강이 들어간 매콤짭짤한 조림 국물 냄새가 진하게 풍기고 있었기에. 테이블에 나열된 식기마다 랩이 씌워져 있다. 훈김으로 안쪽에 물방울이 잔뜩 맺히고 뿌옇게 된 랩들. '요시다 씨'가 만들었다고 짐작되는 기리코 씨의 저녁 식사. 바깥은 아직 눈부시게 밝은데.

"슈코는 곧 온대."

기리코 씨는 그렇게 말하고 홍차를 끓여주었다.

물건들로 빽빽한 장식장 위에 사진이 담긴 액자가 하나 늘어난 것을 나는 깨달았다. 백사장에서 바비큐 연기 너머로 카메라를 보며 미소 짓고 있는 기리코 씨와 슈코 씨. 다소곳이 정면을 향해 앉아 있는 기리코 씨 쪽으로 슈코 씨가 상체를 한껏 기울이고 있다. 내가 휴대전화 카메라로 찍은 사진이다. 기리코 씨는 어깨에 연보라색 숄을 걸치고, 슈코 씨는 갈색의 마직 블라우스를 입고 있다. 두 사람 다 립스틱을 진하게 발랐다.

묘한 기분이 들었다. 이 사진이 두 사람의 추억인지 나의 추억인지 알 수 없게 되었다. 그날 이 광경을 본 사람은 나 혼자뿐이었으므로.

"아, 그거."

기리코 씨가 말한다.

"우리는 카메라를 안 가지고 다니니까. 네가 보내줘서 다행이야."

안녕, 하는 소리가 들리고 슈코 씨가 거실로 들어왔다. 정월에 만났을 때보다 야위어 보였다. 예쁜 사람이다. 그건 처음부터 아는 바였다. 아빠도 꽤 진심이었고.

슈코 씨가 가져다 놓은 의자를 보며 나는 묘한 기분이 들었다. 기리코 씨의 팔걸이의자 바로 옆에 딱 붙여놓았기 때문이다. 2대 1. 흡사 면접을 보는 듯한 배치다. 실제로 슈코 씨는 면접관처럼 나를 가만히 보고 있다. 그러고 나서 말했다.

"정말 와 있네."

슈코 씨는 자기가 한 말에 살짝 웃고, 다시 말한다.

"미안, 당연한 건데. 이치상으로는 뻔히 아는데."

"일하고 계셨어요?"

작업실에서 건너왔으니 그럴 것이라고 생각했지만 달리 할 말이 떠오르지 않아 그렇게 물었다. 슈코 씨는 고개를 끄덕이고 무언가 생각난 듯 급히 덧붙였다.

"아, 하지만 전혀 괜찮아. 미미를 만날 수 있다니, 그보다 즐거운 일이 어디 있겠어."

"'전혀' 다음에는 '상관없어'라는 말이 와야지, '괜찮아'가 아니고."

기리코 씨가 소곤소곤 말한다.

"슈코 너도 차 한 잔 내오렴. 그 김에 잼도 좀 가져오고."

거실 안은 조용하고 햇빛이 많이 들어와서 밝다. 굉장히 평화로운 곳에 와 있는 듯한 기분이 갑자기 들었다.

"그건 뭐니?"

기리코 씨가 말했다. 턱을 한껏 끌어당기고 돋보기안경 너머로 내 발밑을 내려다보고 있다. 의아한 듯, 거의 찡그린 얼굴이라 해도 좋을 표정. 기리코 씨가 가리킨 것은 내 책가방이었다.

"곰이에요."

내 가방에는 몸길이 15센티미터 정도 되는 곰 인형이 달려 있다. 지난 주, 롯폰기힐스에서 발견하고 엄청 마음에 들어 산 것이다.

"기괴하네."

기리코 씨가 말했다. 귀에 선 말이었지만, 무슨 뜻으로 그러는지는 대충 짐작할 수 있었다. 이 곰에는 머리가 없고, 있는 것이라고는 몸통과 팔다리뿐이다. 기리코 씨는 아마도 그 점이 마음에 들지 않는 것이리라. 기괴. 집에 돌아가면 기리코 씨한테서 받은 사전으로 뜻을 조금 더 자세히 알아보자고 생각했다. 혹시 모르니.

그 후, 슈코 씨와 기리코 씨는 시난번 여행에 내해 이야기했다. 주거니 받거니 즐거운 듯이 나란히 앉아서. 옷장 문에 들러붙어 있던 개구리는 당해낼 수가 없었다느니, 뭐니 뭐니 해도 경치가 정말 끝내줬다느니, 진토닉이 싱거웠다느니. 두 사람 다 짤막짤막하게 말했기 때문에 추억담이라기보다 추억을 확인하거나 또는 점검하는 듯한 느낌을 받았다. 맞아 맞아, 그랬었지,

서로 그렇게 이야기하며 키득키득 웃는다.

"침대에서 욕조가 훤히 보여서 깜짝 놀랐잖아."

"그러게."

"미미도 곤란했지? 그렇게 되어 있어서."

칸막이 문을 닫고 해서 괜찮았다고 말하자 두 사람은 눈을 동그랗게 뜬다.

"그런 게 있었어?"

"전혀 몰랐는데."

"우리 방에는 없었지?"

"맞아, 없었던 것 같아."

그럴 리 없잖아. 나는 속으로 그렇게 말했다. 옷장 안쪽의 두껍닫이에 문짝이 세 장 수납되어 있었다. 그것을 순서대로 잡아빼면 옆 칸이 침실로부터 완전히 가려지는 구조로 되어 있었다.

나이 차를 생각하면 모녀 사이가 맞는데, 대화를 나눌 때면 왠지 자매 같아 보이기도 했다. 금세 얼굴을 찡그리는 언니와 이내 눈썹을 치키는 동생.

"괜찮으면 잼 발라서 먹으렴."

기리코 씨가 권한 것은 예의 박하맛 초콜릿이었다. 초콜릿에 잼을 바르다니, 내 상식으론 있을 수 없는 일이었기에 나는 손도 대지 않았지만 두 사람은 실제로 그 위에 잼을 발라가며 먹었다. 라벨에 살구 그림을 손수 그려넣은 잼.

그 여행이 이 사람들에게는 즐거운 일이었음을 알게 되자 나는 무슨 이유에선지 기뻤다. 나와는 아무 상관 없는데. 그리고 나에겐 그 여행이 그리 크게 즐거운 일은 아니었는데.

지난 주 롯폰기힐스를 갔다가 아빠 사무실에 들러보았다. 아빠는 외출하고 사무실 문은 잠겨 있었다. 갑작스레 찾아간 터라 어쩔 수 없는 일이었다. 언제라도 놀러오렴. 아빠에게 그런 말을 들은 데다 여벌 열쇠도 받은 터라 나는 안에 들어갔다. 비가 와 실내는 어둑어둑하고 썰렁했다.

나는 멋대로 커피를 끓이고 필통에서 굵은 금색 매직을 꺼내 아빠가 스케줄을 적어놓은 달력의 오늘 날짜에 이렇게 적었다.

'미우미 왔어요!'

눈에 띄도록 구름 모양처럼 몽글몽글한 선으로 글자를 에워쌌다. 눈에 띄긴 했지만 신경 쓰일 정도는 아니었다.

안쪽 방을 들여다보니 깔끔하진 않지만 침대가 정돈되어 있었다. 어쨌든 커버가 씌워져 있었다는 의미다. 겨자색 침대 커버가.

나는 문 앞에 선 채 그 방의 눅눅한 냄새를 들이마셨다. 예전 집에서 늘 맡던, 지금 우리 집에는 없는 냄새다. 어릴 적부터 신기했다. 왜 유독 아빠의 침구나 잠옷에선 늘 이런 냄새가 나는 걸까. 바다와 닮고 그늘과 닮은, 무겁고 어둡지만 안심이 되는 냄새. 엄마 침대나 내 침대에서는 훨씬 건조한 냄새가 나는데.

사무실에서 커피를 마셨다. 사락사락 빗소리가 들렸다. 작업대에는 도면이 몇 장이나 포개져 있었다. 기계 울리는 소리에 이어 팩스가 종이를 토해내기 시작한다.

싱크대에 방치되어 있던 두 사람 몫의 컵과 재떨이를 씻어놓고 나는 집으로 돌아왔다.

"아 맞다. 미미, 코위찬 스웨터 같은 거 입니?"
슈코 씨가 말했다.
"겨울 다 지나 충동구매 하는 바람에."
거기서 말을 끊는다. 다음 말을 기다렸지만 그게 다인 모양이었다.
"스웨터요?"
그래서 그렇게 물었다.
"그래, 코위찬 스웨터."
침묵이 이어진다. 기리코 씨가 홍차를 마신다.
"물론 한 번도 입지 않았고, 가격표도 그대로 달려 있어."
슈코 씨가 말하자 기리코 씨가 으흠, 하고 콧소리를 냈다.

"슈코, 실물을 보여주고 말을 해도 해야잖겠니. 그렇지?"

마지막 말은 나를 향한 것이었지만, 내가 아니라 슈코 씨가 대답했다.

"그러게."

기괴하다는 건 아마도 이런 때에 쓰는 말일 것이다. 슈코 씨는 그 코 어쩌고 하는 스웨터를 내게 줄 모양인가 보다. 집에 있어서 지금은 보여줄 수 없으니 가까운 시일 내에 택배로 보내준다고 했다. 마음에 들지 않으면 처분해버려도 상관없다면서.

"하지만."

그런 건 기괴해요, 하는 말을 자신 있게 쓸 수 있는 말로 변환하려다 사양할 타이밍을 놓쳐버렸다.

"그럼, 슬슬 나는 다시 일하러 가야겠어. 미미는 천천히 놀다 가렴?"

슈코 씨는 그렇게 말했지만, 나도 그만 일어서기로 했다.

두 사람의 배웅을 받으며 화창한 바깥으로 나왔을 때 나는 문득 깨달았다. 두 사람 다 나에게 오늘 학교는 어떻게 했냐고 묻지 않았다. 나는 교복 차림이었고, 오늘이 중간고사 마지막 날이라는 것을 저 사람들이 알 리도 없을 텐데.

그러고 보니 요전에 학교를 조퇴하고 왔을 때도 아무것도 묻지 않았었지. 저 사람들에게는 아무래도 상관없는 일인 거다.

잼 바른 초콜릿이라든지 여행지에서 보았던 개구리 따위가 훨씬 중요한 거다. 그렇게 생각하자 기분이 유쾌해졌다.

아빠가 슈코 씨와의 둘만의 '산책'에서 돌아왔을 때 나는 방에서 춤을 추고 있었다. 칸막이 문이 있는지조차 몰랐던 기리코 씨 일행은 그 숙소에 음질 좋은 스테레오가 완비되어 있으며, 밤에 테라스로 이어지는 문을 활짝 열어놓고 음악을 들으면 달빛이 흘러들고 파도 소리와 벌레 소리에 음악이 한데 어우러져 그 어떤 디스코장보다 기분 좋다는 사실도 분명 몰랐을 것이다. 도서실이라 불리는 방에 가면, 사인 하나로 좋아하는 시디를 얼마든지 빌릴 수 있다는 것도.

아무튼 나는 그곳에서 혼자 몸을 흔들고 있었다. 냉장고에서 꺼낸 괴로울 정도로 차가운 세븐업 사이다를 마시며, 스팅 노래에 맞춰.

"재밌게 노네."

아빠는 말했다. 실내에 들어오려면 테라스를 거쳐야 하지만, 들어오려 하지 않고 한동안 그곳에 서서 나를 보고 있었다.

"왔어요?"

나는 말했다. 실내에 불을 켜두지 않았기 때문에 달빛과 풋라이트가 비치는 테라스 쪽이 더 밝았다. 아빠 눈에는 내 모습이

춤추는 그림자놀이처럼 보였을 것이라는 걸 알았다.

"산책 어땠어?"

"즐거웠어. 왜 안 왔니?"

으웩, 하고 대답했다. 방해될 것 같아서. 그렇게 말하고 나서, 춤을 멈추고 이곳저곳 다니며 스탠드를 켰다.

"바보 같으니."

아빠는 그렇게 말하고 살짝 웃었다.

여전히 스팅의 노래가 흘러나오고 있었지만 더 이상 신비하게 울리진 않았다. 흔들흔들 몸을 흔들지 않고는 견딜 수 없었던 기분은 사라지고 로맨틱한 느낌조차 없었다. 나에게 음악은 혼자서 들을 때만 달콤하고 구슬프다.

우리는 각자 잠잘 채비를 했다. 둘이서 여행 온 부녀답게 각자 자신의 가방을 열고 말없이 저마다 분주히 움직이며.

아빠니까, 하고 나도 모르게 생각하고 말았다. 아빠니까, 슈코 씨를 어딘가 로맨틱한 장소─이곳이 아니라 늘 서핑 하러 가는 해변이라든지, 침대 같은 좌석이 있는 생긴 지 얼마 안 된 바라든지─로 데려갔을 것이다. 그게 아니면, 혹시 비어 있는 객실을 재빨리 특별 할인가에 잡았을지도 모른다.

다음 날 아침, 아빠는 프런트로 전화를 걸어 그 두 사람에게 전할 꽃과 샴페인을 예약했다.

"아빠와 엄마는 이혼했지만, 엄마는 앞으로도 쭉 미우미의 엄마고, 아빠도 쭉 미우미의 아빠야."

그 말을 듣던 날의 일은 지금도 또렷이 기억하고 있다.

'I know.'

나는 마음속으로 그렇게 대답했다. 정말로 알고 있었다. 학교 수업에서도 배워 알고 있었고, 우리 반만 해도 부모가 이혼한 아이가 몇 명이나 있었다.

무엇보다, 아빠에게 그 말을 듣기 전부터 엄마가 수차례 그런 뜻을 비쳤다. 아빠랑 엄마가 이혼해도 상관없겠냐고 묻거나, 아빠나 엄마나 '순수하게' 마음 깊이 나를 소중히 생각한다고도 했다. 그 전부를, 나는 물론 알고 있었다.

흐리고 쌀쌀한 어느 토요일, 그날은 원래 베이비시터가 오는 날이 아니었는데 그녀가 왔다. 그녀는 학생이고 이름은 아만다였다. 아만다는 나를 항구로 데리고 가주었다. 많은 깃발이 나부끼는 레스토랑이며, 작고 귀여운 기념품 가게가 있는 항구다.

우리는 손을 잡고 걸었다. 아만다는 털모자를 쓰고 있었지만 추위로 볼이 빨갛게 얼어 있었다. 나도 추웠다.

"유감이네."

그녀는 내 손을 꼭 잡아주었다. 항구에서는 비린내가 났다.

아만다가 사준 설탕이 뿌려진 튀김 과자를 먹으며 걸었다. 내 기억에 '베니에'로 불린 대중적인 과자였는데 뉴욕으로 이사 오고 나서는 본 적이 없다.

각자 애인이 생길 때마다 성실하게도 나에게 소개해주는—또는 편지 말미에 아무렇지 않게 덧붙여 알려주는—아빠와 엄마지만(그 두 사람에게 어떤 결점이 있든, 둘 다 무섭도록 정직하다는 점 하나는 의심할 여지가 없다), 이혼을 결정한 그 즈음에는 두 사람 다 애인은 없었던 것 같다. 싸움도 요란했지만 화해하고 나서 찰싹 붙어 다니는 모습 또한 볼만했고, 그럴 때마다 '아, 정말 이 두 사람은 서로 사랑하고 있구나' 하고 어린 나라도 확실히 알 수 있었다. 서로 무시무시하게 욕을 해댈 때도 다른 사람의 이름은 단 한 번도 나온 적이 없었다.

그렇기 때문에 그 두 사람의 이러한 연애 습관은 이혼 후에 시작된 것이다. 아니면, 단지 그렇게 여기고 싶은 걸까. 사실 아빠와 엄마가 헤어진 이유 같은 건 나하곤 상관없는데. 보스턴도 아만다도, 그 이전의 나날도 이미 아득히 멀리 가버렸건만.

코위찬 스웨터(그 이름은 다시 한 번 엄마에게 들어 익혔다)는 사흘 후에 정말로 우송되어 왔다. 그것은 스웨터라기보다 카디건에 가까웠다. 굵고 튼튼한 털실로 짜여 있고 양쪽에 주머니가 달려 있다. 맨바탕의 가슴 부위에 빙 둘러 갈색 무늬가 있고 그

위에는 순록이 새겨져 있다. 단추는 가죽을 꼬아 만든 것이었다. 품이 넉넉하고 감촉은 딱딱했다. 입어보니 나에게 잘 어울렸다. 외국 할머니 같아서 귀엽다는 생각이 들었다. 엄마 말에 의하면 옛날에 유행했던 모양인데, 요즘은 보이지 않으니까 눈에 띄어 좋겠다는 생각도 들었다. 고급품답게 포장도 격식 있어 보였고.

"도대체 이게 다 뭐니?"

하지만 엄마는 한숨을 쉬었다.

"건어물에 사전에, 그 사람들은 대체 왜 너한테 자꾸 뭘 주는 건데?"

모른다고 대답했다.

"계단은 먼지투성이고."

전혀 상관없는 일까지 들먹인다. 이제 막 퇴근해 들어온 엄마는 아직 재킷도 벗지 않았다.

"그쪽에서 마음대로 보낸걸. 내 탓이 아니야."

계단을 올라가는 엄마의 등 뒤에 대고 말해보았다. 엄마는 멈춰 섰지만 돌아보진 않고 그래서 뭐, 하고 영어로 말했다.

저녁 식사 후에 슈코 씨에게 감사의 전화를 했다. 정말 마음에 들었다고 말하자 슈코 씨는 다행이네, 하고 대답했다. 짧게, 그러나 미소를 머금은 목소리로. 어쩐지 쓸쓸함이 묻어나는 미소라고 생각했다. 전화기 너머는 고요했다. 엄마는 바로 옆에 있었지만 내가 바꿔줄까, 하고 묻자 고개를 가로저었다. 왠지 기분이 풀린 눈치였다.

"잘했어요."

전화를 끊자 엄마가 말했다.

"낯가리는 미우미치곤 훌륭한데."

나는 고개를 갸웃거렸다.

"낯을 가린다고? 내가 볼 땐 아닌 것 같은데."

상대가 어른이라면, 하고 마음속으로 덧붙였다.

"그렇다면 다행이지만."

노래하듯이 엄마가 말한 그 순간 나는 직감했다. 남자다. 사랑이다. 그리고 전화다.

퇴근해 들어와 옷을 갈아입으러 2층에 올라간 엄마는 누군가에게 전화를 했다. 긴 통화는 아니었고 딱히 궁금하지도 않았지만, 내려온 엄마는 퇴근해 들어왔을 때와 확연히 다른 얼굴을 하고 있었다. 뭐랄까, 온화한 얼굴. 카디건 문제에 정신이 팔려 있지 않았다면 금세 알아챘을 터이다.

이번엔 상대가 유부남이 아니길(루 아저씨 때처럼), 나는 빌었다. 이번엔 양다리 걸치는 남자가 아니길(미카미 선생님 때처럼) 빌었다. 그리고 내게 새아빠가 생긴다든지 하는 일이 없기를,

하고 다시 빌었다. 엄마한테는 미안한 일이지만.

　바인더에 묶인 종이 다발에는 서프보드 품명과 품번, 크기와 특징, 가격 따위가 간단한 일러스트와 함께 인쇄되어 있다. 진하디진한 커피와 담배 연기, 어둑어둑한 소파 자리. 호텔 로비 라운지는 사람이 너무 많아서 옆 좌석의 말소리조차 잘 들리지 않는다. 아빠는 오늘 이곳에서 약속이 세 개 잡혀 있고, 그 틈에 와타루와의 약속을 억지로 끼워 넣었다. 아빠는 와타루를 따라온 나를 보고 눈꼬리를 내리며 기쁜 듯이 웃었다. 그리고 그 표정 그대로 와타루에게 말했다.
　"어이 어이, 료코에게 혼나는 건 나라고."
　"내가 멋대로 따라온 거니까 와타루 탓이 아니야."
　나는 아빠의 두 번째 약속 상대—그 사람은 계산대에서 돈을 지불하고 있다. 그는 곧 뒤돌아 아빠에게 인사하겠지—가 마시다 남긴 커피가 그대로 놓여 있는 좌석에 떡하니 앉아 말했다.
　"게다가 엄마는 지금 연애 중이니까 신경 쓰지 않을 거야."
　아빠는 호오, 하고 대답했다. 재미있는 뉴스라는 듯이.
　아까부터 나는 옆에 앉은 와타루의 찢어진 청바지 틈으로 엿보이는 무릎만 보고 있다. 바인더 속 내용물에는 흥미가 없었기 때문이다. 와타루의 무릎은 희고 가늘어 미덥지 않아 보인다.

미팅은 눈 깜짝할 사이에 끝나버린다. 그건 아빠가 와타루를 전적으로 신뢰하고 있다는 증거라고도 볼 수 있고—와타루는 아빠에게 서핑을 가르쳐준 사람의 아들이다. 아빠와 엄마를 이어주기도 한 그 남자는 젊어서 병으로 죽었다. 아빠는 와타루에게 일종의 세컨드 파더적인 애정을 품고 있는 것 같다—, 즈시에 있는 가게가 아빠에게는 취미 같은 것이기 때문이라고도 할 수 있다.

"미우미가 오는 줄 알았다면, 저녁 시간은 비워두었을 텐데."

아빠가 말했다. 설계한 가게의 오프닝 파티에 참석하지 않으면 안 되는 듯하다.

"파티라면 잠깐 얼굴만 비치고 빠져나올 수도 있지 않아?"

나는 이렇게 말해보았다.

"와타루는? 오늘 저녁 한가해? 셋이서 저녁 먹자. 파티 후에 아빠랑 합류해서."

내 제안은 두 사람을 모두 곤란하게 만든 모양이었다.

"아니, 그것도 안 돼."

짧은 침묵 후에 아빠가 말했다.

"그 밖에도 몇 가지 볼일이 있어서."

나는 기대를 담아 와타루를 보았으나 발주해야 해, 하는 대답이 돌아왔을 뿐이었다. 지금 당장은 바쁜 모양이다. 나는 고개를 움츠려 보였다. 실망의 표시로.

아빠와는 여름방학 때 할아버지 할머니 댁에 같이 가기로 되어 있다. 정월에는 해외여행, 여름방학에는 귀성. 이런 아빠에게 딸을 나 몰라라 한다고 나무랄 수는 없을 것이다.

"그러고 보니, 나 다음 주에 슈코 씨 만나."

갑자기 생각나서 말했다.

"기리코 씨 생일이래. 매년 그날엔 생일 축하 겸 외식을 한대. 나도 초대받았어."

아빠 얼굴에 허를 찔린 듯한 표정이 떠오르는 것을 보며 나는 우월감 비슷한 기분을 느꼈다.

"아빠도 가고 싶지?"

농담처럼 덧붙인 것은 그 기분이 편치 않았기 때문이다.

"기리코 씨라면, 히로오에 사는 그 할머니?"

와타루의 말에 아빠는 더욱더 소외당한 표정이 된다.

세 번째 약속 상대가 나타났는지 아빠는 한 손을 들어 보이며 곧 그쪽으로 가겠습니다, 라는 듯한 말을 중얼거렸다.

"그럼, 료코 씨는 열애 중인 거구나."

밖으로 나오자 와타루가 말했다. 습한 바람. 어디나 온통 젖어 있지만 조금 전까지 내리던 비가 그치고 약한 햇살이 비치고 있다.

"응. 아직 소개받진 않았지만 교제는 순조로운 것 같아."

"기분 좋으시겠네."

"엄청 좋아."

나는 눈앞의 공원을 가리키며 조금 걷겠냐고 물었다.

"왜냐면 나, 히로오나 롯폰기나 긴자는 잘 알지만 히비야는 아직 걸어본 적 없거든."

와타루가 쓴웃음을 짓는다.

"괜찮아, 그렇게 굳이 이유를 말하지 않아도."

그렇게 말하고, 그는 앞장서서 교차로를 건넜다. 꼼꼼하게 말아 쥔 비닐우산, 구멍 난 청바지.

엄마의 새로운 사랑에 대해 오늘, 현재까지 내가 알고 있는 건, 상대가 독신이고 지도를 만드는 일에 종사하고 있다는 것이다. 그리고 엄마와 그 사람은 친구를 통해서 만나게 되었다는 것. 말하자면, 블라인드 데이트blind date, 소개팅.

"요즘은 있지, 집 안도 엄청 깨끗해. 냉장고 속까지 싹 정리했다니까."

공원에는 분수가 있었다. 장미가 피어 있고 벤치가 있고 비둘기가 많았다.

"연애를 하면 엄마는 모든 면에서 의욕이 생기는 타입이니까."

장미는 꽃에도 잎에도 크고 작은 동그란 물방울이 가득 맺혀 있었다.

"좋잖아."

와타루는 그렇게 말하고 웃었다.

"뭐, 좋긴 하지만."

들자 하니, 와타루 엄마는 죽은 남편을 지나치게 숭배해서 다른 것에는 일절 관심이 없다고 한다. 죽은 남편의 친구나 지인들만 만나려 하고, 죽은 남편 이야기만 하고 싶어 한단다. 우리 엄마가 귀국해 문상하러 갔을 때만 해도, 죽은 남편의 셔츠를 입고 엄마를 맞이하는 바람에 섬뜩했다는 이야기를 들었다.

"여자란, 열정적이구나."

의미심장한 와타루의 말에 나는 고개를 갸웃거렸다.

"여자가? 그럴까? 하지만 아빠는? 아빠가 여자를 좋아하는 것도 상당히 열정적이라고 말할 수 있지 않을까."

"그분은 독보적이지."

와타루는 또다시 웃으며 깨끗이 인정했다.

"우리 아버지도 곧잘 그러셨어. 타고난 바람둥이라고, 외로움을 많이 타는 사람이라서 그렇다고."

나는 그 말에 감탄하지 않을 수 없었다. 외로움을 많이 타는 바람둥이. 정말 아빠에게 딱 맞는 말이지 않은가. 아빠, 그 자체다.

"우리 아빠, 푸껫에서 기리코 씨 딸에게도 열정을 불태웠어."

실은 그런 말을 하고 싶었던 건 아니었다.

"부지런하시네. 뭐, 나로선 놀랄 일도 아니지만."

와타루는 어떤데, 하고 묻고 싶었다. 와타루는 열정적이지 않아? 얼마 전에 헤어진 그 여자, 지금은 어떻게 생각해? 지금도 서로 연락하는 '친구'라든가 뭐 그런 사이야? 아니면 벌써 다른 여자라도 생긴 거야?

하지만 난 와타루에게 그런 걸 물어볼 수 없었고, 앞으로도 묻지 못할 것이다. 물어도 어차피 얼버무릴 게 뻔하고, 묻는 순간 뭔가가 무너져버리는 기분이 들 것이다. 와타루의 특별 대우를, 간결하고 애매한 지금의 관계를 나는 잃고 싶지 않다. 설령 그것이 영원히 지속될 수 없는 것, 유지할 수 없는 것—마치 장미에 맺힌 물방울처럼—이라 해도.

우리는 공원을 나와 지하철 개찰구에서 헤어졌다. 헤어지긴 했지만 반대편 승강장에 서 있는 와타루가 보였다. 소리 내지 않고 어이, 하고 외치는 시늉을 하자 와타루는 난감한 듯한 얼굴을 했다. 저녁의 러시아워가 시작되려는 참이었다.

기리코 씨 생일 저녁 식사에 나를 초대해준 사람은 기리코 씨본인이었다. 지난번에 놀러 갔을 때 꼭 오라고 했다. 비 오는 아침에 집을 나선 나는 기분이 좋아서 학교에 안 가고 곧장 기리코 씨 집으로 갔다. 요시다 씨나 슈코 씨는 아직 출근 전이어서 우리 둘이 홍차를 마셨다. 기리코 씨는 날마다 비가 오니까 우중충해서 기분이 우울하다고 말했다. 장마는 싫은데, 라고. 나는 그런 느낌은 잘 모른다. 비에 젖어도 별 상관 없다. 오히려 기분이 좋을 정도다.

"피터 스피어 아세요?"

그래서 그렇게 물었다. 피터 스피어는 미국에서 유명한 그림책 작가로 『RAIN』이라는 멋진 책을 쓴 사람이다. 일본에서도 판매되고 있는지는 잘 모르지만, 나는 기리코 씨에게 그 책을 보여주고 싶었다. 그걸 읽는다면 비 오는 날의 행복한 기분을 분명 떠올릴 수 있을 것이다.

"작가니?"

기리코 씨는 흥미를 느끼는 눈치였다.

"모르는데. 그 밖에 어떤 책을 썼니?"

"『CIRCUS!』라든지 『CRASH! BANG! BOOM!』이라든지."

내 말에 기리코 씨는 언짢아하는 불독 같은 얼굴로 고개를 갸우뚱했다.

"거기 그 종이에 좀 적어줄래? 난 잘 모르지만 양서라면 슈코가 잘 아니까. 왜, 요즘은 외국 책도 그때그때 주문해서 받아볼 수 있는 시대잖니?"

나는 시키는 대로 적었다.

"그러고 보니, 때마침 콩고물 과자가 도착했어. 맛있어. 한번 먹어볼래?"

잘 먹겠습니다, 하고 대답하고 나는 기리코 씨가 물건을 배달받는 것을 좋아한다는 걸 떠올렸다. 피터 스피어 책도 정말 주문할지 모른다.

"미미는 어째서 자막 넣는 사람이 되고 싶니?"

기리코 씨가 그렇게 물은 것은 콩고물 전병―담백한 데다가 살짝 달짝지근해 무척 맛있었다―을 먹고 있을 때였다.

"영화를 좋아하고, 영어는 자신 있으니까요."

나는 그렇게 대답했지만 기리코 씨가 납득하지 못했다는 것을 알았다.

"게다가 때때로 불만스러운 자막이 있어서요."

거기까지 말하자 기리코 씨는 그제야 납득이 간다는 듯이 고개를 끄덕였다.

"아아, 그런 거였구나. 그거라면 이해가 가네."

나는 이 사람의 납득하는 방법이 좋다고 생각했다. 다분히 현실적이다.

"직업은 중요해."

기리코 씨 말에 나는 동의했다.

"맞아요. 정말 그렇게 생각해요. 남자한테 기대어 살아가는 것은 질색이니까."

뒷말을 덧붙이고 만 것은 이혼 후의 엄마를 보고 살아서인지도 모르고, 마침 엄마가 또다시 연애를 시작한 참이었기 때문인지도 모른다.

"슈코도 너 같은 아이로 키웠다면 좋았을 텐데."

기리코 씨는 고개를 끄덕이며 말했다.

"그 아이에겐 혼자 힘으로 살아갈 수 있을 만한 직업이 있으니까 말이다."

나는 웃었다. 그건 내가 엄마에게 하고 싶은 말이었기에.

"우리, 잘 통하네요."

싱긋 웃으며 말해보았다. 말 그대로 다른 뜻은 없었지만 기리코 씨는 깜짝 놀란 얼굴을 했다. 화난 듯한 얼굴. 하지만 그 후의 반응은 예상도 못 한 것이었다.

"그만하렴, 부끄러우니까."

그렇게 말하며 웃기 시작한 것이다.

"미미, 이번 달 마지막 금요일은 한가하니?"

기리코 씨는 한바탕 웃고 나서 차를 마시며 물었다.

"내가 말이다, 그날 일흔다섯 살이 되거든."

일흔다섯. 나는 속으로 되뇌었다. 어쩐지 그 말이 외국어처럼 느껴졌다.

6월의 마지막 금요일은 쾌청했다. 나는 꼬박 6교시까지 수업을 다 들었다. 일단 집에 돌아가 옷을 갈아입고, 약속한 레스토랑으로 갔다. 예정보다 15분 일찍 도착해버렸다. 길을 헤맬지도 모를 것 같아 조금 일찍 나온 탓이다. 습도가 높고 후텁지근한 밤이다. 공기는 안개가 낀 듯 부옇지만 그 사이로 별이 보였다. 길을 걸으며 나는 내 자신이 점점 긴장하고 있다는 것을 깨달았다. 이제껏 혼자서 레스토랑에 들어가본 적도 없고, 이렇게 나이 차가 많이 나는 사람의 생일 축하 자리에 초대받은 적도 없었기 때문이다.

나는 일본주가 든 상자를 안고 있었다(선물하기에는 이게 좋을 거라고 엄마와 의논해 정했다). 손에 약도를 쥐고 귀에는 이어폰을 꽂고 스테픈울프의 노래를 들으며 걸었다(스테픈울프는 와타루가 가르쳐준 밴드다).

레스토랑은 금세 찾을 수 있었다. 살풍경한 뒷골목에서, 그곳만 유독 따사로운 불빛이 밝혀져 있었기에. 외벽은 노랗게 칠해져 있고 햇볕을 가리는 차양에는 'BISTRO A VIN'이라고 적혀 있었다. 멈춰 서서 가게 이름을 확인하려는 순간, 저절로 문이 열렸다. 앞치마를 두른 젊은 종업원이 열어준 것이었다.

안쪽 자리에 이미 와서 홀로 앉아 있는 기리코 씨가 보였다. 어색한 듯 멀뚱히. 나는 무척 친한 사람을 우연히 만난 것처럼 기쁜 마음으로 달려갔다. 이어폰을 빼고 약도를 집어넣은 후, 선 채로 일본주 상자를 건넸다.

"안녕하세요. 축하드려요."

기리코 씨도 나를 보고 안심한 눈치였다. 옆자리를 톡톡 두드려 거기 앉기를 재촉하더니, 누구에게랄 것도 없이 중얼거렸다.

"성대해졌네."

테이블은 4인용으로 세팅되어 있었다. 나는 막연히 기리코 씨와 슈코 씨 둘이서 축하하는 자리겠거니 생각하고 있었는데, 슈코 씨 남편도 온다는 것을 비로소 알게 되었다.

귀한 자리에 불러주셔서 감사합니다, 그렇게 말하도록 엄마에게 엄명받은 것이 생각났다.

"오늘 밤 이렇게 초대해주셔서 감사합니다."

곧이곧대로 말하기도 뭣해서 이렇게 말했다.

"딱딱한 인사는 생략하자꾸나."

기리코 씨는 그렇게 대답했으나, 이미 만족한 듯 고개를 끄덕인 후였다.

슈코 씨와 그 남편은 7시 정각에 나타났다. 그때는 거의 모든 테이블이 차 있었다. 활기 넘치는 가게였다. 종업원 수가 많아 통로를 걸을 때도 서로 부딪치지 않게 조심해야 하는 상황이었지만, 두 사람은 슈코 씨가 앞에 서고 남편이 그 뒤에 딱 붙어서 성큼성큼 빠른 걸음으로 다가왔다. 도중에 슈코 씨는 고개를 돌려 웃으면서 남편에게 뭔가 속삭였다. 나는 두 사람이 통로에서까지 서로 손을 잡고 있다는 것을 알아차렸다.

서로 인사하고 소개하고, 슈코 씨 남편이 기리코 씨에게 여전히 기운 없는 얼굴을 하고 계시네요, 하고 말하는 1막이 끝난 후, 다 같이 샴페인으로 건배했다. 나에게 따로 뭘 마시겠냐고 해서 물을 받았지만 건배만은 샴페인으로 했다.

"그건 그렇고."

맞은편에 앉은 하라 씨가 나를 보며 말했다.

"미미 양을 만나다니 영광이네."

매섭게 생긴 사람이라고 생각했다. 좌우 눈 크기가 다른 탓일까, 눈썹 위의 상처 때문일까. 실제로 상처 때문에 눈썹이 끊겨 있었다. 하지만 동시에 밝은 기운이 넘쳐 그것이 이 사람에게 독특한 매력을 부여하고 있었다.

"여행에서 돌아와 한동안 슈코가 미미 양 이야기를 하도 하는 바람에 좋든 싫든 흥미를 갖게 되어버렸어."

"정말, 거기에는 나도 지치더라."

기리코 씨가 거들었다.

"이 아이가 글쎄, 마치 하루 일과처럼 미미를 보고 싶어 하더라니까."

슈코 씨가 살며시 웃었다.

"도쿄에서 다시 만날 줄은 생각도 못 했으니까."

니수아즈 샐러드salade niçoise, 삶은 달걀, 참치, 검은 올리브, 토마토, 오이, 감자, 삶은 강낭콩, 안초비 등으로 만든 샐러드에 이어 와인으로 졸인 반숙 달걀, 차가운 비시수아즈vichyssoise, 감자 크림 수프가 나왔다. 메인은 돼지고기 요리로 하나같이 감동적으로 맛있었다. 나를 제외한 세 사람은 모두 깜짝 놀랄 정도로 잘 먹고 잘 마시며 잘 웃고 잘 떠들었다. 나도 많이 웃었다. 어쩐 일인지 세 사람 다 내게 특별히 말을 걸거나 하지 않고 내가 모르는 누구누구의 이야기며 슈코 씨 일에 관한 이야기, 그리고 약의 효용에서부터 런던의 호텔 서비스에 이르기까지 저마다 즐거운 듯 이야기했다. 한 가지 화제가—대개 슈코 씨가 갑자기 떠올린 것들—또 다른 화제로 능란하게 연결되고, 그러는 동안에도 모두 빵을 뜯어 각자의 입으로 가져갔다. 나는 듣고 있는 것만으로도, 그리고 보고 있는 것만으로도 재미있었다.

슈코 씨는 무언가를 이야기하는 도중에 꼭 한 번씩 하라 씨를 보았다. 아주 짧게. 그 후에는 오히려 나나 기리코 씨만을 보며 말했지만 작년이었지, 하고 하라 씨에게 확인하거나, 아무 말 없이 그저 그의 얼굴을 보고 나서 이야기를 시작하는 슈코 씨는 귀여웠다.

하라 씨는 슈코 씨를 '슈코'라 부르고 기리코 씨를 '기리코 씨'라 부른다. 그런 것도 내게는 상당히 흥미로웠다. 아빠는 돌아가신 엄마의 엄마를 '어머니'라 불렀고 엄마도 아빠의 엄마를 그렇게 부르고 있다.

내가 아이스크림을 먹고 있는 사이, 세 사람은 식후주까지 마셨다. 술을 정말 잘 마시는 사람들이다. 엄마가 본다면 간장肝臟이 비명을 지르는 소리가 들리는 것 같다고 말할 것이다.

"정말 너무너무 즐거운 생일이었어."

담배를 재떨이에 눌러 끄고 생긋 웃으며 기리코 씨가 말했을 때 내 마음도 무척 행복했다. 가게 사람들이 모두 나서서 테이블을 정리하고 의자를 몰려 지팡이를 짚은 기리코 씨가 천천히 일어날 수 있도록 해주었을 때도.

밤공기는 레스토랑에 도착했을 때보다 한층 서늘하게 젖어 있었다. 초반에 느꼈던 긴장이나 불안은 멀리 사라진 지 오래였다. 나는 엠디플레이어의 스위치는 켜지 않고 준비 단계로서 이어폰만 양쪽 귀에 꽂은 채 다시 한 번 초대에 대한 감사의 인사를 전했다.

기리코 씨를 택시에 태워 보내고 슈코 씨 부부는 남았다. 늦었으니 데려다 준다고 했지만 나는 딱 잘라 거절했다.

"지하철로 한 정거장인 데다 역까지 엄마가 데리러 나오기로 했으니까요."

게다가 가는 동안에는 스테픈울프가 함께해준다. 10시가 훌쩍 넘어 있었다(엄마의 잔소리가 들리는 듯했다). 나는 엠디플레이어 스위치를 켜고, 나란히 서 있는 두 사람에게 손을 흔들어 인사하고 역을 향해 걷기 시작했다.

얼마 전까지만 해도, 염색한 지가 오래되어 정수리만 까맣고 이마 언저리는 희끗희끗해 차마 봐줄 수 없었던 엄마의 머리는 아주 자연스럽게 손질되어 깔끔한 상태로 돌아왔다.

유니폼인 양 빨아가며 계속 입었던 핑크색 트레이닝복은 구석으로 밀려나고 지금은 새로 산 듯한 검정색과 회색 트레이닝복 두 벌을 번갈아 입는다. 요리에도 의욕이 생긴 듯 정어리를 갈아 으깨어 생선 경단을 만들거나, 열 종류나 되는 채소를 믹서에 갈아 수프를 만들거나, 내게는 그리운 맛이지만 번거로워서 좀처럼 만들어주지 않던 치킨 크림 파이를 굽기도 한다. 쉬는 날에는 내 손수건까지 다려준다. 그 정도는 스스로 하렴, 이라는 말도 없이.

데이트는 일주일에 한 번으로 아직 외박한 적은 없다. 전화는 매일 온다. 내가 받으면 그 남자는 어머니 계시려나, 하고 말한다.

"아직 안 들어오셨어요."

"아, 그러니? 아직이구나."

"전화 왔다고 전할게요."

"아니, 괜찮다. 하지만, 그리 해준다면 고맙겠구나. 응, 그래."

집에 돌아온 엄마에게 전하면, 엄마는 대수롭지 않다는 듯 아, 그래, 하고 대답한다. 그러나 입을 헹구고 손을 씻기가 무섭게 2층으로 올라가고, 어김없이 전화기의 '통화 중' 램프에 불이 들어온다.

지금까지 보아온 엄마의 애인들 가운데 내가 가장 좋아했던 사람은 '루' 아저씨다. 하지만 그는 결혼도 했고 엄마도 그 사실을 알고 있었다. 무엇보다 루 아저씨 부인은 엄마가 간호사로 일하고 있던 병원의 장기 입원 환자였다.

엄마와 루 아저씨가 사귄 기간은 3개월에 불과했다. 하지만 그동안 엄마는 매일같이 나를 데리고 루 아저씨 집에 찾아가 청소며 요리를 해주었다. 우리는 셋이서 한 가족처럼 밥을 먹었다. 내일의 날씨라든지, 잔디를 깎지 않는 옆집 부부라든지, 다음에 슈퍼에 가면 꼭 사야 할 것들에 대한 이야기를 조용히 나누며.

루 아저씨는 엄마를 이름으로만 불렀던 반면, 나를 부를 때면 '허니'라든지 '프리티' 등으로 불렀다. 나는 그에게 그렇게 불리는 것이 아주 싫진 않았다. 루 아저씨는 무척 예의 발랐고, 그의 그런 호칭 방식에서 친밀감보다는 오히려 거리감이 느껴졌기 때문이다.

야구장에서 있었던 일이 떠오른다. 그해 여름, 엄마와 나는 야구에 흥미도 없으면서 몇 번이나 야구 경기를 보러 갔다. 단지, 그곳에서 버드와이저, 버드라이트, 하고 맥주를 팔고 있는 루 아저씨의 쩌렁쩌렁하게 울리는 굵고 낮은 목소리를 듣기 위해.

"버드와이저, 버드라이트."

그렇게 외치며 객석을 누비고 다니는 루 아저씨의 모습도, 그라운드를 등진 채 웃는 얼굴로 종이컵에 술을 따르는 손놀림도, 그때마다 어김없이 계단에 걸친 한쪽 다리와 받침대로 쓰이던 무릎의 각도도 또렷이 기억한다.

루 아저씨는 선량한 사람이었다. 엄마나 나를 어쩐지 어려워하는 듯한, 머뭇거리는 듯한 태도로 대했다. 그는 뚱뚱했고, 남자 혼자 살다 보니 집 안 꼴이 엉망이긴 했어도 옷—티셔츠나 러닝셔츠—은 제대로 빨아 입고 다녔다. 작별 인사 하렴, 이라는 엄마의 재촉에 내가 안녕히 가세요, 하고 말하자 이미 붉게 부은 그의 눈에 다시금 물기가 어렸다.

나는 엄마의 새로운 애인에게 아내가 없어서 다행이라고 생각한다. 엄마가 요리며 미용실이며 일상의 자질구레한 일들을 즐길 수 있게 되어 다행이다 싶다.

역 앞은 광장으로 되어 있어 사람도 많고 자전거도 많아 북적인다. 나는 과일 가게에 들어가 와타루에게 줄 선물이랄까, 간식거리로 자몽 다섯 개를 샀다. 수박을 더 반길 것 같다는 생각도 들었지만 보관 날짜며 보관 장소의 편의성 등을 고려해 자몽을 선택하게 되었다(이럴 때면 나는 내 사고방식이 엄마와 닮았다고 생각한다. 현실적이라고 한다면 듣기는 좋지만 이것저것 신경 쓰는 모습이 영락없는 아줌마다).

신호등을 건너 역까지 되돌아와 택시 승차장에 줄을 섰다. 오후 2시, 날씨가 너무 좋아 자고 싶어진다. 도쿄에서 전철로 한 시간 거리도 안 되는데 아주 먼 곳에 온 기분이었다. 누구의 눈도 닿지 않는 먼 장소에. 여름방학이 되기를 기다렸다가 비로소 달려온 것을, 와타루는 어떻게 생각할까.

택시를 타고 달리자 금세 바다가 보였다. 드넓은 군청색 수면이 무수한 빛의 알갱이로 덮여 있다. 해수욕장을 지나 먼지 많은 국도를 다시 일직선으로 달린다. 나는 택시 앞 유리에 시선을 고정하고 나중에 길을 찾을 때 표시가 될 만한 것이 나오길 기다렸다. 비스듬하게 자란 구불구불한 소나무와 간판에 토끼 그림이 그려진 우동 가게.

"여기 세워주세요."

나는 요금을 지불하고 택시에서 내린다.

"도착했어."

와타루의 휴대전화로 전화를 걸어 말하고 나니 그가 바로 근처에 있다는 사실에 가슴이 두근거렸다.

"역?"

"이미 우동 가게야."

"도착했어?"

"그렇다니까."

"어딘지 알겠어?"

"알아. 벌써 횡단보도 건너고 있어."

"오케이."

주고받은 말은 그게 전부였지만 와타루의 목소리에서 기쁜 기색이 묻어났다. 나는 안도하며 만족했다.

와타루는 알로하셔츠를 입고 있었다. 반바지에 고무 샌들. 전혀 멋지지 않다. 온 가게 안에 라디오 소리가 울리고 있다.

"위문단 도착입니다."

들뜬 기분으로 말했다.

"단은 이상하잖아."

그럼 위문인? 위문자?

"아, 그런데 내일 네기시 씨가 온다던데. 들었어? 저녁에 장어 사준다고 하던데. 사무실 사람들도 올 모양이니, 그렇다면 위문단이 맞긴 맞네."

와타루가 이렇게 말을 이었다.

"짐 한번 엄청 크네."

쓴웃음을 지으며 중얼거린다.

"다다미방. 일단 치워놨어."

나는 들뜬 기분이 조금 가라앉는 것을 느꼈다. 아빠가 올 거란 생각은 하지 못했다. 이곳은 아빠가 임대한 가게이긴 하지만, 여름의 즈시는 윈드서핑 하는 젊은 애들밖에 오지 않으니까, 하고 언제나 조금 하찮다는 듯이 말했으면서.

발소리가 들리고 2층에서 손님이 내려왔다. '윈드서핑 하는 젊은 애' 둘이었다. 샤워를 하고 왔을 것이다. 머리카락이 흠뻑 젖어 있다.

"아, 바로 차 내오겠습니다."

와타루가 말했다.

서핑숍이라곤 해도 실질적으로 이곳은 바닷가 민박집 같은 곳이다. 샤워실도 빌려주고 보드며 짐도 맡아준다. 수리도 해주고 중고품을 인수하기도 하며 덤으로 옷도 판매한다. 구석에는 테이블이 있고, 그곳에서 무료로 차를 마시거나 케이크를 사 먹을 수도 있다. 와타루는 바닷가 민박집 아저씨 풍의 그런 일이 마음에 드는 눈치다.

"위에 있을게."

나는 물비누 향이 폴폴 나는 계단을 올랐다.

와타루와 나는, 내가 아주 어릴 적에 몇 번인가 만났던 모양이다. 하지만 그 기억이 없는 나에게, 우리의 첫 만남은 2년 전이다. 사무실에서 아빠는 나를 소개했다. 일본에 돌아온 지 얼마 안 되었을 때로, 미국과는 여러 가지로 다른 점이 많아서, 예를 들면 전철표 한 장 사는 것도 어려워 우물쭈물하게 되고, 나 자신은 물론 주변 사람이나 풍경에도 조바심이 나서 마음이 편치 않던 무렵이었다.

"이쪽이 우리 미우미."

아빠는 나를 와타루에게 소개했다.

"기억나니?"

"아뇨, 그다지."

아빠의 질문에 무덤덤하게 대답한 와타루를 나 또한 별 관심 없이 쳐다보았다.

빛바랜 다다미에 다리를 쭉 뻗고 앉아 창문 너머로 살며시 흘러 들어오는 뜨뜻미지근한 바람을 받아들인다. 창밖은 국도를 끼고 바로 눈앞이 바다다. 작년에도 재작년에도 저 해변에서 불꽃놀이를 했다. 일어나 몸을 내밀며 창틀에 팔꿈치를 괴고 보니 문살에 모래 먼지가 쌓여 있었다.

와타루가 왔을 때 나는 드러누워 눈을 감고 있었다. 설핏 잠이 들어 짧은 꿈(아마 그 비슷한 것. 엄마가 나왔다)도 꿨지만 파도 소리와 환성, 계단을 올라오는 와타루의 발소리 같은 것도 확실히 들렸고, 멍하지만 깨어 있다는 인식도 하고 있었다.

"날씨 좋네."

와타루 목소리와 다다미가 삐걱거리는 소리를 듣고 나는 천천히 몸을 일으켰다. 눈꺼풀이 무겁다.

"산책이라도 다녀오면 좋을 텐데."

자, 이거, 하면서 와타루가 레모네이드 병을 건넸다.

"고마워."

중얼거리고 한 모금 마신다.

"이국적인 맛이네."

레모네이드는 내게 중화 거리를 떠올리게 한다. 졸음이 와서 다시 누웠다.

"좋구나. 나도 낮잠 자고 싶다."

가게 문 닫으면 저녁 식사에 데려갈게, 하는 와타루 목소리가 들렸다. 그 밖에도 뭔가 말을 하긴 했는데 그 소리는 무척 기분 좋은, 희미한 음악 비슷한 정도로밖에 들리지 않았다. 우유 먹는 인형 같네, 라는 웃음을 머금은 마지막 말만은 확실히 들었지만.

해 질 녘까지 그대로 쭉 잤다. 해변 산책용(물론 데이트용이라는 생각으로)으로 가져온 원피스로 갈아입고 모래사장까지 나갔다. 해가 저물어 하늘이 흰 복숭아색이 되어 있었다. 낮보다 바람이 세다. 나는 미지근해진 레모네이드를 마시며 걸었다.

"그게, 확인해보았더니 다 거짓말이고, 실은 지가사키에 숨어 있었대."

"설마."

스쳐 지나가는 두 여자의 귀에 거슬리는 목소리. 젖은 모래와 파도에 밀려온 해초 덩어리. 레모네이드를 마시고 입에서 떼어낼 때마다 폭 하고 김 빠지는 소리가 난다.

어슬렁어슬렁 걷는 것은 오랜만이었다. 난 거리에서 늘 빠른 걸음으로 걷는다. 어느 누구도 말을 걸지 못하도록 이어폰을 꽂고서.

때마침 가게는 바쁜 시간이었다. 서퍼들이 돌아온다. 모두 개라지garage에 젖은 발자국을 남기며 걸어 다닌다. 호스 물로 보드며 돛을 씻은 뒤 와이어에 걸거나 벽에 기대어 말리고, 옷을 갈아입고 난 후에도 카탈로그를 보거나 차를 마시거나 떠들썩하게 이야기하며 어슬렁거린다.

나는 일부러 느긋하게 걸으며 기쁜 마음으로 가게 정경을 떠올렸다. 좋아, 모두 실컷 어슬렁거리라고. 모두 돌아가고 나면 와타루는 나만의 것이니까!

저녁 식사 장소는 미국식 식당이었다. 주크박스는 그저 장식일 뿐이었지만 반들반들 윤이 나는 바 카운터며 벽을 가득 메운 흑백사진, 비닐 클로스vinyl cloth가 놓인 테이블, 조명의 느낌, 고기 굽는 훈훈한 냄새까지 우스꽝스러울 정도로 아메리칸 풍이었다. 나이 지긋한 웨이트리스가 있다면 더 완벽할 테지만.

"건배."

와타루는 맥주로, 나는 우롱차로 건배했다. 창가 자리였지만 바다고 하늘이고 너무 어두워 아무것도 보이지 않는다.

"아까 산책할 때 모기에 물렸어."

나는 가방에서 약을 꺼내 팔과 복사뼈에 발랐다. 멘톨 냄새가 난다. 나는 유난히 모기에 잘 물리기 때문에 약을 늘 가지고 다닌다. 파란 플라스틱 용기에 담긴 물약이다.

"최근엔 재미있는 영화 안 봤어?"

와타루는 영화 이야기만 하면 내가 좋아하는 줄 안다.

"봤어."

하지만 나는 대답한다.

"〈브로큰 플라워〉가 재미있더라. 엄마랑 신주쿠에서 봤어."

그 후에 엄마는 데이트가 있어서 나 혼자 집에 돌아와야 했지만, 그건 말하지 않았다.

"재미없었던 건?"

"디브이디로 본 거. 아인슈타인이 나오고 멕 라이언이 주연이었는데 제목은 잊어버렸어."

우리는 해산물 샐러드와 산더미 같은 프라이드 포테이토, 게다가 나이프 없인 절대 못 먹을 크기의 햄버거를 먹었다. 영화며 아빠 이야기를 하면서, 나는 지금 우리 두 사람이 다른 사람들 눈에 어떻게 비쳐지고 있을까를 상상하며 즐거워했다. 와타루의 가는 손목과 그 손목에 채워진 다이버 워치diver watch, 담배 피우는 옆얼굴.

"히로오에 사는 그 할머니 생일 파티는 어땠어?"

그가 묻기에 이야기했다. 기리코 씨가 기뻐하더라는 것, 슈코 씨 남편도 왔다는 것, 이상할 정도로 두 사람 사이가 좋아 보였던 것, 세 사람 모두 쉴 새 없이 술을 마셨다는 것, 요리도 엄청 많이 먹었으며, 모두 상당히 박식하고 화제의 폭이 넓었다는 것,

하지만 진지한 화제는 오래가지 않고 반드시 누군가가 농으로 돌려 웃게 만들어버렸다는 것. 세 사람의 풍모와 말투에서 묻어나는 특징―기리코 씨는 재미있고, 슈코 씨는 차분하달까 느긋하며, 하라 씨는 다른 사람의 이야기를 재미있어한다―도 느낀 대로 설명했다.

"그럼, 즐거웠던 거네."

한 손으로 턱을 괴고 오빠 같은 미소를 띠며 와타루는 말한다.

"다행이네."

나는 고개를 끄덕이며 인정했다. 인정하긴 했지만 뭔가가 조금 빗나간 기분이 들었다.

"디저트는?"

필요 없다고 대답하자 와타루는 계산서를 쥐고 일어섰다.

공기는 맑고 시원했다. 파도 소리가 저녁에 더 크게 들리는 건 어째서일까. 가로등 빛에 날벌레 떼가 모여 있다.

"있잖아."

주차장에서 앞서 걷는 와타루에게 말을 걸었다. 와타루가 뒤돌아보며 의아해하는 듯한 표정을 지은 것은 내 목소리가 조금 컸기 때문인지도 모른다.

"왜?"

나는 오늘 밤 그에게 키스하려고 작정한 터였다. 가까이 다가가 아주 살짝만 입술을 맞댈 것. 물론 입술이 닿기 무섭게 뗀다. 아주 작은 장난. 그러고는 어린아이처럼 에헤헤 웃으면 된다. 초등학생 무렵, 남자아이들에게 많이 해보았다.

"왜 그래?"

'다가가 아주 살짝만 입술을 맞댈 것'이란 게 도저히 되지 않는다.

"한 번 더 엄마한테 전화하는 게 좋을까."

내가 말했다. 엄마한테는 저녁때 이미 전화했다. 와타루도 전화를 바꿔 이제부터 저녁을 먹으러 갈 거라고 보고해주었다.

"당연하지."

와타루는 주머니에서 자동차 열쇠를 꺼내며 대답한다. 나는 와타루가 긴장을 풀었다는 것을 알았다. 위기가 지나가 안심했다는 것을.

"자기 전에 당연히 한 번 더 전화해야지."

키스했다. 열린 차 문 너머로 재빨리. 안심한 와타루에게 분한 마음이 들기 시작한 그 순간, 저절로 몸이 움직인 것이다.

"에헤헤."

밤공기 속에서 꾸밈없는 목소리가 흘러넘치고, 나는 싱글벙글 웃고 말았다.

와타루 눈에 놀라움이 떠오른 것은 기분 탓이었다고 생각할 만큼 짧은 순간이었다. 어쩌면 정말로 기분 탓이었는지 모른다.

"그러면 안 돼."

강아지라도 혼내는 듯이 그렇게 말하며 나를 무섭게 노려본다. 어이가 없다는 표시(아마도)로 팔짱까지 꼈다.

나는 개의치 않고 조수석으로 돌아가 당당히 차에 올라탔다.

"얼른 타고 문 닫아. 모기 들어오니까."

내 말에 와타루는 일부러 천천히 차에 오르고, 일부러 천천히 안전벨트를 맸다. 하지만 그 1분 후에는 아무 일 없었던 양 차를 몰고, 3분 후에는 혹시 뭐 살 거 있으면 편의점 들를게, 하고 평소처럼 말했다.

"없어."

나는 그렇게 대답하고 칠흑같이 어두운 길을 보고 있었다. 이제 와서 가슴이 뛰기 시작하다니, 하고 생각하면서.

"그야 그렇겠지. 그렇게 짐을 한 보따리 가져왔으니."

대답조차 할 수 없을 만큼 가슴이 뛰었다. 장난쳤다고 싫어했을지도 모른다. 그렇게 생각하자 무서워서 견딜 수 없었다. 이제 와서 생각해도 늦었지만.

스륵스륵하는 마찰음과 함께 창문이 열리고, 바람과 바다 내음이 한꺼번에 흘러 들어왔다. 나는 버튼에 손을 댄 적이 없다.

와타루가 열어준 것이다.

"NO."

나는 딱 잘라 말했다.

"머리도 엉망이 되고 바람 소리도 시끄러워."

버튼에 손을 얹고 창문을 닫는다. 돌아보니 와타루는 싱글싱글 웃고 있었다.

"왜? 재미있는 일이라도 있어?"

"있어."

그는 즉시 답했다. 나는 야단스럽게 분노의 콧김을 내뿜는다.

"장난치면 또 키스할 거야."

와타루는 표정 하나 바꾸지 않고 말끝을 높이며 말했다.

"얼마든지."

나는 들떴다. 와타루의 운전 솜씨는, 예를 들면 아빠보다는 거칠고 엄마보다는 안정되어 멋지다. 가게고 뭐고 이대로 쭉 달리면 좋을 텐데, 하고 생각한 순간 가게에 도착했다.

"료코 씨한테 전화하는 거 잊지 말고."

차에서 내려 쾅 하고 큰 소리를 내며 문을 닫고, 와타루는 그렇게 말하는 것을 잊지 않았다.

"네에."

나도 잊지 않을 것이다. 남자의 수염이 그렇게 억셀 줄은 몰랐다. 한순간이었지만 그 수염이 확실히 내 입술 위 피부에 닿았다. 사악. 아니야. 사삭. 그래. 분명 그런 느낌으로.

III

 욕조 마개의 체인이 끊어졌다. 아침에 일어나 목욕을 하고, 물을 빼려고 여느 때처럼 가볍게 체인을 당기는 순간 맥없이 뚝 끊어서버렸다.
 마개 자체는 무사하니 문제는 없다. 그렇게 생각했지만 어디에도 연결되어 있지 않은 체인이 두 줄―한 줄은 마개에, 또 한 줄은 욕조 안쪽 쇠붙이에―무의미하게 달려 있는 것이 왠지 쓸쓸해 보였다. 그래서 떼어내려 했다. 체인을.
 마개에 달려 있는 것은 금세 떨어졌다. 하지만 쇠붙이 쪽 체인은 아무리 해도 떨어지질 않았다. 접합 부분의 금속이 워낙 두

껍고 단단해서 벌어지질 않는 거다. 펜치를 가져와 시도해보았지만 아무리 용을 써도 일그러지지조차 않았다.

상당히 밝다. 진작 물이 빠져 텅 빈 욕조는 창문으로 가차 없이 쏟아져 들어오는 7월 햇살에 눈부시리만치 하얗게 보였다.

나는 한숨을 내쉬었다. 힘을 너무 써서 숨도 가쁘고 팔도 뻐근하다. 젖은 머리카락이 이마에 달라붙고, 목덜미와 겨드랑이엔 땀이 배어 있었다.

"뭐 해?"

반쯤 포기했을 때 남편의 목소리가 들렸다.

"일어났어?"

돌아보는 내 얼굴에 금세 미소가 피어오르는 것을 느낀다. 막 잠에서 깬 남편은 검고 풍성한 머리카락을 흩뜨리며 티셔츠에 팬티 바람으로 서 있었다. 졸린 듯이, 눈부신 듯이.

"체인이 끊어져버렸어. 거슬려서 떼어내려고."

설명했지만 남편은 귀담아듣고 있지 않는 눈치였다.

"인상파 그림 같네."

그는 싱긋 웃으며 그렇게 말했다.

"왜 있잖아, 목욕하는 여인이라든지 햇살 속의 벌거벗은 여인이라든지 그런 거."

내 자신이 벌거벗고 있다는 사실에 갑자기 부끄러운 기분이 들었다.

"좋네."

남편은 얼렁뚱땅 말하곤 욕조를 타 넘더니 뒤에서 내게 팔을 두르고 몸을 딱 밀착시켰다.

"하지 마."

내 목소리는 조그맣고 달콤하게 들렸다. 웃고 있는 듯이. 남편이 내 목덜미에 코를 비벼댔다. 강아지처럼 끈질기게.

"하지 말라니까."

다시 한 번 말했지만 동시에 목 깊은 곳에서 웃음소리가 새어 나왔다.

"간지러워."

남편은 더욱더 팔에 힘을 준다. 펌프처럼 두 팔이 부풀어 오르고, 나는 마치 혈압을 재는 도구에라도 감싸여 있는 것 같은 압박을 느낀다. 남편의 머리카락이 뺨에 닿았다.

정작 땀이 난 사람은 나인데 남편의 높은 체온에 움찔하고 만다. 내 피부의 찬 기운이 느껴지고, 팔에 닭살까지 돋아 있었다. 추운지 더운지 알 수 없게 되어 혼란스럽다.

"뜨거워."

하지만 그렇게 말했다. 남편의 피부는 확실히 놀랍도록 뜨거웠기 때문이다. 생명의 열기라고 나는 생각했다. 막 자고 일어났는데도 이 사람의 몸은 이미 생명의 기운으로 가득 차 있는 것이다. 나는 여태 내 남편만큼 활동적인 남자를 본 적이 없다.

고개를 틀어 키스했다. 팔이 그제야 풀린다. 우리는 서로 상대의 머리를 감싸 안은 듯한 포즈로 비어 있는 욕조 안에서 깊숙이 입을 맞췄다. 길고 애정 넘치는 키스가 되었다. 하룻밤 분량의 잠을 떨치고 재회를 축하하는 듯한.

입술을 뗐을 때 내 손에는 여전히 펜치가 꼭 쥐어져 있었다. 녹색 테이프가 감긴 투박한 공구.

"안 떨어져?"

남편이 새삼 물었다. 내가 고개를 끄덕이자 남편은 고개를 움츠렸다. 이런 일에는 재주가 없기 때문이다.

"됐어. 내버려두지 뭐."

나는 이렇게 말하고 목욕 가운을 걸친다.

우리는 둘 다 하루의 시작이 늦다. 9시나 10시에 일어나 점심때 출근하는 게 보통이다. 하긴, 내 출근 시간은 종종 더 늦어지기도 한다. 가끔은 집안일이라는 것도 해야 하기에.

"2시부터 회의가 있어."

샤워를 마친 남편은 말끔한 얼굴로 차가운 보리차에 따뜻한 밥을 말아 먹으며 말했다. 남편은 그렇게 먹는 것을 좋아한다.

"제작 회의구나."

내가 말했다.

"성과가 있으면 좋을 텐데."

남편이 눈썹을 치킨다.

"그렇게 될 리 없잖아."

그리고 한바탕 설명해준다. 쓰루미라는 사람에 대해서. 그는 남편 팀의 젊은 사원으로, '소심하달까, 세상 물정을 모른달까' 아무튼 그런 남자인 모양이다. 나는 그 사람을 직접 보지는 못했지만 이야기는 많이 들었다.

"하지만 그 사람도 나름대로 생각하는 게 있을 테고, 뭐든 배우고 있지 않겠어?"

"그럴지도."

남편은 히쭉 웃으며 인정했다.

"쓸데없는 걸 생각하고, 쓸데없는 걸 배우고 있겠지."

그리고 나서 달걀 프라이를 한 조각 집어 입에 넣고는 맛있다고 했다. 맛있다, 부드러워, 라고.

"7시부터 이타베板塀,판자벽이라는뜻."

남편은 계속 말한다. 이타베란, 어떤 유의 사람들을 접대할 때 남편이 자주 이용하는 요정料亭이다. 나도 가본 적이 있는데, 가게 이름은 따로 있지만 멋진 검은 판자벽에 둘러싸여 있었던 것 말고는 기억나는 게 아무것도 없다.

"그 후엔 어떻게 될지 모르겠지만 일단 끝나면 전화할게. 슈코가 만약 그때까지 밖에 있다면 같이 한잔하자."

"멋진걸?"

나는 대답했다.

"그런데 내가 이미 집에 들어와 있다면?"

남편은 의아하다는 듯이 나를 본다.

"다시 나와주면 되잖아?"

그렇다. 그 장면을 상상하고 행복한 기분에 젖는다. 나는 이 사람의 이런 점이 좋았다.

엄마는 나를 남편 옆에 찰싹 붙어사는 여자라고 말한다. 나도 그렇다고 생각한다. 하라 다케오란 남자에게 찰싹 붙어사는 인생이 뭐 어떻단 말인가.

남편을 알기 전에도 누군가를 좋아한 적은 있었다. 애인이 없을 때보다 있을 때가 훨씬 즐거웠다. 그때마다 상대를 진심으로 사랑했고 지금도 사랑하고 있다. 내 생각이긴 하지만, 상대에게 연애 이상의 것을 바라지 않고 지낼 수 있다면 애인을 만드는 것은 간단한 일이다. 내 시간과 육체, 거짓 없는 말, 그리고 호의와 경의. 내가 줄 수 있는 건 그것뿐이었지만, 그 다섯 가지를 받고 만족하지 않은 남성은 없었다.

  그래서 남편을 좋아하게 되었을 때도 나는 그 다섯 가지를 주고 남편에게서도 똑같은 것을 받았다. 고작 다섯 가지! 그것만으로 충분할, 고작 그 다섯 가지. 하지만 우리는 그것만으로는 부족했다. 제정신이 아니었던 것이리라. 우리의 탐욕은 끝이 없었다. 낮이고 밤이고 몸을 섞고, 낮이고 밤이고 말을 섞고, 함께 살면서도 여전히 성에 차지 않아 더한 속박을 바라고 소유를 바라고 질투와 말다툼을 바랐다. 서로를 모조리 갖고 싶었던 것이다. 나는 그의 존재를 바라고 그의 부재가 가져다주는 공허함도 바랐다. 그이만이 내게 줄 수 있는 감미로움을 바라는 것과 거의 같은 크기로, 그이만이 내게 줄 수 있는 고통을 바랐다.

  그리하여 우리는 결혼했다. 서로 모든 것을 주고, 받은 것 전부를 맛보기 위해.

  혼인신고를 하던 날을 또렷이 기억하고 있다. 여름이었는데 내가 차로 남편을 회사까지 데려다 주었다. 그날 혼인신고를 하려고 마음먹은 것은 남편이었다. 우리는 '입적'까지도 바랐던 것이다. 언젠가는 이혼도 바랄지 모른다. 물론 재혼이나 재이혼도.

"이거 자기 보호는 아니지?"

  구청에서 덜컥 겁이 난 나는 남편에게 그렇게 확인했다.

"설마."

그는 웃으며 자신에 찬 모습으로 대답했다. 나는 진심으로 안도했다.

서류에 각자 이름을 적고 도장을 찍었다. 마침 그 자리에 있던 모르는 사람에게 부탁해 증인 칸도 채웠다. 증인이라는 말의 의미를 진지하게 받아들인다면 그것이 유일하게 옳은 방법 같았기 때문이다.

나는 피겨스케이팅 선수가 되어 얼음판 위를 빙글빙글 돌고 있다.

작업실에 도착한 것은 1시가 다 되어서였다. 볕이 한창인 오후, 바람 한 점 불지 않고 나무들의 싱그러움조차 숨이 막힐 듯 보였다. 매미가 요란하게 울고 있다. 지하 주차장에 차를 대고 엘리베이터에 올랐다. 1층에서 우편물을 걷어 다시 엘리베이터에 오른다.

나는 엄마에게 작업실을 빌려 쓰고 있다. 엄마는 이 맨션의 거주인이자 소유주이기도 하다. 아버지가 돌아가시면서 상당한 액수의 동산 및 부동산을 엄마에게 남겼지만 그렇기 때문에 더더욱―아니, 분명 그 탓에―, 엄마는 그때까지 살았던 네즈 지역의 집을 처분해야 했다.

"아무 상관 없어."

엄마가 했던 말이다.

"책만 전부 가져갈 수 있다면 어디 살든 괜찮아."

노인 혼자 단독주택에 사는 것보다야 맨션 쪽이 안전하기도 하고 편리해서 좋을 거라고, 나도 내 자신을 타일렀다. 그러나 지금, 방과 규격이라곤 하나도 맞지 않는 가구들에 둘러싸여, 세상 이야기 나눌 방문판매원 하나 찾아오지 않는 장소에서 지팡이와 책에 의지해 살아가고 있는 엄마를 보고 있노라면 가끔 무척 쓸쓸해진다. 원래 사교적인 성격이 못 되는 데다 아버지가 돌아가시고 안 계신 지금은 찾아오는 사람도 없다.

방에 들어가 에어컨을 켜고 컴퓨터를 가동시켰다. 온통 책투성이인 작업실은 한 발 들여놓기만 해도 마음이 차분해진다. 크림색 바탕에 파란 줄무늬가 들어간 커튼은 결혼 전에 살았던 네즈 집에서 내가 쓰던 것이다. 우편물을 분류하고 커피를 끓였다.

나는 지금, 내년에 몇몇 미술관에서 개최될 예정인 현대미술 전람회용 도록을 번역하고 있다. 관장의 인사말을 비롯해 평론가의 해설과 작가들 프로필, 그리고 작가와 생전에 친교가 깊었던 사람들이 전하는 회상록까지 수록되어 있다. '그는 언행이 괴이하고 기발했습니다', '그의 엉뚱한 행동은 종종 주위 사람들을 깜짝 놀라게 만들곤 했습니다', '그녀는 놀랍도록 섬세해서, 만약 그녀가 애용하는 무릎 덮개에 파리가 한 마리 앉는다면 눈을 감고도 무게로 그것을 알아차렸을 겁니다', '그는 자주 입을 다물었습니다. 심기가 불편해지면 겨울에도 창문을 열고 싶어 했습니다. 다른 사람이 추워하든 감기에 걸리든 상관하지 않았습니다', '그녀는 쾌활했습니다. 그녀 곁에 있으면 우리들까지 기분이 밝아져서 정원에 피는 꽃이며 한밤중에 나는 소리, 수프 한 그릇, 그녀의 애견이 익살 부리는 모습에도 즐거워했습니다', '그는 독한 술을 즐겼습니다. 대개는 진이었지만 진이 없으면 보드카로 대용했습니다', '그녀는 우울함에 빠져…….'

나는 생각에 빠진다. 이 사람들은 다 어디에 가 있는 걸까. 아니, 이 사람들이 어떻게 되었는지는 알고 있다. 도록에는 프로필도 딸려 있으므로. 이들은 죽었다. 또는 아직 살아서 런던이니 브뤼셀이니 플로리다 등지에서 살고 있다. 하지만 이 홍수와도 같은 묘사 속 그 순간은 어디로 가버렸을까. 우울함에 빠지거나 겨울에도 창문을 열던, 익살 부리는 애견을 보며 즐거워하던 그들 혹은 그녀들의 그 무수한 순간은…….

몇 차례 전화가 오고 한 차례 택배가 도착하고, 그때마다 일을 중단하면서 나는 저녁때까지 일했다. 6시. 밖은 아직 밝다.

나는 엄마에게 전화를 걸어 저녁을 같이 먹자고 했다. 엄마는 '맛있는 고기'가 먹고 싶다고 했다. 우리는 장을 보러 갔다. 메이지야 마트도, 내셔널 마트도 차로 불과 5분 거리다.

남편이 집에서 저녁을 먹는 일은 별로 없다. 한 주에 한 번 있을까 말까다. 그마저도 우리는 외식에 의존할 때가 많다.

"또 남편이랑 데이트? 질리지도 않나 보네."

엄마는 늘 그렇게 말한다. 내 자신이 업무상—또는 개인적인 사교 차원에서—외식하는 것도 한 주에 한두 번, 나머지는 이곳에서 엄마와 같이 먹는다. 엄마의 저녁 식사는 가정부인 요시다 씨가 매일 준비해준다. 하지만 엄마는 그녀가 해주는 요리를 그다지 좋아하지 않는다.

저녁 거리는 사람들로 혼잡했다. 가로수에 감겨 있는 파란 전광 장식이 여름의 석양 아래 반짝반짝 빛나고 있다. 쇼핑객, 퇴근길 사람들, 학생들. 바로 옆에 지하철역이 있고 상점가도 있어서 이 주변은 사람들의 왕래가 끊이지 않는다.

교복 차림의 여자아이들을 보며 미미를 떠올렸다. 그 아이가 다니는 학교도 바로 근처에 있다.

마트 안은 밝고 음악이 흐르고 있었다. 조그만 스테이크용 고기와 채소, 그리고 빵을 샀다.

7시에 이타베. 남편은 그렇게 말했다. 식사를 마치는 시각은 대략 10시, 장소를 옮겨 술을 마시고 12시 전에는 풀려날 테지. 나는 손목시계를 본다. 앞으로 다섯 시간. 다섯 시간 후면 남편을 만날 수 있다.

"이거 읽어봤니?"

외출하고 들어온 엄마 손에 문예지가 들려 있었다.

"이 좌담회, 질려버리겠어. 지식인입네 해도 본바탕이 어디 가겠냐고."

특히 말도 안 되는 부분에 빨간 줄을 쳐놨어, 하고 엄마가 말한다. 나도 나중에 읽고 제대로 질리라는 의미다.

"냄새 좋네."

마늘 수프를 만드는 중이었다고 나는 말했다. 냉장고에서 맥주를 꺼내 유리잔 두 개에 가득 따른다. 어차피 오늘은 차를 두고 갈 생각이었다. 엄마는 이런 나의 행동을, 오늘 밤은 잔뜩 마시겠다는 신호로 받아들인 모양이다.

"달걀노른자 된장 절임, 만들어놓은 거 있니?"

나는 있다고 대답하고 다시 냉장고를 연다.

"그럼 소주를 조금만 마셔볼까. 거기엔 소주가 어울리니까."

"요시다 씨 메뉴는 뭐였어?"

내가 물었다.

"조금이라도 먹지 않으면 실례겠지?"

엄마는 힐문이라도 당한 노인처럼 입을 한일자로 다물고는 곤란하다는 시늉을 했다. 그러고 나서 문득 뭔가를 기대하는 표정으로 나를 보았다.

"너는 늘 늦게까지 일하니까 야식으로 먹어보면 어떻겠니?"

나는 아무 말 하지 않았지만 얼굴에는 농담하지 말라는 표정이 떠올랐을 것이다. 엄마는 기묘한 콧김을 내쉬고 나서 결연하게 말했다.

"내일 점심에 제가 먹지요."

달걀노른자 된장 절임을 안주 삼아 맥주와 소주를 마셨다. 샐러드를 먹고 수프는 건너뛴 채 스테이크를 먹었다. 수프를 먹고 나면 고기를 못 먹는다고 엄마가 말했기 때문이다. 결국 수프는 내일 점심에 내가 먹기로 했다.

설거지를 하고 있는데 엄마 목소리가 들렸다.

"어라, 책 도착했어?"

낮에 도착한 택배 상자를 뜯지 않은 채 책상 옆 마룻바닥 위에 놓아두었는데, 그 안에 엄마가 부탁한 책이 몇 권 포함되어 있던 것이 생각났다.

"응, 오늘 도착했어. 지금 뜯어볼게."

타월을 쥐고 잰걸음으로 책상 옆으로 갔다. 엄마는 기다리는 것을 싫어한다.

엄마가 주문한 것은 그림책이었다. 총 세 권으로 모두 같은 작가의 작품이다. 피터 스피어. 엄마는 그 작가의 이름을 미미에게 들어 알게 되었다.

"이런 책 혹시 아니?"

그 말과 함께 엄마가 내게 종이쪽지를 건넨 건 지난달이었다. 파란색 볼펜으로, 활자체인데도 부분 부분이 연결된, 다분히 학생다운 꼼꼼한 글씨로 책 제목과 작가 이름이 적혀 있었다.

"오늘 아침 미미가 왔다가 적어주고 갔어. 미국에선 유명한 작가래. 너 아니?"

모르는 작가였지만 컴퓨터로 검색하자 바로 나왔다. 엄마는 그 과정을 아주 흥미로운 듯이 지켜보았다.

"갖고 싶어?"

내가 물어보자 엄마는 생각에 잠긴 표정으로 대답했다.

"글쎄, 딱히 갖고 싶은 건 아니지만, 조금은 보고 싶네."

"그럼 주문해둘게. 마침 나도 사려던 게 있으니까."

내 말에 엄마는 고개를 끄덕였다. 그러고는, 그리고 말인데 이번 내 생일에 미미도 초대했어, 라고 해 나를 놀라게 만들었다.

엄마는 지금 그림책을 식탁에 펼쳐놓고 있다. 영어는 못 읽지만 한 페이지씩 검사하듯이 넘기며 가끔 한숨인지 콧김인지 모를 소리를 흘린다. 나는 설거지를 계속했다.

"재미있어?"

엄마 쪽을 돌아보지 않은 채 물었다. 잠시 후에 글쎄, 라는 애매한 목소리가 돌아왔다.

"잘 모르겠어."

탁 하고 책 덮는 소리가 나서 돌아보다 엄마와 눈이 마주쳤다. 엄마는 난감한 표정을 짓고 있었다. 난감하다는 듯한, 방법이 없다는 듯한. 그리고 이렇게 말했다.

"유아용이야."

남편의 전화는 생각보다 빨리 왔다. 엄마는 이미 돌아가고 나는 하던 일을 계속하려던 참이었다.

"어이."

여느 때처럼 남편은 말했다.

"생각보다 빠르네."

"응, 느긋하게 마시고 싶은 상대도 없었고 말이지."

남편의 목소리는 낮고 차분하고 달콤하다. 나는 전화기를 귀에 댄 채 여기저기 쌓여 있는 책이며, 포니테일이라는 이름의 화분이니, 액자에 넣어 벽에 기대어 세워둔 포스터를 본다. 그것들은 실체를 잃는다. 그 자리에 있는데도 없는 것처럼 생각된다. 남편의 목소리만이 유일한 현실로 다가온다. 전화기 저 너머만이.

"볼 수 있어?"

나는 물었다. 알면서도 그 말이 듣고 싶었던 것이다.

"물론. 그래서 전화했잖아."

서서히 차오르는 기쁨에 나는 미소 짓는다.

"빨리 보고 싶어."

남편이 말했다.

"빨리 슈코를 보고 싶어."

알코올이 들어간 탓인지 남편은 쾌활했다. 같은 말을 반복하는가 싶더니 끝내는 어떻게 말해야 나와주려나, 하는 말까지 했다. 그리고 우리가 가끔 가는 바 이름을 댔다. 거기서 오면 택시로 금방이지? 나도 지금 택시로 가고 있는 참이니까. 기다릴게. 조심하고.

단장이랄 것도 없었지만 질끈 묶고 있던 머리를 풀었다. 고루 펼쳐지도록 머리를 휘휘 흔든 다음 손가락으로 매만졌다. 거울을 보고 립스틱을 발랐다.

주상복합 빌딩 2층의 육중한 문을 밀어 열자 느닷없이 음악이 흘러나온다. 가게 안은 어두웠지만 굳이 찾을 것도 없이 카운터 자리에 앉아 있는 남편이 보였다. 늘 그렇다. 다른 손님들은 내 눈에 들어오지 않는다. 있다! 그것은 기쁨이라기보다 안도감이다. 집 이외의 장소에서 남편을 보면 그때마다 강렬한 안도감에 휩싸여 당장이라도 털썩 주저앉을 것만 같다. 어느새 나는 햇살이 비치는 곳에 놓인 크림 과자처럼 표정이 사르르 녹아내리면서 싱글벙글 웃고 있었다.

새까만 머리, 두툼한 어깨, 실버 그레이 셔츠. 하지만 남편을 향해 발을 내딛은 순간, 나는 깨달았다. 후지타 씨다.

"안녕하세요."

나는 남편 옆에 있는 키 큰 젊은 여성에게 미소 지으며 말했다. 남편의 오른팔이 내 허리를 감싼다. 후지타 씨는 티셔츠에 청바지 차림이었다. 요릿집에 접대 갔다 오는 것치고는 지나치게 가벼운 차림새라는 느낌도 들었지만 직업이 방송국 디렉터이니만큼 복장은 자유재량에 맡기고 있는지도 모른다.

"이 사람한테는 늘 마시던 걸로요."

남편이 바텐더에게 말했다. 늘 마시던 거란 얼음을 띄운 아마레토다.

"오랜만이에요."

마실 것이 갖춰지자 후지타 씨가 나를 향해 잔을 들어 올리며 말했다. 나도 마찬가지로 잔을 들어 올려 둘이 가볍게 건배했다. 남편을 사이에 둔 채.

후지타 씨는 매력적인 사람이다. 잘 떠들고 잘 웃는다. 짧고 듬성듬성한 속눈썹이 마스카라로 강조되어 있고, 다소 큰 입은 활기찬 인상을 준다. 날씬하고 매끄러운 팔은 손목에서 팔꿈치까지 한결같이 가늘다. 그 팔이 남편 목에 감기는 모습을 나도 모르게 상상하고 만다.

"오늘은 일 잘 풀렸어?"

남편의 물음에 나는 그렇다고 대답했다. 기발하고 엉뚱했던 그와 놀랄 만한 섬세함을 지니고 있던 그녀······.

"지금은 어떤 작업을 하고 계세요?"

내가 설명하자 후지타 씨는 눈을 빛냈다.

"현대미술? 재미있겠다. 예를 들면 어느 부류의 사람들인가요? 오키프? 에스테스?"

"에스테스는 맞췄네요."

나는 대답했다.

"그 밖에 크리스티앙 볼탕스키나 로젠퀴스트 등이요."

후지타 씨는 남편이 유독 아끼고 사랑하는 부하 직원이다. 미술 프로그램을 제작하는 팀에 있다고 해서 모두가 그녀만큼 공부를 하는 건 아니고, 그녀만큼 폭넓은 지식을 갖추고 있는 것도 아니다.

우리는 영화며 사진, 유리 상자에 네온사인을 집어넣은 오브제 등에 대해 이야기를 나누었고, 남편은 때때로 짓궂게 훼방을 놓으며 즐거운 듯이 그것을 듣고 있었다.

"이야아, 갔다 오셨어요? 92년도에 독일에? 좋았겠다, 진짜 좋았겠다."

 제프 쿤스라는 미국인 아티스트가 식물을 이용해 제작했던 거대한 조각 이야기가 화제에 오르자 후지타 씨는 완전히 흥분해 앉은 채로 상체를 뒤로 젖혔다. 가는 두 팔로 카운터 모서리를 꼭 잡고서. 그 조각은 꽃이 시들자 서서히 붕괴되어 현재는 헐리고 없다. 이 세상 어디에도.

"보고 싶었는데. 분하다아."

 온몸으로 감정을 표현하는 그 모습이 귀여워서 나는 그만 웃고 말았다. 천장을 올려다보는 후지타 씨의 희고 부드러운 목.

"두 사람, 죽이 잘 맞네."

 남편도 살짝 웃으며 그렇게 말했다.

"조금 전까지만 해도 후지타는 기분이 별로였는데. 오후 회의 때부터 쭉."

 그리고 두 사람은 일 이야기를 시작한다. '이타베'에서 있었던 회식에 대해. 그때 누군가가 했던 발언과 다른 누군가의 입장에 대해.

 나는 바텐더를 불러 두 잔째 아마레토를 주문했다. 세르지우 멘지스의 노래가 흐르고 있다. 날이 밝을 때까지 계속 음악이 흐르는 이 바에 남편과 내가 오게 된 지 9년이 되어간다. 그렇게 오래전 일을 어째서 기억하냐면 처음 왔을 때에는 둘 다 독신이었기 때문이다. 무척 멀게만 느껴진다. 남편의 것이 아니었던 무렵의 나와, 내 것이 아니었던 무렵의 남편. 내가 그에게, 그리고 그가 내게 표시를 남기고 싶어서 견딜 수 없었던 무렵.

"빨리 보고 싶어. 빨리 슈코를 보고 싶어."

문득 전화로 남편이 했던 말이 생각났다. 택시 안이라고 했다. 물론 옆에는 후지타 씨가 타고 있었을 것이다. 남편은 지금 내게 하듯 그녀의 허벅지에 손바닥을 얹고 있었을지도 모른다. 남편의 오른손은 내 왼쪽 허벅지 위에 있고, 얇은 스커트 너머로 그의 체온이 전해진다. 누구에게도 보이지 않으리란 것을 알고 있는 남편은 신호처럼 손가락을 톡톡 움직이는가 하면 손바닥으로 내 안쪽 허벅지를 살짝 쓸어내리기도 한다. 빨리 보고 싶어. 빨리 슈코를 보고 싶어. 그 말은 과연 누구에게 들려주기 위한 말이었을까. 생각한들 알 도리가 없는 것을 나는 늘 생각하고 만다.

왼쪽 허벅지가 갑자기 가벼워졌다. 딱 닿아 있던 체온을 빼앗겨 찬 기운이 느껴진다. 가만 보니, 남편이 재미있어하는 듯한 표정으로 나를 보고 있었다. 우리는 재빨리 입을 맞춘다. 후지타 씨는 화장실에 가고 없었다.

돌아오는 택시 안에서도 우리는 줄곧 손을 맞잡고 있었다. 손을 잡은 채 남편은 눈을 감고 잔다. 불규칙한 숨결이 끊기는가 싶더니 아주 잠깐 잠에서 깨고, 감은 눈은 뜨지 않은 채 내 손을 다시 꼭 쥔다. 또는 깍지 낀 손가락을 톡톡 움직인다. 마치 확인하는 듯이. 그리고 금세 다시 잠들어버린다. 만족한다는 듯이, 아무 걱정도 없다는 듯이.

갑자기 나는 깨닫는다. 아, 그랬던 거다. 이 사람은 오늘 밤 내가 데리러 와주길 바랐던 거다. 우리의 바깥세상으로부터 자신을 데리고 돌아와주길 바랐던 거다.

일을 하고 있는데 엄마에게서 전화가 왔다. 전구가 나갔으니 갈아 끼우러 와달라고 한다. 탈이 난 것은 복도에 세 개 있는 간접조명 중 하나로, 그 간접조명이란 녀석은 '시도 때도 없이 나가는' 모양이었다.

"지금?"

지금은 오후 4시였다. 오늘은 작업실에 늦게 도착하는 바람에 간신히 집중하기 시작한 참이었다.

"밖은 아직 대낮처럼 밝아."

게다가 세 개 있는 전구 중 하나 정도는 나가도 그리 불편하진 않을 터.

"나도 알아. 눈은 아직 제대로 보이니까."

엄마는 전구 불이 안 들어오면 우울하다고 했다. 심하게 '안 좋은' 기분이 든다고.

나는 때때로 생전의 아버지에게 존경심이 든다. 엄마에 대한 아버지의 끝을 알 수 없는 인내에.

전구를 갈아 끼우자 엄마는 손뼉을 치며 기뻐했다.

"밝아졌어."

행복한 듯이 말한다.

"쉬운 일이야."

어쩔 수 없이 나는 대답했다. 사다리를 접어 다다미방 벽장에 갖다 넣는다. 다다미방은 엄마가 독서실로 쓰고 있다. 작은 책상과 좌식 의자, 빨간 아기 사슴 무늬 방석.

"너희 집에서는 전구 같은 건 전부 네 남편이 갈아주니?"

나는 그럴 리가, 하고 대답했다.

"그 정도는 내 손으로 해."

"그러니?"

엄마는 얼굴을 찡그렸다.

"네 남편, 의외로 차갑구나."

이유는 알 수 없다. 한순간 나는 머리에 피가 거꾸로 솟는 것을 느꼈다.

"쓸데없는 참견이야."

대드는 듯한 목소리가 나와버렸다. 엄마는 눈을 크게 뜨며 놀라서 입을 다문다.

"다 안다는 듯이 말하지 마."

이번에는 힘없는 목소리가 나왔다. 반은 혼잣말 같은 중얼거림으로 들렸다. 엄마에게 악의가 없다는 것은 나도 안다.

"엄청 무섭네."

엄마는 고개를 움츠린다.

작업실로 돌아왔지만 책상에 앉을 기분이 나지 않았다. 커피를 새로 끓이고 우편물을 분류했다. 놀랍게도 손이 떨리더니 눈물까지 번졌다.

"바보같이."

남편이라면 이렇게 말할 것이다.

"나이도 먹을 만큼 먹었으면서 모녀간에 싸움이라니."

놀리는 듯한 남편의 목소리를 상상하고 나는 눈물을 거둔다. 그것은 우스꽝스러울 정도로 위력을 발휘한다. 천천히 네 차례 호흡하는 동안 냉정을 되찾고, 얼굴에 미소마저 떠오른다. 무릎에 앉혀 등을 토닥이고 살짝살짝 흔들어 달랜 어린아이처럼.

남편에게는 후지타 씨 말고도 애인이 있다. 나에겐 애인은 없지만 남편 이외의 남자와 잠자리를 한 적은 있다. 엄마가 그런 우리 관계를 이해할 리 없었다.

결국 나는 엄마에게 전화를 걸어 언성을 높였던 것을 사과했다. 엄마는 신경 쓰지 않는다고 했다. 남편과 연관된 이야기만 나오면 네가 유난히 감정적이 되는 것에 이미 익숙해질 대로 익숙해졌으니까, 라고.
"그보다 백화점에 가고 싶어."
이때라는 듯이 엄마는 말을 이었다.
"나는 보내지도 않았는데, 몇몇 곳에서 백중날 선물을 보내왔잖아. 모른 척 지나갈 순 없잖니?"
게다가 여름용 시트도 바꾸고 싶다고 엄마는 말했다. 우리는 다음 주에 함께 쇼핑을 가기로 약속했다.

기억나는 건 튀김 가게다. 롯폰기에 있는 그 가게는 튀김옷이 무척 얇고 요즘처럼 소금을 찍어 먹는 게 유행하기 전부터 소금을 내주었기 때문에 남편이나 나나 마음에 들어 하던 곳이었다. 원목으로 만든 카운터가 매우 청결한 것도 마음에 들었다. 나는 회사를 빠져나온 남편과 자주 그곳에서 만났다(남편은 래미네이트 가공된 독특한 사원증을 목에 건 채 나타날 때가 많았다). 왜소한 체격에 차분한 그곳 주방장은 우리 얼굴을 기억하고 있어서 갈 때마다 세심하게 신경 써주었다. 남편에게는 요리인들의 호감을 사는 특별한 재능이 있다.

그 가게에는 거구의 젊은 요리사도 있었는데, 스모 선수라고 해도 통할 정도로 정말 덩치가 컸다. 풀 먹인 하얀 작업복으로 가려져 있어도 그의 육체에 빈틈이 없다는 것을 짐작할 수 있었다. 빵빵한 배는 허리에 묶은 스커트형 앞치마 위에 떡하니 얹혀 있었다. 겨울에도 그는 반팔 작업복을 입고 일했는데, 꽉 찬 소시지처럼 굵은 팔과 팽팽한 손목, 물 닿는 일을 많이 해서 빨갛게 된 청결해 보이는 그의 손가락에 나는 종종 반하곤 했다.

"슈코는 저런 몸을 좋아하나 보네."

재미있어하는 투로 남편은 곧잘 그렇게 말했다.

"도대체가 눈을 못 떼잖아."

"그러게."

나는 솔직하게 인정했다.

"무척 아름다워 보여."

그 사람이 가게를 그만두었다는 걸 알았을 때 나와 남편은 모두 섭섭해했다. 성실하고 좋은 요리사였는데, 하는 이야기를 나눴다.

"깜짝 놀랄 일이 있어."

남편이 그렇게 말한 것은 그로부터 반년 가까이 지났을 때였다. 그 사람이 일하고 있는 가게를 발견했다는 거다. 남편은 오늘 밤 그곳에서 식사를 하자고 했다.

그곳 역시 튀김 가게였다. 이전 가게보다 작고 구조도 서민적이었지만 맛은 좋았다. 자기 아버지의 가게를 이어받은 것이었다. 그는 우리의 얼굴과 이름도 기억하는 데다, 이전 가게에서는 보인 적 없던 솔직하고 밝은 미소를 보여주었다.

"건배하자. 대장도 마셔요."

남편은 기분이 최고조였다. 그는 황송하다는 듯이 두 손으로 잔을 받쳐 들고 남편이 따라준 맥주를 마셨다. 이때까지 몰랐는데 그는 안경을 쓰고 있었다. 대장이라 불리기엔 너무 젊고 양 볼에 여드름이 잔뜩 나 있었다.

장사를 마치고 나면 근처 가게에서 한잔 사고 싶다는 남편의 제의에 그는 옆에 있던 자기 아버지를 돌아보았다. 아버지가 무뚝뚝한 얼굴 그대로 다녀오라는 듯이 손을 흔들자 그는 어린아이처럼 웃는 낯이 되어 낮고 굵직한 목소리로 '옙'인지 '얍'인지 모를 소리를 냈다.

"아, 잘 먹었다."

가게를 나오자 남편이 말했다.

"나는 다시 일하러 가봐야 하니까 그 사람이랑 한잔하고 와."

남편은 자상한 얼굴을 하고 있었다. 내가 그저 고개를 가로저었던 것은 두려워서 목소리조차 나오지 않았기 때문이다. 지금 생각하면 왜 그렇게 겁을 먹었는지 알 수 없다. 술 한잔 마시는 것뿐인데. 마치 남편에게 버림받은 것 같은 기분이었다.

"싫어."

그래서 그렇게 말했다. 남편 팔에 매달리다시피 하고 골목을 걸었다.

"어이어이, 바보같이. 슈코 당신 때문에 청한 거잖아. 어서 갔다 와."

신고 있던 신발 속, 뒤꿈치가 근들거렸다.

"나의 슈코잖아?"

남편은 이 세상에서 내가 가장 좋아하는 말을 입에 올렸다.

"의연하고 아름다운 나의 슈코잖아?"

남편은 내 어깨에 팔을 둘렀다. 그리고 그 팔에 힘을 준다. 격려해주듯이 꽉.

"가서 그걸 증명하고 와."

'벌'이라고 생각했다. 이것은 벌이다. 그 젊은 요리사의 몸을 아름답다고 생각한 게 잘못이었다.

그는 약속한 시각에 약속한 가게에 나타났다. 오렌지색 티셔츠와 청바지를 입고 금색 손목시계를 차고 있었다. 그는 내가 혼자 와서 놀란 듯했다. 그러고는, 이런 시간에 호출이라니 남편 분은 힘드시겠네요, 하고 말했다.

우리에게는 피차 할 이야기가 없었다. 내가 아름답다고 생각한 그의 팔도, 배도, 바로 옆에 있었지만 내가 느낀 것은 공포뿐이었다. 그것은 현실에 존재하는 육체였다. 남편 이외의 남자의 팔이며 배였다.

술을 두 잔 마시고 우리는 헤어졌다. 그는 곤혹스러워했다. 예의 바르고 반듯한 청년인 듯했다. 눈앞의 여자가 공포심에 움츠리고 있는 이유 같은 건, 그로서는 상상도 못 했을 것이다.

나는 남편이 보고 싶어 미칠 것 같았다. 남편 이외의 남자에게 눈을 빼앗겼던 내 자신이 부끄러웠다. 벌을 받은 내 자신이 비참했고, 죄 없는 그 남자한테도 미안한 마음을 가눌 길 없었다.

"어서 와."

이미 집에 와 있는 남편을 보고도 나는 놀라지 않았다.

"일찍 왔네."

커피 향이 나고 있었다. 테이블이며 의자, 벽, 창문, 커튼. 집 안 모든 것이 다르게 느껴져, 나는 어딘가 먼 곳에서 돌아온 듯한 기분이 들었다. 그렇게 말하자 남편은 웃으며 다시 한 번 어서 와, 하고 말해줬다.

"잠은 같이 안 잤나 보지?"

나는 고개를 끄덕였던 것 같다. 지금은 기억조차 가물가물하다. 이것들은 모두 몇 년도 더 된 일이다.

"그렇다면 아무 데도 안 간 모양이네."

남편은 말했다.

"다음엔 좀 더 멀리 다녀와. 멀리 가면 갈수록 진심을 알 수 있을 테니까."

이미 알고 있다고 반론해보았자 무의미했으리라. 이미 알고 있어, 나는 당신 거야. 그런 건 둘 다 확신하고 있는 바였다. 그래서 더 새롭게 알아갈 필요가 있는 것이다. 그것이 우리의 바람이었다. 냉정을 잃어가는 것, 끊임없이 갈망하는 것, 독특한 사람끼리 하나가 되어가는 것.

"정말."

침실로 이동한 후 침대에 뛰어오르며 나는 말했다. 공포는 설렘으로, 불안은 안도감으로, 비참함은 자긍심으로 바뀌어 있었다.

"정말, 이 결혼은 자기 보호는 아니었나 봐."

8월. 엄마와 나는 백화점에 와 있다. 오랜만에 하는 쇼핑이기도 해서 즐거웠다. 내킹대로 선물할 물건을 고르고 여름용 시트도 샀다. 화장품 매장에서 엄마는 립스틱 다섯 개를 발라보고, 결국 여느 때처럼 벽돌색 붉은 립스틱을 하나 샀다. 실내화를 새로 맞추고 블라우스도 한 벌 골랐다.

백화점에서는 휠체어를 빌릴 수 있지만 엄마는 그걸 좋아하지 않는다. 지팡이를 손에 쥐고 아주 천천히 플로어를 돈다. 이

건 소재가 뭐죠, 어디 제품인가요, 이 끈은 뭣 때문에 달려 있나요, 하고 점원을 붙잡고는 질문한다. 짬짬이 감상도 전한다. 훌륭하다든지, 금방 망가질 것 같다든지.

나는 엄마의 에너지에 감탄한다. 백화점에 네 시간씩이나 머문다는 것은 나 혼자서는 도저히 불가능하다. 사실, 그 사이에 우리는 두 차례 커피숍에 들어가 쉬었다. 엄마가 담배를 피우고 싶어 했기 때문이다.

"슈코 너는 아무것도 안 사니?"

두 번째로 들어간 커피숍에서 엄마는 커피를 주문했다. 처음 들른 커피숍에서는 아이스티를 주문했는데 그게 너무 싱거워 마음에 들지 않았기 때문이다.

"샀잖아, 목욕 타월."

엄마는 얼굴을 찡그리며 이 커피는 너무 쓰다고 말했다.

"그런 거 말고, 옷이라든지 신발이라든지 기분 좋아지는 거 말이야. 뭐라도 사줄까?"

나는 웃으며 목욕 타월만으로도 충분히 기분 좋아졌다고 대답했다.

"재미없는 아이 같으니."

엄마는 그렇게 말하고 나서 담배를 물고 불을 붙인다.

"하지만 뭐 괜찮아. 나도 이제 피곤해서."

그래서 우리는 그만 돌아가기로 했다. 지난번에 내가 산 코위찬 스웨터는 남편 취향에 맞지 않았다. 촌스러운데. 보자마자 남편은 그렇게 말했다. 마음에 들어 산 옷이었지만 남편의 그 말이 떨어지는 순간 그것은 내 손안에서 색이 바래고 명백하게 촌스러운 옷이 되었다. 나는 남편이 좋아하는 것만을 몸에 걸치고 싶다. 하지만 내가 입을 옷을 내 손으로 고르고 싶지 않다고 말한다면 엄마는 아마 졸도해버릴 것이다.

바깥은 눈부시게 화창했다. 하늘도 파랗다. 횡단보도를 한 번 건널 뿐인데 주차장까지 걷는 동안 땀이 왈칵 솟는다.

"기분 좋네."

나는 말했다.

"안은 냉방이 너무 세더라."

땀을 흘린다는 것이 얼마나 기분 좋은 일인지 가르쳐준 건 남편이다. 그전까지 나는 여름이라는 계절이 싫었다.

"또 남쪽 섬에 가고 싶다. 헤엄치고 싶어."

들뜬 기분으로 말했다.

"그래."

내키지 않는 기색으로 엄마는 중얼거린다.

"하지만 다음에 여행을 간다면, 나는 터키 주변이 좋아."

2박 3일간의 출장에서 돌아온 것은 점심때가 지나서였다. 나는 집에 들르지 않고 곧장 작업실로 향했다. 오늘 중으로 받아서 회신해야 하는 팩스가 와 있을 테고, 저녁에는 근처 가게에서 약속도 잡혀 있었다.

나는 해변 도시에서 열린 포럼에 통역 겸 강사로 참가했다. 포럼은 특별할 것 없는 여러 문제들―눈이 휘둥그레질 정도의 엉터리 강사진, 누가 봐도 지나치게 많은 프로그램과 애매하기 그지없는(아니면, 반대로 지나치게 전문적인) 테마, 예산 사용 방법의 오류―속에서도 그럭저럭 무사히 끝났다. 출장 후에는 으레 그렇듯이, 이번에도 나는 기분이 좋았다. 평소 안면이 있는 미술관 관계자와 몇몇 강사들과의 재회, 명함을 교환하거나 누군가에게 소개되기도 하는 낯선 사람들과의 만남. 따뜻한 악수와 형식적인 악수, 서로에 대한 칭찬, 가벼운 농담, 야유, 소문. 남편이라면 이 모든 것이 '무의미'하고 '쓸데없는 소모'라고 말하겠지. 그래도 나는 그런 장소가 싫지 않다. 평소와는 다른 환경, 나를 필요로 하는 일, 행동, 그리고 태도. 숙소가 바다와 마주하고 있어 신선한 공기를 마실 수 있었던 것도 좋았다. 오늘 아침에는 일찍 일어나서 산책을 했다. 바위가 많은 모래사장은 막 떠오른 태양의 열기를 거침없이 흡수하고 있었다. 여기저기에는 오브제가 놓여 있었는데, 빨갛고 노랗게 칠한 채소 모양

오브제는 모래사장이라는 넓디넓은 장소에서 오히려 친근하게 다가왔다.

공항에 세워둔 차를 타고 연안 도로를 달리면서 나는 솔직해지려고 했다. 해변 도시의 그 햇살, 포럼이라는 기묘한 모임. 확실히 일은 만족스러웠지만 나에게 중요한 건 하나뿐이다. 남편이 없는 장소에서 잠을 자고 눈을 뜨고 식사할 수 있었던 것. 주어진 일을 처리하고, 남들과 이야기하고 웃고 악수하고, 아름다운 것을 아름답다고 느낄 수 있었던 것. 맛있는 것을 맛있다고, 맛없는 것을 맛없다고 느꼈던 것. 나는 그런 일들이 기뻤다. 도망치지 않고, 보이지 않는 세계에 틀어박히는 일도 없이, 사물을 내 눈에 비치는 그대로 관찰할 수 있었던 것이.

그건 남편을 만나기 이전의 나다. 남편을 만나 그에게 지배당해버리기 전의 나.

핸들을 잡고 전방의 차량 흐름을 주시한 채 어이없는 내 자신을 속으로 비웃었다. 나는 남편에게 지배당하고 싶어 못 견디면서 동시에 그 이전의 나를 고집하지 않으면 안 된다. 남편이 그토록 사랑했던 여자는 바로 그때의 나이기 때문이다.

나는 지금 당장 남편을 만나고 싶다는 욕망에 맞섰다. 만나서 어쩌겠다는 것인가. 양손을 펴고, 날 보라는 말이라도 할 작정인가. 날 봐, 이 여자 본 기억 없어, 하고.

방에 들어가 창문을 열었다. 팩스를 회신하고 나서 엄마에게 전화를 걸었다. 불과 2박 3일간의 여행이었고 일정은 미리 알리고 간 터였다. 그래도 무사히 돌아왔다는 연락을 엄마가 이제나 저제나 하고—분명 다소 초조하게—기다리고 있다는 건 나도 알고 있었다.

엄마는 평소와 달리 밝은 목소리로 전화를 받았다.

"어머, 슈코, 벌써 돌아왔니?"

엄마의 잔소리에 대비하고 있던 나는 한순간 말문이 막혔다.

"마침 잘됐네. 지금 말이지, 미미가 와 있어."

그럼 그렇지, 하고 생각했다. 엄마는 그 아이의 방문을 환영한다.

"너도 차 마시러 건너오렴."

열다섯 살(아니면 이미 열여섯 살이 되었으려나) 난 소녀가 엄마 같은 노인, 빈말로도 상대하기 쉽다고는 할 수 없는 노인을 찾아와주는 이유를 당최 모르겠다. 하지만 엄마의 말동무가 되어주고 있는 것은 사실인 듯싶고, 그 점에 나는 감사해야 마땅할 것이다.

"금방 갈게."

그렇게 대답하고 전화를 끊었다.

미미는 햇볕에 엄청 그을려 있었다. 푸껫의 그 강한 햇살 아래에서도 매끄럽고 하얀 피부를 유지하고 있었는데.

"오늘은 교복이 아니네."

나는 느끼는 그대로 말했다.

"그 교복, 잘 어울렸는데."

가슴에 인어 그림이 프린트된 티셔츠와 청바지 차림의 미미는 고개를 움츠린다.

"여름방학이니까요."

"미미가 말이지, 아버지와 하카타에 있는 할아버지 댁에 다녀왔단다. 선물로 명란젓을 받았어."

엄마가 말한다.

"할아버지 댁은 음식점을 하신대."

내가 앉을 의자가 이미 거실에 옮겨져 있었다. 그리고 찻잔도. 나는 미미를 보았다. 엄마가 그런 일을 할 리가 없다. 미미는 생긋 웃으며 여기 앉으라는 듯이 손으로 의자를 가리켰다.

"미미 아버지는 상남이시만 긴축 분야로 나가는 바람에 가게는 누님―누님이란, 미미의 고모―내외가 이어가고 있대."

아무래도 엄마는 그새 거리낌 없이 인터뷰를 감행한 듯하다.

"하카타에는 좋은 해수욕장이 많다던데."

남의 집안 이야기로부터 화제를 바꾸고 싶어 말했다.

"해를 많이 쬐었나 보네. 이전에 만났을 때는 정말 하얬는데."

나는 엄마 생일날 온 미미를 또렷이 떠올릴 수 있다. 미미는 레스토랑 테이블에 등을 곧게 펴고 앉아 별다른 말 없이 예의 바르게 요리를 입으로 가져갔다. 남의 가족에 섞여 식사하는 자리가 오죽 따분하고 거북할까. 그렇게 생각했는데 미미는 우리가 대화하는 중간중간 즐거운 듯이 살짝 웃곤 했다. 밖으로 나오자 미미는 작고 무방비하기 짝이 없는 외톨박이 어린아이처럼 보였다. 미미는 귀에 이어폰을 꽂고 잘 먹었습니다, 하고 말했다. 그러고는 남편이 건네려던 택시비도 받지 않고 역을 향해 혼자 길을 내려갔다. 그날 밤, 미미의 얼굴은 자기로 만든 인형처럼 작고 새하앴다.

"하카타에서도 잠깐 수영했는데."

미미가 말했다.

"선탠은 다른 데서 했어요."

목소리에서 어쩐지 자랑이 묻어난다. 엄마와 미미가 눈짓을 주고받는다.

"다른 데?"

나는 그렇게 묻긴 했지만 미미가 선탠한 장소를 딱히 알고 싶진 않았다. 엄마와 미미는 비밀을 공유하는 소녀들처럼 기쁜 듯이 입가에 미소를 띠고 있다.

"질서 정연하네요."

자못 의외라는 듯이 미미는 눈썹을 치키며 말했다.

"기리코 씨 방과는 전혀 달라요."

소녀는 머뭇머뭇 실내를 둘러본다.

"살풍경하지?"

나는 쓴웃음을 짓고 손님용 소파를 권했다. 베이지색 가죽을 씌운, 내 기준에서는 값비싼 소파다.

"뭐 마시고 싶으면 냉장고에서 좋을 대로 꺼내 먹어."

미미가 작업실을 보고 싶다기에 우리는 이리로 자리를 옮겼다. 오후 4시. 햇살은 누그러들었지만 기온은 여전히 삭신이 축 늘어질 것같이 덥다.

"난 여기 사는 게 아니니까 이곳과 엄마 방을 비교할 수는 없겠지만."

공정을 기하기 위해 나는 말했다. 창문을 닫고 에어컨 스위치를 켠다.

"엄마는 옛날부터 정리 정돈이 서툴러."

미미가 우후후, 하고 웃었다.

"우리 엄마랑 똑같네요."

"그러니?"

미미로부터 엄마 이야기를 듣는 것은 처음이었다.

"정확하게 따지면 좀 다르지만."

나도 모르게 웃어버리고 말았다. 소파 끝에 오도카니 앉은 미미가, 마치 이 이야기가 무슨 난해한 화제라도 되는 듯이 진지한 표정을 짓고 있었기 때문이다. 무슨 말을 하려는 것인지는 몰라도 신중히 단어를 고르는 듯하다.

"역시 달라."

미미는 그렇게 결론짓는다.

"적어도 지금은, 청소도 빨래도 열심히 하고 있으니까요."

"그러니?"

나는 다시 한 번 말했다. 정리 정돈이 서툴고, 그럼에도 아주 부지런한 사람……

"분명 좋은 어머니이실 것 같아."

머릿속에 떠오르는 가장 타당하다고 생각되는 말을 했다 싶었는데 미미는 나를 똑바로 응시하며 그건, 하고 무표정하게 말했다.

"그건, 슈코 씨가 생각하는 '좋은 어머니'가 어떤 것이냐에 달려 있죠."

그러고 나서 불과 5분 만에 미미는 돌아갔다. 엄마 방으로 갔는지 자기 집으로 돌아간 것인지, 그건 알 수 없다.

저녁 식사를 겸한 미팅을 마치고 9시 조금 지나 집에 들어왔다. 남편은 아직 귀가 전이었는데 아무도 없는 집 안은 어질러져 있었다. 거실이며 부엌 여기저기에 더러워진 유리컵이 놓여 있고, 달걀 프라이를 담았을 거라 짐작되는 그릇도 그 사이에 두 장 섞여 있었다. 사용한 목욕 타월은 드레스 룸 바닥에 아무렇게나 쌓여 있고 침실에는 옷가지가 어지럽게 흩어져 있었다. 물론 침대 위도 어지럽기는 마찬가지였다. 재떨이에는 꽁초가 넘쳐나고, 테이블에는 사흘 치 우편물과 전단지가 쌓여 있었다. 그 옆에는 넥타이 두 개가 축 늘어져 있었다. 테이블 아래 양말 한 짝이 나뒹구는 것을 발견하고 나는 쓴웃음을 지었다. 도대체 어떻게 하면 이런 식으로 벗어놓을 수 있는지. 남편은 사흘 동안 창문을 한 번도 열지 않았던 모양이다. 방 공기는 무겁게 느껴질 만큼 탁하고, 담배와 알코올이 뒤섞인—하지만 결코 그것뿐만이 아닌 남편 특유의—냄새가 났다. 나는 남편이 바로 옆에 있는 양 느끼고, 그 기운을 음미한다. 실제로 그를 보기 전까지 이 모든 것을 그대로 놔두고 싶은 유혹에 사로잡혔다. 내가 없는 동안의 그의 흔적. 마치 선녀의 날개옷 같지 않은가.

그러나 남편이 귀가했을 땐, 나는 이미 모든 정리를 마치고 샤워를 한 뒤 침대에서 책을 읽고 있었다.

"오랜만이네."

남편은 양복을 입은 채 나를 폭 감싼다. 크고 무거운 몸이 이불 너머로 떡하니 실리고, 남편에게 배어 있는 바깥 냄새와 아까 내가 손발에 바른 로션 향, 거기다 새로 깐 시트 냄새가 섞였다. 내 생각이지만, 피부와 피부가 맞닿는 것보다 배어 있는 냄새끼리 섞이는 편이 더 자극적이다. 동물적이며 예의 바르고 야만스럽다.

"포럼 이야기는 들을게."

남편은 내 위에서 힘을 빼고 베개에 얼굴을 묻은 채 말했다. 뺨과 뺨이 맞닿았고 나는 그의 뜨거운 피부에 움찔한다.

"당신이 좋아하는 그 어쩌고 하는 대학교수 이야기도, 지적 호기심이 넘쳐나는 어리석은 청중 이야기도, 큐비즘인가 퓌리슴인가 하는 이야기도."

나는 웃으면서 몸을 틀어 간신히 남편을 바로 누였다. 입술에 한 차례 키스하고 나서 넥타이를 풀었다. 넥타이는 땀으로 살짝 젖고 매듭에 구김이 가 있었다. 나는 질투 비슷한 기분을 느낀다. 하루 종일 남편 목에 감겨 있던 이 가느다란 천에.

"이야기는 들을게."

남편은 대자로 누워 눈을 감은 채 거친 숨을 내쉬며 반복했다.

"뭘 마셨어?"

나는 물었다. 독한 위스키 냄새가 났지만 그 정도에 이렇게 취할 사람이 아니었기 때문이다.

"됐고."

남편은 그렇게 말하고, 옷깃 언저리의 단추를 풀던 내 팔을 와락 잡아당겼다. 감겨 있던 그의 눈이 떠졌을 때 나는 눈앞의 남자가 보기만큼 취하지는 않았음을 알았다. 그의 눈에는 재미있어하는 듯한 빛이 강하게 깃들어 있었고, 그 눈이 나를 똑바로 응시하자 내 피부에 소름이 돋았다.

"이야기는 듣겠지만 그 전에 확인시켜줬으면 해. 이게 정말 당신인지 아닌지. 정말로 나의 슈코인지 아닌지."

시선과 목소리, 열기를 발산시킬 정도의 높은 체온……. 나는 천장을 올려다보았다. 숨이 막혀 견딜 수 없었기 때문이다.

남편은 취한 사람 같지 않게 재빨리 벌떡 일어나 앉으며 내 목에 입술을 묻는다. 내가 맥없이 무너져 내렸을 때 내 머리는 남편의 따스한 손바닥에 감싸여 있었다.

이튿날은 토요일로, 우리는 모처럼 둘 다 일을 하지 않고 지냈다. 대개는 집에 있어도 둘 중 누군가가—경우에 따라 두 사람 다일 때도 있다—일을 하며 보낼 때가 많다. 거실에서, 혹은 침실에서 함께.

"아, 그러고 보니 이거."

점심 식사를 마쳤을 때, 남편이 그렇게 말했다. 점심으로는 잔치 국수를 만들어 먹었다. 여주 볶음과 가지 냉채를 곁들여.

"엊저녁에 받았어."

작은 종이봉투에서 남편이 꺼낸 것은 다름 아닌 욕조 마개였다. 플라스틱 체인 끝에 고무로 만든 노란 오리가 붙어 있다.

"귀엽네."

손바닥에 얹어 잠시 바라보고 나서 나는 말했다. 동글동글하고 포동포동한 오리는 물안경과 스노클snorkel을 착용하고 있다.

"말하자면, 이게 물에 뜬다는 거네?"

그 모습을 상상하자 어쩐지 섬뜩한 기분이 들었다. 이런 것이 떠 있는 물에 몸을 담근다는 건 솔직히 말해서 내키지 않는다.

이것은 '젊은 탤런트 중 한 사람'에게서 받은 모양이다. 종이봉투에는 포장지와 리본 잔해가 들어 있었다.

그 탤런트는 물론 여자일 것이다. 그러나 남편과 특별한 사이는 아니다. 그런 사이라면 이런 것을 건네지 않았을 테고, 건넸대도 남편이 가져왔을 리 없다. 아마 그 여자아이는 어리석게도 이런 선물이 센스 있는 것이라 여겼으리라. 그것뿐이다. 하지만, 그 아이의 그런 의도에도 불구하고 내 눈에 그 오리는 내던져버리고 싶을 만큼 불쾌하기 짝이 없는 물건으로 비쳤다. 그 여자아이의 어리석음 때문인지도 모르고, 어떠한 맥락이었는지는 알 수 없지만 남편이 남에게 우리 집 욕조 마개 이야기까지 했겠구나 하는 마음에서인지도 모른다.

"당신, 이거 사용해보고 싶어?"

내 물음에 남편은 고개를 움츠리며 대답했다.

"아니, 별로."

남편은 엽차를 마시며 찻잔 너머로 나를 본다.

"그럼 마음만 받아두자."

생긋 웃으며 나는 말했다.

"그래. 그러자."

씩 웃으며 대답한 남편의 목소리에는 만족감이 묻어났다.

등나무로 짠 상자 모양 베개는 남편이 어딘가에서 사 온 것이다. 오후, 우리는 거실에 그 베개 두 개를 나란히 놓고 낮잠 흉내를 내고 있다. 낡아서 끄트머리 올이 풀린 타월 재질의 여름 이불 아래에서. 방 안에는 에어컨이 돌고 있지만 바깥 공기는 창틀 안쪽에서도 알 수 있을 만큼 햇볕과 열기로 이글거리고 있다.

놀랍도록 재미없는 텔레비전 방송이 들릴락 말락 하게 켜져 있다. 나는 텔레비전을 좋아하지 않지만, 남편은 텔레비전적인 소리―어떤 의미인지 나로서는 알 수 없다―가 흐르고 있으면 안정감이 든다고 한다. 더구나 재미없는 프로그램일수록 좋은 듯하다. 주의를 기울이지 않아도 되니까.

매미 소리와 텔레비전 소리. 가물가물 들리는 떠들썩한 소리, 빤한 웃음소리. 남편은 조용히 눈을 감고 있다. 짧은 속눈썹, 완만하게 솟은 코.

"꺼도 돼."

문득 남편이 말했다.

"시끄럽지?"

"낮잠 자기에는 좀 그렇네."

나는 인정하고 남편 어깨에 머리를 얹었다.

"하지만 켜놔도 상관없어. 잘 생각은 없으니까."

남편 몸에 팔을 두르고, 가볍게 안았다.

"슈코는 시끄러운 걸 싫어하지."

싫어, 하고 대답했다.

"시끄러운 걸 좋아하는 사람의 기분도 이해되지 않아."

남편 목에서 즐거워하는 웃음소리가 새어 나온다.

"이해할 필요가 뭐 있어."

남편은 이불 속에서 몸을 반쯤 돌려 배를 깔고 엎드린다. 내 팔 아래에서.

"뭐든 이해하고 싶어 하지, 슈코는."

남편은 손을 뻗어 담배 한 개비를 빼내 물었다. 치익 하고 종이 타는 소리에 이어 연기를 내뿜는다.

"말해두겠는데, 이건 내 일과는 관계없어. 나는 그저 이해되지 않는다는 것을 잊고 싶지 않을 뿐이야."

가물가물 들리는 떠들썩한 소리와 빤한 웃음소리.

"자학적이네."

나는 공포를 느낀다. 체온이 싹 내려가는 듯한 공포. 남편은 도넛 모양으로 연기를 내뿜었다. 음성도 조용하다. 하지만 이 모든 것에는 뭔가 나를 불순한 기분에 젖게 만드는 것이 있다. 분명히 하라 다케오라는 남자 안에 있는데, 볼 수도 만질 수도 없는 공백과 같은 것. 한순간이지만 강하게 나는 바란다. 그 공백에 몸을 던지고 싶다고. 그러고는 곧 다시 바란다. 부디 그런 일이 일어나지 않기를.

남편에게는 아마도 쾌적한 것이 공포일 것이다. 쾌적한 것, 이해되고 마는 것…….

"당신은 겁쟁이야."

내 말에 남편은 기쁜 듯 소리 없이 웃음을 지었다. 땅속에서 막 파낸 광물 같은, 그런 미소였다. 담배를 재떨이에 눌러 끄고 한 손으로 내 엉덩이를 움켜쥔다.

나는 또다시 홀연히 이해해버린다. 이 사람은 나와 함께 있어도 쾌적하진 않은 것이다. 쾌적하지 않은 것이 오히려 이 사람의 의지처인 거다.

약한 빗줄기가 오락가락하고 있다. 8월치고는 기온이 낮다. 전철 안은 냉방이 되고 있어 추운데도 땀 냄새와 더불어 습한 냄새가 났다. 나는 밖에 나온 것을 후회하기 시작했다. 친구의 이혼 축하 모임—적어도 초대장에는 그렇게 인쇄되어 있었다—은 당연히 '축하'라기보다 '힘내겠습니다'라는 취지에서 마련된 자리이려니 생각하지만, 사실 어떤 이유든 간에 그다지 내키지 않는 모임이었다. 하지만 당사자는 통화 중에 한껏 밝은 목소리로 말했다.

"이건 진짜 축하하는 자리니까 슈코도 만사 제쳐놓고 꼭 와야 해."

그녀는 대학 조교수다. 이전에 미술 관련 서적 몇 권을 그녀와 공동 번역한 적이 있다. 나이도 비슷하고 관심사도 같아서 한때는 꽤 친하게 지냈지만 최근엔 연락이 끊기다시피 한 상황이었다. 하긴, 남편을 만난 이후로 나는 이 친구뿐 아니라 이 사람 저 사람 할 것 없이 그전까지 교류하던 모두와 소원해진 터였다.

"이혼 축하?"

초대장만 보았을 뿐인데 남편은 눈살을 찌푸렸다.

"속물들이 생각해낼 법한 일이네."

난감한 것은 나도 그 말에 전적으로 동감했다는 사실이다. 하지만 순순히 인정할 수도 없었다.

"그런 말 말아줘. 내 친구거든?"

나는 간신히 이의를 주장하고, 참석하겠다는 답신을 보냈다.

나는 전철에서 내려 일단 샴페인을 샀다. 점원이 물건을 포장해주는 동안 하릴없이 가게 안을 둘러보다 지금 계절에 딱 좋을 것 같은, 고가는 아니지만 매력적인 풍미를 지닌 백포도주가 여러 개 눈에 들어왔다. 나는 오늘 밤 친구를 만나러 가지 말고 남편과 둘이서 이것을 마시면 얼마나 좋을까 하고 생각하지 않을 수 없었다.

필요한 책이 몇 권 있어서 서점에 들를 생각으로 조금 일찍 작업실을 나온 것인데 샴페인을 산 시점에서 이미 그럴 기력이 반쯤 사라졌다. 해 질 녘의 시부야는 사람이 너무 많아 걷기 힘들다는 것쯤은 나도 알지만, 그럼에도 거리는 불쾌할 정도로 놀랍도록 붐볐다. 나는 꿀꿀이 이동하는 많은 타인들과 보조를 맞추는 것도 안 될 뿐더러, 발 빠르게 인파를 헤치며 걷지도 못했다. 얼마 전까지만 해도 다 할 수 있었을 터였다. 남편과 함께 걷는 것에 익숙해져버리기 전에는……. 비 오는 것도 우울했다. 우산끼리 부딪치고, 하이힐 신은 발에 모래 섞인 물이 튄다.

나는 짜증도 나고 겁도 나서 도망치듯 서점에 들어갔다. 그곳은 내 기억 속 서점과는 이름이 달랐지만 그래도 어쨌든 서점이었다. 그리운 종이 냄새, 잉크 냄새를 맡으며 아는 책 제목과 저자명이 늘어선 서가를 둘러보는 동안 아주 조금 마음이 진정되었다.

사고 싶었던 책을 찾아 지하에 있는 그 서점을 나왔을 때는 이미 다음에 취할 행동을 결정한 상태였다. 그럴 작정으로 약속한 7시 정각까지 서점에 머물렀던 것이다. 택시를 잡아타고 친구들이 있는 레스토랑 앞까지 갔다. 우산도 책도 차 안에 놔둔 채 5분만 기다려달라고 운전기사에게 부탁했다.

묘하게도 나는 오히려 의연했던 것 같다.

좁고 어둑어둑한 가게 안 여기저기에 유리잔을 쥔 사람들이 서 있었다. 중앙 테이블에는 백조 모양 조형물이 떡하니 놓여 있다. 음악은 오페라다.

"슈코!"

그녀는 대학에서 매우 스토익stoic한 수업을 한다고 평판이 자자했지만, 학교를 벗어난 장소에서는 옛날부터 말투며 행동이 연기를 하는 듯 조금 과장스러웠다. 어깨와 팔을 모두 드러낸 검정 드레스야 아름다운 구릿빛 피부와 근육질의 그녀였기에 맵시가 난다 쳐도, 두 팔을 벌리고 다가오는 과장된 몸짓까지 더해지자 역시 조금 지나치다는 느낌이 들었다.

"치카!"

나도 얼추 과장스럽게 두 팔을 벌려 오랜 친구를 끌어안았다. 피차 너무 열정적이었던 걸까, 쇄골과 쇄골이 부딪치고 뺨이 아닌 서로의 귀가 스치듯이 부딪쳤다. 나도 그녀도 물론 웃고 있었다. 어디까지나 축하하는 자리이므로.

"와줘서 기뻐."

그녀는 백조 주위에 늘어놓은 유리잔을 한 개 집어 내게 건네주었다.

"축하해야 하는 거지?"

건배 포즈를 취하며 묻자 그녀는 한순간 우는 시늉을 하다가 곧 다시 웃으며 말했다.

"그래, 당연하잖아. It was something but it's over."

정직한 영어 발음이었다. 갑자기 나는 울고 싶어졌다. 울고 다시 한 번 그녀를 포옹하고 싶었다. 오만 가지 감정이 말을 동반하지 않고 흘러넘치려 했다.

그녀는 안에 아무개도 와 있다느니, 나중에 아무개도 올 거라느니 하는 말을 했다. 여기 요리는 향신료가 듬뿍 들어가서 꽤 맛있다는 말도.

나 자신도 잘 알지 못하는 이유로 나는 온 힘을 다해 내 감정에 맞섰다.

"미안해. 실은, 오늘은 잠깐 얼굴 보러 들렀을 뿐이야."

거짓말은 술술 입을 타고 나왔다.

"뭐? 일 때문에?"

아니나 다를까, 그녀는 그녀답게 나의 거짓말을 담백하게 받아들이고는 또다시 과장된 몸짓으로 아쉬운 듯 나를 껴안아주었다.

"연락할게. 조만간 꼭 한잔하자. 어디로 가는지는 모르지만, 조심하고."

나는 내 등을 토닥여주는 그녀를 안은 팔에 힘을 싣는다. 그때 그것이 눈에 들어왔다. 백조 조형물은 아기용 변기였고, 야트막하게 채워진 샴페인 연못 바닥에 금색 반지가 하나 빠져 있었다.

그날 밤 남편은 11시가 넘어 집에 들어왔다. 나는 낮에 미처 못 끝낸 일을 집에 가져와 하고 있었다. 지난번 포럼에서 캐나다인 평론가가 했던 90분 분량의 강연을 당사자가 쓴 원고와 실제 강연 녹음테이프를 대조해가면서 번역해 정리하는 작업인데, 생각 외로 시간이 걸린다. 그는 '움직이는 조각'에 대해 이야기했다. 뒤샹의 〈자전거바퀴〉와 러시아 구성주의자들, 게다가 획기적인 예술 작품으로서의 모빌에 관하여.

그는 모빌에 대해 '미묘한 균형을 이루게 한 철사 작품'이라고 설명한다. '짜 맞춘 가동可動 부분 끝에 조각적인 구성 요소가 매달려 있는 것'이라고. 헤드폰에서 흐르는 부드러운 억양의 조용한 음성을 들으며 나는 상상하고 만다. 만약 모빌을 모르는 사람이 이걸 듣는다면 과연 어떤 물체를 떠올릴까. 미술품을 언어화해야 하는 현실이 얄궂다.

인기척이 나서 돌아보니 남편이 서 있었다. 줄무늬 셔츠 단추를 몇 개 푼 느긋한 모습으로 물이 담긴 유리잔을 들고 있다.

"왔어?"

테이프를 멈추고 헤드폰을 벗으며 나는 말했다.

"미안. 들어오는 것도 몰랐네."

언제 일어섰는지, 언제 걸었는지 알 수 없다. 나는 어느새 남편 가슴에 뺨을 딱 붙이고 있었다. 보고 싶었다고 진심으로 생각한다. 이 사람은 하루 종일 어디에 가 있었던 걸까.

"일, 열심이네."

남편이 말했다.

"어땠어? 이혼 축하 모임은."

비어 있는 한 손이 내 허리를 쓰윽 안는다. 나는 눈을 감고 남편의 냄새를 맡았다. 옷감 너머로 남편의 따뜻한 피부 냄새를.

"시끌벅적했어."

나는 대답했다.

"그 친구, 무척 아름다웠어."

그건 거짓이 아니다. 다만 나는 알고 있었다. 친구들과 왠지 소원해졌다고 여기고 있었다. 지금은 그것도 아니다. 그 친구들이 있는 장소에 나는 없다.

"비가 내려서."

나는 말했다. 온 세상이 적으로 보였다는 것은 말하지 않았다. 불안했던 것도. 혼자서는 제대로 걸을 수 없었다. 완전히 변해 버린 거리 모습에 내 자신이 마치 이방인이 된 듯한 기분이었다.

"쌀쌀했어."

남편은 내가 말하지 않은 모든 것을 이해한 눈치였다.

"멀리 갔었네."

낮은 웃음소리를 흘리며 남편은 놀리듯이 말했다.

"금세 멀리 가는구나, 슈코는."

내 안에 안도감이 솟았다. 따뜻한 샘처럼. 남편 얼굴이 보고 싶어져 위를 올려다보았다. 턱 선만 보이기에 그 사랑스러운 것을 가만히 응시했다. 피부 표면에 일어난 발진까지.

"괜찮으면 잠깐 샤워 좀 하고 오고 싶은데."

"괜찮지 않아."

나는 남편 목에 입술을 댔다. 그의 다리에 내 다리를 감는다.

키득키득 웃는 소리가 들리고 진동이 전해지면서 우리는 남녀라기보다 남매처럼, 혹은 두 개의 머리를 가진 하나의 물체처럼 엮인다. '미묘한 균형을 이루게 한 철사 작품'처럼.

"오늘 미미랑 밥 먹었어."

남편이 그렇게 말한 것은 둘이서 샤워를 한 후 부엌에서 보리차를 마시고 있을 때였다. 머리카락도 몸도 아직 젖어 있어 남편의 티셔츠와 팬티는 군데군데 짙은 색을 띠고 있다. 그곳에서부터 뻗은 멋진 팔다리.

"미미랑?"

전혀 생각지도 못한 일이었다. 별안간 문이 열린 것같이 놀라웠다.

"응. 전에 말한 그 시사회가 있어서."

남편은 보리차를 다 마시자 냉장고를 열어 한 잔 더 따랐다. 어쩌고 하는 이름이 영화감독이 신작 홍보차 주연배우와 함께 일본을 방문해, 무대 인사 및 프리미어 시사회를 갖기로 되어 있었다. 미미와 미미 엄마도 그 감독을 '열렬하게' 좋아한다기에 남편이 초대장을 두 장 구했다.

"아, 그게 오늘 밤이었어?"

그 약속이 오간 건 엄마 생일날 저녁으로 나도 같이 들었다.

하지만 그 시사회에 남편도 갈 줄은 몰랐다. 직업상 남편은 여러 가지 이벤트 관련 초대장을 구할 수 있다. 부탁을 받아 일부러 수배하는 일도 적지 않다. 하지만 남편은 대개 그런 것을 부탁하는 상대를 조금 경멸하기 때문에 그런 게 보고 싶다니, 하고 나중에 태연히 중얼거린다.

"그럼 미미 어머니도 만났어?"

그렇게 물었을 때 나는 내 자신이 따돌림당한 듯한 기분이 들었다. 질투 그리고 불안.

"아니 그게 말이지, 그 아이 혼자 왔어. 어머니는 데이트인가 뭔가 하신다고."

그러고는 생각났다는 듯이 조금 웃으며 그 아이 좀 겉돌잖아, 하고 말했다.

"시사회장은 젊은 여자투성이라서 죄다 비슷해 보이는데, 그 아이는 달랐어. 금세 알겠더라. 눈에 띈다는 것과는 다른, 뭐랄까, 독립된 느낌이었어."

나는 미소 지었다. 미미의 모습이 눈에 보이는 듯하다.

"이어폰 끼고 있었어?"

"끼고 있었어."

남편은 씩 웃으며 계속 말한다.

"엄마가 앉아 있어야 할 자리에 가방을 떡하니 놓아두고선,

귀에는 이어폰을 꽂고 있었어, 언짢은 얼굴로. 쇼트팬츠 아래로 뻗은 긴 다리를 꼬고서."

"알아."

내 목소리는 내 귀에조차 기쁜 듯이 울렸다. 칭찬의 감정이 스며들고 만다.

시사회가 끝난 시각은 9시로, 엄마는 데이트에서 늦게 돌아올 것 같다기에 같이 밥이나 먹자고 했다는 게 남편의 설명이었다.

"뭐 먹었어?"

묘하게도 나는 미미를 만난 남편이 부러웠다. 남편과 식사한 미미가 아니라.

"초밥."

남편이 데리고 갔다면 비싼 가게였을 것이다. 미미는 그래도 전혀 주눅 드는 일 없이 식사했으리라. 별다른 말 없이, 하지만 누군가가 말을 걸면 결코 눈을 피하지 않고.

"어머니는 어떤 사람일까."

남편이 말했다.

"딸과 한 약속을 저버리고 남자를 만나러 가다니, 재미있지 않아?"

나는 고개를 움츠린다. 아버지라면 조금 알고 있지만, 하고 마음속으로 말했다.

엄마 목덜미에 습진이 생겼단다. 가만 보니 그것은 습진이라기보다 긁어서 부은 듯했다. 희고 얇은 엄마 피부에 딱하게도 빨간 힘줄 같은 게 돋아 있었다. 따끔따끔하다기에 차를 타고 병원에 갔다.

엄마가 진찰을 받는 동안 나는 대기실에 있었다. 바깥은 눈부시게 화창했다. 낡아빠진 커튼이 달린 유리창 너머로 접시꽃이 보였다. 좁은 대기실엔 나 말고 아무도 없다.

"땀이 나면 아려."

차 안에서 엄마가 그렇게 호소했다.

"이런 건 딱 질색이야."

불과 15분 만에 진찰실에서 엄마가 나왔다. 왠지 납득이 가지 않는다는 듯이 뚱한 표정이다.

"어떻대?"

베이지색 반창고로 고정시킨 변변치 않은 거즈를 보면서 나는 물었다.

"잘 모르겠어."

엄마가 말했다. 의사가 벌레에 물린 것 같다고 한 모양이다.

"무슨 벌레냐고 물어도, 그건 모르겠다는 거야."

엄마는 못내 불만스러운 눈치다.

"하지만 집에서 동물을 키우는 것도 아니고, 요즘은 밖에도 통 안 나갔는데 그런 이상한 벌레에 물릴 까닭이 없잖아."

할 말이 생각나지 않아 나는 그저 그러게, 하고만 대답했다. 그다지 편치 않은 소파에 다시 나란히 앉아 약을 기다린다.

"오늘 저녁, 작업실에서 식사 가능하니?"

엄마가 그렇게 물었을 때 나는 다시 창밖을 보고 있었다. 더러워진 유리창 너머 접시꽃을.

"약속이 있어. 내일은 괜찮은데."

"네 남편이랑?"

고개를 끄덕이자 엄마는 길고 깊은 숨을 내쉬었다. 큰일 한 가지를 끝낸 사람처럼.

"그럼 어쩔 수 없네. 사이가 좋다는 건 좋은 거니까."

"뭐야 그게."

나는 조금 웃어 보였지만 재미있지는 않았다.

"다이칸야마에서 식사하기로 되어 있어. 와인 맛이 괜찮은 가게가 있거든. 엄마도 올래?"

엄마는 원래 건강해서 좀처럼 감기에도 걸리지 않는데, 그런 사람이 습진이 생겨서 병원이라는 유쾌하지 않은 장소에 왔으니 내심 불안할 것이다.

"외식은 생일 이래 처음이지? 분위기가 무척 괜찮은 가게라서 엄마도 마음에 들어 하지 싶은데."

내가 줄곧 갖고 싶어 했던 폴 델보의 화집을 어젯밤 남편이 사서 들어왔다. 올해엔 여름휴가를 내지 못할 것 같으니 사과의 뜻이라며 구해다 준 것이다. 요 몇 년 동안 남편은 가을이 돼서야 여름휴가를 낼 수 있었고, 올해도 그럴 거라 믿고 있었지만, 역시 살짝 실망했다. 하지만 어쨌거나 화집은 기쁜 선물이었고 다음 날 외식하자는 약속도 덧붙였기에 그걸로 됐다고 생각했다.

오늘 엄마가 작업실로 건너와 습진이 생겼다고 호소했을 때 나는 기분 좋게 화집 페이지를 넘기고 있었다.

"싫거든요."

엄마는 말했다.

"내가 왜 그런 곳에 가야 하니?"

접수처에서 엄마 이름을 부르기에 처방전을 받아 들고 값을 치렀다.

밖으로 나오자 눈이 부신지 엄마는 눈을 깜빡였다.

"덥네."

엄마는 마치 몰랐던 것처럼 말한다. 불과 30분 전에 같은 장소를 걸었으면서. 그리고, 더우면 땀이 나서 목덜미가 아린다고 불평했으면서.

'이 사람은 머지않아 세상을 떠난다.'

문득 그런 생각이 들었다. 비록 지금은 이렇게 목덜미에 거즈를 붙이고 서 있지만, 아직은 건강한 이 사람은 언제가 됐든 머지않아 반드시 이 세상을 떠날 것이다.

믿어지지 않았다. 도저히 인정할 수 없는 일이다.

"슈코?"

의아한 표정으로 엄마는 나를 다시 불렀다. 언젠가 엄마가 떠나고 없어도 이 병원은 여전히 이곳에 서 있겠지. 저기 저 접시꽃도 여전히 피어 있을지 모른다.

주차장에 세워둔 차 안은 온실처럼 달궈져 있었다. 양쪽 차문을 다 열고 조금이라도 공기를 환기시키려 한다.

"그것보다 얼른 에어컨을 켜는 게 좋지 않겠니?"

그렇게 말하고 엄마는 차에 오른다. 아이고, 하는 동작으로, 지팡이와 습진도 함께. 지금 현재 살아 있는 엄마는…….

5분쯤 달리자 차 안이 시원해졌다. 엄마는 라디오를 켰다가 다시 끈다.

"음악 듣고 싶어?"

내가 물었다.

"거기에 시디가 몇 장 있으니까 원하는 거 골라주면 틀게."

엄마는 시디에는 손대려 하지 않고 무릎에 올려둔 작은 가방에서 사탕을 꺼내 입에 넣는다. 그리고 기쁜 듯이 말했다.

"이젠 따끔따끔하지 않아."

"슬퍼해줄 사람이 없다면, 나는 누구와도 잘 수 있다고 봐."
 일찍이 나는 남편에게 그렇게 말했던 적이 있다. 슬퍼하는 것은 불가능하다고 대답한 남편의 잔혹함을 나는 힐난했다. 하지만 그때 남편은 이런 말도 했다.
 "만약 그렇다면, 당신은 실제로 누구하고라도 자야 해."
 만약 그렇다면……. 남편의 냉정함에 나는 언제나 놀란다.
 "왜?"
 테이블 맞은편에서 남편이 눈썹을 치킨다.
 "아무것도 아냐."
 나는 미소 지으며 대답했다.
 "예전 일이 생각났어. 예전에 당신이 했던 말이."
 저녁 식사는 흠잡을 데 없었다. 사워크림을 곁들인 캐비아를 시작으로 카펠리니 파스타 조금, 그리고 따뜻한 우설 요리로 이어졌다. 로브스터는 거품이 나는 차가운 수프에 잠겨 있었다. 나는 남편과 함께할 때만 이 가게가 좋다. 화려하고, 내 인생에 걱정이라곤 하나 없는 듯이 느껴진다.
 "어떤 말?"
 식후주를 마시며 남편이 묻는다. 투명한 그라파가 유리잔으로부터 남편의 입술 사이로 미끄러져 들어가 목구멍을 지나 위장으로 내려가는 것을, 나는 바라보고 상상하며 거의 체감한다. 이렇게 많은 음식물과 독한 알코올을 섭취하고 소화할 수 있는 남편의 육체가 나는 정말로 자랑스럽다.

"모르는 게 나을 거야. 행복한 이야기는 아니니까."

그 당시, 나는 울고 소리치며 남편에게 달려들고 발까지 동동 굴렀다.

남편은 웃는다.

"그래? 그런 것치곤 행복해하는 표정인걸."

"행복하거든."

나는 그렇게 대답하고 남편의 술잔에 손을 뻗었다.

"행복한 이야기는 아니어도 행복한 추억이야. 당신과 함께했던 모든 것이 내게는 행복한 추억이 돼버리거든. 우습지?"

남편은 나를 지그시 바라볼 뿐 아무 말도 해주지 않았다. 갑자기 잦아든 침묵에 당황하며 거의 못 견디게 되었을 때쯤에야 겨우 남편은 다시 미소 지었다. 그리고 인정했다.

"그러게. 그거 재미있네."

밥 말리의 노래가 흐르고 있다. 두 대나 있지만 켜나 마나인 에어컨과 좁은 가게 안 여기저기에 밝혀놓은 붉은 초. 창 너머로는 고속도로가 보인다.

"오늘은 진짜 둘뿐이네."

지난번에 이곳에 왔을 때 남편 옆에 후지타 씨가 있었던 것을 떠올리고 나는 말했다. 캐비아로 시작해 그라파에 이르는 길고 만족스러운 식사를 끝내고 우리는 이 가게로 자리를 옮겼다. 낡아빠진 계단을 올라―도중에 한 차례 키스를 했다. 만약 벽이 말을 할 줄 안다면 우리의 키스 따윈 드문 일도 아니라고 증언할 것이다―, 무거운 문을 밀어 연다.

"누가 있든 둘뿐인 것 같겠지."

남편은 천연덕스럽게 말한다.

"내가 함께 있고 싶은 사람은 슈코뿐이니까."

그리고 자신은 버번을, 나를 위해 아마레토를 주문한다.

나는 그것이 진실임을 안다. 기쁜 일인가 아닌가는 둘째치고 단순히 그것이 우리의 진실이라는 것을.

"기뻐."

나는 진심을 담아 말한다.

"당신이 지금까지도 나랑 같이 있고 싶어 해줘서 기뻐."

음악은 어느새 유비포티UB40 밴드로 바뀌어 있었다. 낮에 엄마를 모시고 병원에 다녀온 이야기를 했다. 병원 냄새, 바깥 날씨가 화창했던 것, 희고 네모난 커다란 거즈, 엄마가 머지않아

죽는다고 생각했던 것.

남편은 그저 말없이 듣고 있다가 내가 이야기를 마치자 싱긋 웃었다.

"기리코 씨는 죽지 않아."

남편은 자신만만하게 말한다. 나도 살짝 웃었다.

"맞아. 지금은 정정해."

그게 아니라, 하고 남편은 말했다. 유리잔을 돌리며 달그락달그락 얼음 부딪치는 소리를 낸다.

"그게 아니라, 기리코 씨는 절대 죽지 않아."

남편의 말투가 묘하게 진지하고 그 말에 힘이 실려 있어 나는 당황했다.

"응. 하지만……."

남편이 뭘 말하려는 건지 알 수 없어 나는 애매하게 맞장구쳤다.

"하지만, 영원히 살 순 없는 거고."

"살 수 있어."

조금의 흔들림도 없이 남편은 그렇게 말했다. 나는 한순간 어이가 없었으나 이번에는 소리 내어 웃고 만다.

"엄마가 영원히 죽지 않는다는 거야?"

"영원히 죽지 않아."

우리는 마주 보았다.

"당신은 정말 거짓말을 못 하네."

목소리에 감동과 슬픔이 뒤섞인다. 못 하지. 남편은 바로 대답했다. 의연하게, 그리고 유쾌한 듯이. 늘 이렇다. 이 사람은 늘 이런 식으로 내게 진실을 일깨운다.

비가 계속 내리고 있다. 나는 가을이라는 계절이 좋다. 모든 만물이 본연의 모습으로 돌아오는 계절이라는 느낌이 든다.

"마스미 씨가 차 마시러 오라는데 슈코 너도 오렴."

엄마가 전화로 그렇게 말했을 때 내 작업실에는 마침 편집자가 와 있었다.

"미안, 지금 손님이 와 계셔서."

엄마는 잠시 침묵하다가 못내 포기할 수 없다는 투로 물었다.

"그 사람, 몇 시까지 있다 가는데?"

나는 웃고 만다. 당사자를 앞에 두고 대답할 수 없는 줄 뻔히 알면서 엄마는 아무렇지 않게 그런 걸 묻는다.

"어린애 같은 소리 말아요."

하릴없이 소파에 앉아 있던 편집자는 옆에 쌓여 있던 책들 가운데 맨 위에 놓인 한 권—데어 라이트라는 여성의 전기 『THE SECRET LIFE OF THE LONELY DOLL』—을 손에 들고 보기 시작한다.

"하지만 딱히 할 이야기도 없는데 마스미 씨와 단 둘이 무슨 재미로 차를 마시니."

비가 내려 창밖은 공기가 서늘할 것이다. 하지만 방 안은 아직 조금 무덥다. 나는 의미 없이 그러게, 그렇긴 하지만, 하고 맞장구친다. 유리 테이블 위 커피가 식어가는 것을 보며.

"어머님이세요?"

전화를 끊은 내게 편집자가 물었다.

"사이가 좋으시네요, 여전히."

나는 애매하게 고개를 끄덕이며 도중에 자리를 뜬 것을 사과하고, 제작 중인 카탈로그 이야기로 돌아갔다.

마스미 씨는 2층에 살고 있는 린 군의 부인이다. 엄마는 린 군을 마음에 들어 한다. 총각 때부터 이곳에 살면서 엄마네 우편함 뚜껑이 망가졌을 때 고쳐주기도 하고, 매년 여름 고향에서 보내온 흰 복숭아를 나누어주기도 했다. 엄마와 내가 함께 여행을 가게 되면 내 화분도 맡아준다. 여행지에서 엄마와 내가 선물이라는 걸 꼭 사는 드문, 아니 유일한 상대다.

하지만 엄마는 마스미 씨를 우둔하다고 여긴다.

"사람이 귀엽잖아?"

나도 말은 그렇게 하지만, 그녀를 특별히 좋아하지는 않아서인지 어딘지 모르게 건성으로 들리고 설득력도 모자란다. 마스미 씨는 과자 굽는 것이 취미이고, 잘 구워지면 가끔 엄마와 나를 초대한다. 친절하고 미소가 사랑스러운 여성이라는 점은 인정한다. 피부가 약해서 화장은 하지 않고, 장을 보러 갈 때면 무명 모자를 쓴다. 청으로 만든 점퍼스커트를 즐겨 입는다. 큰 체구에 목소리가 작고, 말투가 수줍음 많은 어린아이 같다(엄마는 이 점이 신경에 거슬리는 모양이다). 그리고 남편인 린 군을 '밋짱'이라고 부른다. 린 군 이름이 '미치오'이기 때문이다.

아주 짧게나마 남편이 마스미 씨와 특별한 관계를 가졌다는 것을 알았을 때 나는 많이 놀랐다. 후지타 씨처럼 영리하고 현대적이며 아름다운 아가씨가 남편 취향이려니 생각하고 있었기 때문이다.

마스미 씨에 대해서라면 몇 가지 아는 게 더 있다. 시끄러운 음악과 함께 찾아오는 트럭에서 유기농인지 저농약인지 하는 채소를 구입한다는 것, 아직 아이도 없는데 육아 잡지를 매달 애독하고 있다는 것. 린 군은 친구 소개로 알게 되었다는 것, 그리고 남편과의 정사가 있은 이래 린 군과 내게 죄책감을 느끼고 있다는 것…….

하지만 묘하게도 나 또한 그녀에게 죄책감을 갖고 있다.

"조용하네요, 여기는."

일 이야기가 끝나고, 다 식어버린 커피를 마시며 편집자가 말했다.

"네, 조용해요. 오늘은 비가 와서 더 조용하게 느껴지는지도 모르겠네요."

그렇게 대답하면서 나는 편집자의 바지가 몹시 후줄근하다는 것을 깨닫는다. 다림질할 시기가 한참 지났다는 것을. 슬리퍼 위로 엿보이는 양말 무늬가 꼭 학생용 스웨터 무늬 같다는 것도. 그리고 생각한다. 세상에는 정말 각양각색의 인간이 존재한다고.

"상당히 매력적인 여성이었어."

그러고 보니 마스미 씨와의 관계를 캐물었을 때 남편은 그런 식으로 대답했다.

"슈코와는 공통점이 없어."

그리고 그 말에 이어 기리코 씨가 마뜩잖아하는 것도 이해가 가, 책하곤 거리가 멀어 보이고 말이지, 하고 말했다.

"그래도 좋아하게 됐지?"

그 물음에 남편은 내가 무슨 질 낮은 농담이라도 한 양, 눈썹을 찡그리고 씁쓸하게 웃었다.

"슈코, 슈코, 슈코."

무슨 그런 말을 입에 올리느냐는 듯한 말투다.

"바보같이. 질투하는 거야?"

그러고는 말했다.

"좋은 점을 찾아보았을 뿐이야. 좋아하는 것과는 전혀 달라."

"너무 오래 있었네요. 어머님과의 약속에 방해가 된 건 아닌가요?"

돌아가는 길에 편집자가 마음 쓰며 말했다. 그의 우산은 접이식으로 칙칙한 블루와 그레이색의 자잘한 체크가 들어가 있었다. 그는 현관 구석에 세워놨던 그 우산을 느긋한 동작으로 집어 든다.

"아뇨. 그렇지 않아요. 괜찮아요."

나는 대답한다.

"그다지 가고 싶은 곳이 아니라서."

내가 마스미 씨에게 갖는 죄책감이란 아마도 교만일 것이다.

남편이 작은 소리로 노래하고 있다. 나도 아는 곡이다. 밝지만 어쩐지 쓸쓸한, 소박한 멜로디. 비틀즈 곡인 건 알겠는데 제목이 생각나지 않는다.

오늘도 아침부터 비가 왔다. 나는 어둑어둑한 욕실에서 욕조에 몸을 담그고 있다. 손잡이를 돌려 창문을 조금 열어둔 터라 문틈으로 바깥의 찬 공기와 비 냄새가 흘러 들어온다.

남편은 면도 중이려나. 아니면 머리를 빗고 있나? 창밖의 빗소리에 남편의 콧노래가 어우러진다. 나는 눈을 감고 그것을 음미한다. 바로 옆에 있는 남편의 기척을, 그리고 좋아하는 남자와 함께 산다는 것의 순수한 행복을 만끽한다.

"아직 멀었어?"

욕실 문이 열리고 남편이 얼굴을 내밀었다.

"곧 나가."

나는 대답한다.

"커피는 이미 다 내려졌을 테니까 먼저 마시고 있어."

오케이, 하고 남편은 대답했지만 그는 나갈 생각도 않고 선 채로 나를 빤히 보고 있다. 마치 눈에 익지 않은 것을 보는 듯한 표정으로.

"왜?"

내가 물었다.

"아니야."

남편은 조금 머뭇거린다.

"나 말고 누가 최근 그 몸에 닿았나 싶어서."

질투가 아니라 흥미를 목소리에 실어 말한다.

"그래?"

나는 마치 짐작 가는 구석이 있는 것처럼 미소를 지어 보인다. 쭉 뻗은 발끝에 욕조 마개가 보인다. 끊어진 체인이 욕조 마개에 어중간하게 달려 있다.

물에 씻은 양파를 잔뜩 얹은 토스트와, 금눈돔 머리를 넣고 우려낸 맑은 된장국으로 아침을 해결하고 남편은 재킷을 걸친다. 오늘도 늦겠지만 저녁때 딱 한 시간 비는데, 하고 말했다.

"칵테일 타임이네."

남편과 저녁에 한잔하는 상상에 신이 나서 나는 말했다. 이미 머릿속으로 하루 일정을 허물고 계획을 다시 짰다. 저녁 한 시간을 중심으로.

"좀 더 육체적으로 보내는 것도 가능해."

남편은 말한다.

"멋져. 러브호텔에 가는 거야? 아니면 회의실 문이라도 걸어 잠그려고?"

어느 쪽이든, 하고 남편은 대답한다.

"멋져."

나는 다시 한 번 말하고 남편 목에 팔을 둘렀다. 볼과 볼을 대고 피부 냄새를 맡는다. 이제 몇 분 후면 남편은 나가버린다. 내가 알지 못하는 장소로 가서 내가 알지 못하는 사람들을 만나는 것이다. 그곳에서의 남편은 내가 알지 못하는 인격을 두를 것이다. 그래서 나는 더 힘껏 남편을 끌어안는다. 지금 눈앞에 있는 이 남자와는 두 번 다시 만날 수 없다는 것을 알기에. 다음번에 만났을 때 이 남자가 새롭게 나를 발견해주길 기도하면서.

사람들은 이런 나를 보고 미쳤다고 말할지도 모른다(엄마라면 틀림없이 그렇게 말할 것이다). 하지만 나는 약속 따위에 기대고 싶지 않다. 그렇다기보다 약속 따위에 기댈 수 없다는 것을 안다. 하라 다케오가 무섭도록 솔직하게 가르쳐주었기에.

오후. 오늘은 작업실에 가지 않기로 하고, 부엌에서 잼을 졸이면서 이번에 번역하기로 한 책을 읽기 시작했다. 도저히 사실이라고 믿기 어려울 만큼 파란만장한 카라바조의 생애를 다룬 책이다.

"내용이 극적이라서요."

번역을 의뢰하러 온 편집자가 말했다.

"냉정한 번역문을 원합니다. 뭐랄까, 원문의 열기를 끌고 가지 않는 역자에게 부탁드리고 싶어서."

나는 고개를 갸웃했다.

"원문이 뜨겁다면 번역문도 뜨거워지겠죠."

당연하다. 그러나 편집자는 그럴까요, 하고 말했다.

"그럴까요. 슈코 씨의 번역은 좋은 의미에서 늘 냉정한데요."

그 말은 의외였다. 만약 그렇다고 한다면 그건 성질性質일 것이다. 원문이든 번역문이든 문장에는 그 성질이 흐른다. 피할 방법이 없다. 예를 들어 사람이 정사에 빠질 때 그 사람만의 방식으로 빠져버리는 것과 닮았다.

온 부엌에 무화과 졸이는 단내가 자욱하다. 숨 쉬기가 힘들 정도다.

이 책의 저자는 확실히 과장된 단어를 사용하는 걸 좋아하는 것 같다. 형용사와 부사를 많이 사용하는 데다 유사어를 나열—예를 들면 '무척 현란하고 눈부시게 아름다우며 화려하기 그지 없다' 또는 '피에 물들고 심홍에 젖어 빛나며 시커멓게 반짝이는'—하는 특징이 있다. 나는 쓴웃음을 짓지만 그와 동시에 글 속으로 빠져든다. 기묘한 것, 독특한 것, 개성 있는 것들에 항상 빠져들듯이.

세 시간 정도 집중해서 읽는 동안 부엌은 16세기 로마에 점령당하고 말았다. 성당이며 수도원, 특이한 빌라, 옥수수밭, 수도 시설, 콜로세움, 그리고 절도와 싸움과 살인…….

책을 덮고, 외출복으로 갈아입고 화장을 해도 여전히 내 머릿속엔 말발굽 소리가 울려 퍼졌다.

칵테일 타임은 육체적으로 발전하지는 못했다. 남편이 젊은 남자를 한 명 데려왔기 때문이다. 남편 팀의 신입 사원인 '쓸모없는' 쓰루미 군을.

회사에서 엎어지면 코 닿을 곳인, 술도 나오는 카페 테라스에서 우리 셋이 가볍게 술을 마셨다.

"하라 씨는 응석받이군요. 이런 곳까지 부인을 불러내시다니."

사원증을 목에 건 쓰루미 군은 달리 할 말이 생각나지 않아 난감하다는 듯 웃으며 그렇게 말했다.

"이렇게 빗속을 뚫고 와주는 아내는 그리 흔치 않거든요."

남편은 싱긋 웃으며 말한다.

"이 사람은 그런 사람이야. 아무것도 따지지 않아."

쓰루미 군 목소리도 남편 목소리도 테라스에 내단 차양─천으로 된 빨간 차양이다─을 때리는 빗소리에 섞여 잘 들리지 않는다. 아직 6시 전인데도 땅거미가 짙게 깔려 있다.

느긋해 보이는 눈앞의 남편을 나는 신선한 기분으로 바라본다. 집 밖에서 보는 남편은 안에서 보는 남편보다 한층 아름답기 때문이다.

"그 증거로."

재미있다는 듯이 남편이 말을 잇는다.

"내가 쓸모없는 너를 데리고 나왔어도 실망하지 않잖아?"

너무해요, 하고 말한 쓰루미 군의 존재는 남편 말마따나 아무런 방해도 되지 않았다. 남편은 내 속을 훤히 꿰뚫어버린다.

"실없는 소리 말아요."

의례상 나는 말했다.

"요 근처까지 온 김에 들러본 것뿐이니까."

그리고 쓰루미 군을 향해 덧붙였다.

"만나서 반가워요."

얇은 블라우스는 습기를 먹어 살갗에 달라붙고 신발도 물을 먹어 차갑다. 그래도 나는 남편을 만나 기뻤다. 이곳이 16세기 로마가 아닌 현실의 도쿄이며, 레몬 띄운 진토닉을 남편과 함께 마신다는 것이 기뻤다. 그와 마신 것은 내게 피와 살이 된다. 이 사실은 누구에게도 감출 수 없다.

"이 사람은 잠시만 눈을 떼면 멀리 가버리거든."

남편이 말하자 쓰루미 군은 고개를 움츠린다. 도저히 같이 앉아 있을 수 없다는 듯이.

"그럼, 난 이만 들어갈게."

나는 일어서면서 말했다.

"또 시간 비면 언제든 불러."

농담처럼 진심을 내뱉는다.

"어."

남편은 한 손을 들어 답한다. 우리는 공범자다.

그날 밤 남편은 평소에 비해 놀랍도록 일찍 귀가했다. 놀랍도록 일찍 들어와, 놀랍도록 열정적으로 나를 안았다. 카라바조

책의 저자 식으로 말한다면 열정적으로, 힘껏, 성급하게, 다짜고짜, 하지만 성에 차지 않는 사람처럼.

  10월도 중순이 지났을 즈음 오랜만에 그녀를 만났다.
"지금 미미가 와 있는데 말이지. 재미난 것을 받았어. 얼른 보러 오렴."
  엄마가 전화를 걸어 들뜬 목소리로 그렇게 말했다. 목덜미의 거즈도 떼어낸 터라 더 원기 왕성하다. 늦은 오후 햇살이 작업실 바닥을 네모나게 비추고 있다.
"정말 재미난 거야."
  엄마는 되풀이해 말한다.
"그래?"
  나는 웃으며 곧 보러 가겠다고 대답하고 전화를 끊었다. 그것은 나와 엄마 사이에서 아주 옛날부터 있었던 암묵의 규칙이었다. '재미난 것'은 안 볼 수 없다. 꼭 봐야 하고, 보고 함께 웃어야 한다. 더구나 그것은 하찮은 것일수록 좋다. 어찌된 영문인지.
  엄마네 거실에도 비스듬한 햇살이 넘치고 있었다. 교복 차림의 미미가 그 빛을 받으며 방 한가운데에 놓인 의자에 앉아 있다.
"안녕하세요. 저 왔어요."
  소녀는 나를 보자 생긋 웃으며 말했다. 역시 눈에 띄게 이목

구비가 반듯한 아이다. 짧은 스커트, 발치에 놓인 학생용 가방.

"내가 오히려 손님 같네."

이미 옮겨진 의자와 테이블에 놓인 찻잔. 엄마는 한껏 웃고 난 후와 같은 얼굴을 하고 있다.

"좀 보렴, 슈코. 이거, 미미가 만들었대."

엄마가 가리킨 것은 주황색 호박이었다. 할로윈 장식용으로 눈과 입이 도려내어져 있다.

"뭐라고 부른댔지?"

엄마가 묻자 잭오랜턴Jack-o'-lantern이라고 미미가 대답한다. 나는 그 둥글고 큼지막한 호박을 찬찬히 바라본다.

"재미있지?"

엄마의 어조에서 나는 엄마가 그것을 이상한 물건으로 여기고 있다는 것을 알았다. 이 이상한 걸 도대체 미미가 왜 나한테 주려는 건지 모르겠네…….

"그러게."

나는 대답한다.

"재미있고, 아주 근사한 선물이네."

셋이 차를 마신다. 미미는 때때로 긴 머리카락을 살짝 쓸어 올린다. 그럴 때 말고는 양손을 엉덩이 밑에 깔고 앉아 있다. 그러다 보니 필연적으로 다소 구부정한 자세가 되고, 그래서 또다시 머리를 쓸어 올리게 된다. 어린아이 같은 몸짓으로.
 아주 짧은 순간이긴 하지만 강하게, 내 자신이 미미를 눈부시다고 여겼던 것을 깨닫는다. 미미가 갖고 있는 것이 아니라 갖고 있지 않은 것이 주는, 그건 눈부심이다.

IV

"내가 오히려 손님 같네."

방에 들어온 슈코 씨는 웃으며 말했다. 하얀 셔츠에 베이지색 스커트, 선명한 오렌지색 카디건을 걸치고 있다.

"좀 보렴, 슈코, 이거, 미미가 만들었대."

기리코 씨가 보고한다.

"뭐라고 부른댔지?"

나는 잭오랜턴이라고 대답했다.

슈코 씨가 앉아 있는 의자는 내가 식당에서 옮겨다 놨다. 작은 사이드 테이블을 둘러싼 구도로 세 사람이 삼각형을 이루도록. 그렇게 두지 않으면 슈코 씨는 자신의 의자를 기리코 씨 옆에 딱 붙여놓는다. 나와 이야기하고 있어도 둘이 빈번히 마주 보고 웃거나 놀란 표정으로 서로 마주 보기 위해서. 자매같이 사이가 좋은 두 사람을 바라보는 것은 재미도 있고 흐뭇하기도 하지만 동시에 마음이 조금 불편하다. 의자를 일부러 떨어뜨려 놓은 것을 슈코 씨는 알아차리지 못한 눈치다.

초콜릿에는 오늘도 잼이 곁들여져 있다. 나는 이전부터 물어보고 싶었던 것을 물었다.

"이 잼, 손수 만드신 거예요?"

기리코 씨도 슈코 씨도 부엌일을 좋아하는 것 같지는 않다. 하지만 잼이 들어 있는 병은 시판되는 것과는 확실히 다른 모양이다. 라벨에 적힌 문자도 손으로 쓴 것 같았다. 사인펜으로 'FIG'라고 적혀 있고, 그 밑에는 무화과 그림이 붙어 있다.

"그래. 슈코가 만든 거야. 맛있어."

기리코 씨가 대답했다. 그리고 슈코는 잼 만드는 걸 좋아하지, 하고 누구에게랄 것도 없이 말했다. 방 안에 햇살이 가득 비쳐 들고 있다. 저녁 햇살이 비스듬히 내리쬔다.

"눈 부셔?"

슈코 씨가 내게 물었다.

"커튼 칠까?"

나는 괜찮다고 대답했다. 야단스러울 정도로 성스러운 이 빛은 해 지기 직전의 아주 짧은 시간 동안에만 볼 수 있다. 그 후엔 곧바로 땅거미나 저녁노을이 대신하고 만다. 게다가 그 빛은 이 방에 묘하게 잘 어울린다. 중후하기 그지없는 가구와 지나치게 많은 장식물, 테이블 가운데 펼쳐놓은 고풍스러운 레이스와 슈코 씨가 애용하는 금색 담배 케이스. 그것들은 모두 저녁 빛 속에서 묘하게 아름다워 보인다.

"미미는 학교에서 뭘 공부하고 있니?"

기리코 씨가 물었다. 바로 대답하지 못한 것은 어떻게 대답해야 좋을지 알 수 없었기 때문이다. 전공 분야를 선택하는 대학생과 달리 우리는 많은 과목을 두루두루 공부해야 한다. 수학부터 가정까지, 역사부터 체육까지. 생각하고 있자, 기리코 씨가 다시금 물었다.

"영어?"

"네. 영어 수업은 많아요."

나는 난감해 그렇게 대답했다.

"국어도. 지리도."

그 이상 나열해보았자 의미가 없을 것 같아 그만두었다. 그러자 기리코 씨는 만족한 듯 고개를 끄덕이며 말했다.

"그거 좋네. 영어와 국어, 지리. 유익한 것들뿐이네."

그러고 나서 기리코 씨는 레코드를 틀어주었다. 실제로 튼 사람은 슈코 씨였지만 기리코 씨가 자세하게 지시했다.

"그게 아니라, 왜 있잖아, 모피를 입은 일러스트가 그려져 있는 거."

"안 보여."

"그럴 리가. 분명히 그 주변에 있어. 바로 2, 3일 전에도 들었다니까."

나는 두 사람의 대화를 흥미진진하게 듣고 있었다.

겨우 찾아낸 레코드는 정말 오래되어 보이는 샹송이었다.

"미미에겐 따분하지 않을까."

슈코 씨의 우려와 달리, 나는 그 노래가 마음에 들었다. 도입부가 확 퍼져 나가면서 갑자기 방 안 분위기가 달라진 점이 좋았다. 마치 흑백영화 같은 분위기로. 프랑스어라서 가사는 알아들을 수 없지만 파리에 관한 노래라는 것만은 알 수 있었다. 힘찬 발음으로 그 도시 이름이 몇 번이나 나왔기에.

"저 이 노래가 마음에 들어요. 기분이 밝아져요."

나는 홍차를 한 모금 마셨다. 홍차는 이미 식은 지 오래였다. 해 질 녘, 기리코 씨 방에 샹송이 흐른다. 그걸 들으며 나는 오래전 일을 떠올렸다. 오래전, 바로 내가 어릴 적 일이다.

엄마도 옛날 노래를 좋아하지만 엄마가 좋아하는 건 샹송이 아니라 컨트리송이었다. 아빠와 헤어져 뉴욕으로 이사한 직후, 엄마 차의 라디오 채널은 언제나 컨트리송 전문 방송에 맞춰져 있었다. 아홉 살이었던 나로선 전혀 이해할 수 없는 음악이었다. 그래서 기분 나쁘다든지, 음침하다는 말을 엄마에게 자주 했다. 하긴, 지금도 이해 못 하긴 마찬가지지만.

아무튼 엄마는 컨트리송을 좋아해 테이프까지 사서 밤에 안방에서 들었다. 그중에서도 유독 반복해서 듣는 곡이 있었는데, 나는 그게 너무 싫었다. 침대에 들어가 자려고 할 때 그 곡이 들리면 정말 죽을 것 같았다. 내 방에는 텔레비전도 라디오도 없었기 때문에 그 소리가 내 귀에 들어오지 않게 하려면 머리에 베개를 덮어쓰거나 다른 노래를 불러야 했다. 누구 노래인지, 무슨 노래인지도 모른다. 메마른 아줌마 목소리로, 노래는 이렇게 시작된다.

"언제부터 마시고 있냐고 물으시네. 그럼 내 말 좀 들어봐요. 나는 엄마지만 예전에는 행복한 아내이기도 했어요."

제발 좀 그만해줬으면 하는 심정이 컨트리송 특유의 경박하고 나른한 멜로디를 타고 흐른다. 마지막엔 이런 가사가 나온다.

"하지만 외간 여자가 내 결혼반지를 끼고 있어."

몇 번을 들어도 끔찍했다. 엄마는 그 곡을 이혼 직후에 반복해서 들었다. 그리고, 애인이 생겼을 때에는 그 곡을 듣지 않다가 헤어지면 또다시 들었다.

그에 반해 기리코 씨의 취향은 어쩜 이리 고상한지. 파리에 관한 노래라면 적어도 해롭진 않다.

"날이 저물어버렸네."

슈코 씨 말에 나는 그만 일어서기로 했다.

집에 와보니 7시가 지나고 한 발 차이로 엄마가 먼저 들어와 있었다.

"왜 이리 늦게 다니니."

엄마는 나를 보더니 그렇게 말하곤 무서운 표정을 짓는다. 오늘 마침 데이트가 없었을 뿐, 최근엔 늘 한밤중에야 들어오는 주제에.

하지만 나는 그런 말은 하지 않는다.

"기리코 씨 집에 들렀다 왔어."

어른스럽게 설명했다.

"잭오랜턴 가져다 드리느라."

외출복 차림 그대로, 사 온 식료품을 봉투에서 꺼내고 있던 엄마가 동작을 급히 멈췄다.

"학교는?"

"갔어."

나는 대답한다.

"6교시까지 안 빼먹고 다 들었어."

엄마 어깨에서 긴장이 풀리는 것을 알 수 있었다. 곧 엄마는 살짝 웃으며 말했다.

"그런 걸 학교에 가져갔었어?"

"응. 안 돼?"

안 될 건 없지만, 하고 엄마는 대답했다. 기쁘게 받아줬다면 정말 다행인 거지, 하고.

저녁 식사 후, 대강 씻은 식기를 받아 여느 때처럼 식기세척기에 넣는 걸 돕고 있는데 엄마가 말을 걸었다.

"미우미."

"왜?"

밖에서는 가을벌레가 기분 좋은 듯 울어대고 있다.

"다음 주 금요일, 어디 좀 같이 가주지 않을래?"

"어디?"

그렇게 묻긴 했지만 무슨 대답이 나올지는 이미 예감하고 있었다.

"고토 씨가 말이지, 널 보고 싶대서."

부담 가질 건 없고, 하고 엄마는 말했다.

"다 같이 그 근처에서 밥이라도 먹자는 것뿐이니까."

"그 근처?"

"글쎄. 우에노라든지, 아무튼 어딘가 그 주변."

장소가 문제가 아니라는 것은 알고 있었다.

"좋아."

나는 대답한다. 순순히, 그러나 상당히 냉담하게.

점심시간, 사물함에 걸터앉아 도시락을 먹고 있는데 반 아이 둘이 다가왔다. 물론 얼굴과 이름은 알지만 말을 나눠본 적이 거의 없는 아이들이다.

"왜 늘 도시락을 거기서 먹니?"

한 아이가 물었다.

"여기가 마음에 들어."

내 대답에 두 아이는 얼굴을 마주 보았다.

"미우미 너, 영화 좋아하지? 야스코한테 들었어."

다른 한 아이가 말하고, 먼젓번 아이가 옆에서 거들었다.

"이번에 같이 보러 안 갈래? 우리도 영화 좋아해."

나는 사물함 위에서 두 아이를 내려다본다. 두 아이는 서로 팔짱을 끼고 있었다. 저마다 두 발을 꼬아 상대에게 기대듯이 서서, 멋쩍어하는 듯한, 아양 떠는 듯한 미소를 띠고 있다. 흐늘흐늘 줏대 없어 보이는 아이들이다.

"나랑은 취향이 안 맞을 것 같은데."

내 대답에 둘은 기괴한 것이라도 보듯이 나를 보았다.

"미안. 그래도 같이 가자고 해줘서 고마워."

분명하게 말했는데도 둘 다 굳은 듯 그 자리를 떠날 생각을 하지 않는다. 나는 어떻게 해야 좋을지 알 수 없었다. 아직 뭔가 남은 게 있어? 그렇게 물어볼 생각으로 눈썹을 치켜 보였다. 둘이 또다시 마주 본다.

"방해해서 미안."

한 아이가 그렇게 말했다. 시러져가는 두 아이의 뒷모습을 보면서 나는 속으로 어린아이처럼 에잇, 하고 읊조리며 얼굴을 찡그렸다. 비비 꼬면서 들러붙지 좀 말란 말이야, 하고 생각한다. 저러는 건 딱 질색이다. 그리고 생각한다. 저 아이들은 나를 더럽게 기분 나쁜 아이라고 생각했겠지, 라고.

방과 후, 곧장 집에 가도 좋았겠지만 롯폰기힐스의 갤러리를 어슬렁거리다 그 김에 아빠 사무실에 들러보았다. '현장 체질'이라고 일컬어지는 아빠는 지바 현인가 어디엔가 가 있어서 볼 수 없었다. 대신 사무실을 지키고 있던 스태프 마리 씨가 커피를 내주었다.

"오랜만이네."

상냥하게 말한다. 블라인드가 올려져 있어서 창문 너머로 롯폰기 거리가 보인다.

"미우미, 그새 키가 또 자랐니?"

지난번에 마리 씨를 본 것은 즈시에서였다. 아빠와 와타루, 다른 스태프들까지 모두 모여 장어를 먹고 모래사장에서 불꽃놀이도 했다. 불과 3개월 전이다.

"아니요."

나는 대답한다.

"잘은 모르지만, 이렇게 단기간에 키가 크진 않겠죠?"

"그건 그렇네."

마리 씨는 그렇게 말하고 살짝 웃는다.

"교복을 입어서 그런가, 어른스러워 보여."

나는 아무 말도 하지 않았다. 스물일고여덟 살쯤 됐을까. 마리 씨는 쇼트커트에 얼굴형도 동그래 귀엽다. 원래 멋쟁이인 데다 오늘은 마린룩 같은 줄무늬 긴팔 티셔츠에 화이트 진을 입고, 목에는 빨간 손수건을 맸다. 갓 귀국했을 무렵, 엄마는 끊임없이 수상하다고 말했다. 물론 아빠와 마리 씨 관계에 대해서다.

"쿠키 먹을래?"

마리 씨가 직사각형 모양의 흰 깡통을 부엌에서 가져왔고, 우리는 머리를 맞대고 이게 러스크인가, 이 꽃 모양 귀엽다, 이건 초콜릿이네, 하면서 떠들썩하게 마음에 드는 것을 골랐다.

"아빠한테 전화해볼까요?"

내가 제안했다. 아빠와는 여름방학 때 하카타에 갔을 때 이후로 못 만나기도 했고, 지난주에 엄마 애인을 만난 탓인지 그냥 목소리가 듣고 싶었다. 마리 씨는 거의 반사적으로 벽에 걸린 시계를 본다.

"5시네? 괜찮을지도 모르겠네."

나는 이미 휴대전화를 열고 있었다.

아빠는 바로 전화를 받았다. 번호가 저장되어 있어서 나인 줄 알고 있기 때문에 무덤덤한 목소리를 내려고 했다.

"여보세요."

"미우미."

짧게 이름을 대자 웬일이야, 하고 되묻는다. 아빠 목소리는 다소 높고 딱딱하다. 나는 무뚝뚝하게 대답했다.

"지금 사무실에 있어. 마리 씨랑 같이."

"웬일로?"

아빠가 재차 묻는다.

"그냥. 지금 통화 괜찮아?"

아빠는 괜찮다고 대답했다.

"마침 택시 안이니까."

그리고 말을 이었다.

"해안 길을 달리고 있어."

마리 씨가 자리를 떴다. 사무실과 분리되지 않은 부엌이 아니라 문으로 확실하게 칸이 질러진 방으로 들어갔다. 분명 나를 배려해준 것이리라.

"어디 가는 중인데?"

"역."

"지금 뭐가 보여?"

"바다."

"그 밖엔?"

"시장. 하늘. 유료 낚시터 간판. 쌀집."

나는 상상했다.

어떻게 지내니, 하고 묻기에 잘 지낸다고 대답했다. 사무용 책상이며 복사기며 일정이 적힌 달력을 보면서.

엄마 애인을 만났던 이야기는 하지 않았다.

"와타루는 언제 또 만나?"

대신에 그렇게 물었다.

"언제라고 딱히 예정은 없어. 네가 더 자주 볼 텐데?"

응, 하고 인정했다.

"하지만 아빠랑 만날 때도 불러줘. 바라도 괜찮아."

"바?"

"클럽이라든지."

아빠는 웃으며 말했다.

"그런 데는 안 가."

뭐야, 시시하게.

"나, 조금이라면 술 마실 줄 알아."

잠시 침묵.

"흐음."

공백은 있었지만, 그렇게 대답한 아빠 목소리에 비난은 담겨 있지 않았다. 의외인 한편, 재미있어하는 듯한 울림이 깃들어 있었을 뿐이다.

고토 씨는 우에노에서 만났다. 창가에 레이스 커튼이 드리워진 작은 양식집에, 그 사람은 먼저 와서 앉아 있었다. 엄마와 내가 들어가자 그는 읽고 있던 책에서 얼굴을 들었다. 그리고 일어섰다. 노인이다, 라는 것이 내 머릿속에 떠오른 생각이었다. 보통 키에 적당히 살찐 모습, 안경, 백발.

안녕하세요, 처음 뵙겠습니다. 서로 말하고 자리에 앉았다. 내가 고토 씨 맞은편에, 내 옆에는 엄마가 앉았다. 우리가 자리에 앉자마자 물수건과 물이 나왔다. 엄마는 서로를 소개하지 않고, 지극히 평범한 데이트처럼 고토 씨에게 웃으며 물었다.

"아, 배고파. 여기는 어떤 게 추천할 만해요?"

나는 거의 입을 떼지 않았다. 묻는 말에는 대답했지만, 그것뿐이었다. 엄마와 고토 씨의 대화도 활기차 보이지는 않았다. 연인이라기보다 오랜 부부처럼 보였다. 루 아저씨 때도 그런 느낌이었다.

일단 애인이 생기면 엄마는 나에게 숨기지 않는다. 잤으면 잤다고, 싸웠으면 싸웠다고 말한다. 그래서 나는 고토 씨와 만나기 전부터, 그에 대해 다양한 이야기를 들었다. 니가타 출신이며 니가타에 사는 부모님이 엄마와의 교제를 반대한다 — 엄마는 그 사람들을 만나본 적도 없는데 — 는 것도.

나야 물론 이해가 가지 않는다. 고토 씨 부모님이라면 도대체 몇 살이란 건지. 당사자의 머리가 저렇게 허연 것을 보면 고토 씨 부모님은 훨씬 더 할아버지, 할머니일 게 분명하다.

밤. 오늘은 엄마가 야근을 해서 나 혼자 디브이디를 보고 있다. 〈도그 쇼!〉는 몇 번을 봐도 웃을 수 있는 영화다. 영화를 다 본 후 목욕을 하고 재스민차를 끓여 2층으로 올라가려는데 엄마한테서 전화가 왔다.

"집에 잘 있니?"

내가 집에 있다는 것을 확인하자 엄마는 군말 없이 전화를 끊었다.

"그렇다면 됐어.. 그럼, 잘 자고."

아빠와 헤어진 후 엄마가 맨 처음 사귄 상대는 세 살 많은 선생님이었다. 그 사람은 내가 토요일에만 공부하러 다니던 일본인 학교 선생님이었다. 학교 벽은 빛바랜 핑크색으로 낡고 오래되어 금이 가 있었다. 마른나무가 심어진 교정―왜일까. 기억 속 그것은 언제나 마른나무다. 겨울 인상이 강한―맞은편 1층에는 놀이방이 있었다. 학생들은 수업이 끝나면 플레이 룸이라 불리던 그 방에서 놀면서 가족이나 베이비시터가 데리러 오길 기다렸다.

나는 그 학교가 그다지 마음에 들지 않았다. 선생님이나 스태프들 모두 친절하고 상냥했지만 그곳에 가면 왠지 모르게 쓸쓸한 기분이 들었다. 평소 다니는 초등학교와 달리, 아이들은 머리색도 피부색도 다 같았다. 그게 조금 무서웠던 것 같다. 일본인만 모여 있다는 사실이. 그때는 잘 몰랐는데 지금 생각해보니 알겠다. 그곳은 작은 일본이었던 것이다. 그리고 엄마는 그곳에서 세 살 많은 선생님을 만났다.

그 선생님에게 이미 또 다른 애인이 있다는 것을 알았을 때 엄마는 격노했고, 둘 중 하나를 선택하도록 선생님을 다그쳤다. 선생님은―아마도 정직한 사람이었을 것이다―선택할 수 없다고 대답했다. 나도 그 자리에 있었기 때문에 안다.

우리는 엄마의 대학 졸업을 기다렸다가 뉴욕으로 이사했다.

약속 장소는 지난번과 마찬가지로 긴자의 호텔 로비였다. 그곳을 약속 장소로 정한 것은 나였다. 긴자라면 집에서 지하철로 한 정거장이라 편리했기 때문이다. 학교가 끝나고 일단 바로 집에 돌아와 옷을 갈아입고, 엄마 앞으로 편지를 써놓고 다시 나왔다. 숙제가 있었지만 6교시를 빼먹고 도서관에 앉아 미리 해두었다. 저녁에 약속이 있으면 낮 동안의 여러 가지 일이 순조롭게 진행된다. 아니, 그렇다기보다 일 하나하나가 의미를 갖게 된다. 그것은 발견이었다. 하루에는 낮과 밤이 있으며 낮과 밤은 늘 짝을 이룬다는 것.

약속 시간보다 일찍 도착했기 때문에 나는 호텔 안의 상점을 기웃거리고, 프런트에서 일하는 사람들의 모습을 관찰하고, 세계 여러 곳의 시간이 한눈에 들어오는 지도로 된 시계를 바라보곤 했다.

"기다리게 했나."

목소리와 함께 하라 씨가 내 옆에 섰다. 감색 하이넥 스웨터에 검정색 바지를 입고 있었다. 손에 든 재킷 역시 검정색이었다.

"내가 일찍 온 거예요."

나는 그렇게 대답하고 상점 봉투를 내보였다.

"시간이 좀 남아서 쇼핑도 해버렸어요."

봉투 안에는 캔에 담긴 박하사탕이 들어 있었다. 엄마에게 선물할 생각이었다.

호텔 앞에서 택시를 탔다. 하라 씨가 운전기사에게 말했다.

"세타가야로 가주세요."

세타가야……. 그곳은 '리메론'이 있는 거리다.

하라 씨와 식사하는 것은 오늘로 세 번째다. 첫 번째는 엄마가 영화 시사회에 가기로 한 약속을 중도에 취소했을 때였다. 그날 나는 하라 씨에게 초밥을 대접받았다. 그리고 태어나서 처음으로 일본주를 조금 마셨다. 하라 씨는 흔히 어른이 아이를 상대할 때처럼 나에 대해 이것저것 물어보지 않고 자신의 이야기를 했다. 자신의 일이라든지 좋아하는 영화에 대해. 나는 말하는 것보다 듣는 것을 좋아하는 편이라서―그리고 하라 씨의 이야기는 하나같이 흥미롭고 재미있었기 때문에―무척 즐거웠다. 고추냉이를 빼지 않고 먹었던 초밥도 맛있었다. 식사가 끝나자 하라 씨는 우리 집까지 택시로 바래다주었다. 우리는 휴대전화 번호를 교환하고 헤어졌다.

"또 보자. 어머니께 안부 전해드리고."

하라 씨는 택시 창문을 반만 열고 그렇게 말했다. 길에 서서 택시를 배웅하고 있는데 미처 시야에서 사라지기도 전에 전화벨이 울렸다.

"심심하면 전화해도 돼."

낮은 목소리. 그 말에 나는 웃고 말았다.

"고작 그 말을 하려고 전화하셨어요?"

짧은 침묵 후에 하라 씨는 응, 하고 인정했다. 나는 또다시 웃었지만 이번엔 소리를 동반하지 않은 미소였다. 하라 씨는 얼굴을 보고 이야기할 때는 어른스러운데 전화상으로는 아이 같다고 생각했다.

그 후, 하라 씨의 말대로 심심할 때 두 차례 전화를 걸었지만 두 번 다 연결되지 않았다. 도움이 안 되는군, 하고 생각하고 있었는데, 며칠인가 지나 그쪽에서 전화를 걸어 같이 밥을 먹자고 했다.

두 번째 데이트 — 라고 해도 좋을 것 같다. 꼭 연인이 아니더라도 남녀가 약속하고 단 둘이 만나는 이상은 — 때도 조금 놀랄 정도로 즐거웠다. 나는 어느새, 보스턴에 살 때 자주 놀러 갔던 집의 노부부에 대한 이야기를 하고 있었다. 이야기하면서 기억이 점점 되살아나고, 까맣게 잊고 있던 일까지 생각나서 조금 흥분했다. 내 기억에 내가 흥분하다니 이상한 일이지만.

하라 씨는 하라 씨대로 자신이 알고 있는 보스턴에 대해 이야기했다. 신선하고 농후한 굴을 맛볼 수 있는 오이스터 바 이야기. 그곳에서는 모두 카운터에 선 채로 생굴을 몇 다스씩이나 먹어치운다고 한다. 백포도주로 목을 축여가며 오로지 굴만. 하라 씨는 남동생과 남동생의 여자 친구까지 셋이서 그곳에 갔다고 한다. 20년쯤 전 일이라고 한다. 당시, 하라 씨 남동생은 그곳 대학에서 유학을 하고 있었고, 남동생의 여자 친구는 캐나다 사람으로 이름이 '타마라'라고 했다(하라 씨는 고양이와 괴수가 섞인 것 같은 이상한 이름이라고 생각했던 모양이다). 하라 씨가 머무는 동안 세 사람은 한 공간에서 생활했는데, 그것은 이미 취직해 사회생활을 하고 있던 하라 씨에게 '갑자기 학창 시절로 돌아간 듯한 자유로운' 여름휴가였다고 한다.

묘하게도 나는 내가 아직 태어나지도 않았던 무렵의 그 이야기에 그리움을 느꼈다. 아니다. 그냥 그리운 게 아니라, 뭐랄까 내 기억과 하라 씨 기억이 멋대로 서로 공명하며 그리움이 증폭되는 것을 느꼈다. 그것도 흥분되는 일 중 하나였다. 하라 씨와 이야기할 때면 나도 모르게 갑자기 흥분하고 만다. 분명 그것이 즐거운 거다. 몰랐던 사람을 알게 되는 것, 내 인생이 누군가의 인생과 이어지는 것.

택시는 고속도로를 타고 내려갔다. 하라 씨는 운전기사에게 무척 간결하게 경로를 설명하고 있다. 차에 타자마자 하라 씨는 최근 제작한 프로그램 이야기를 들려주었다. 윌리엄 모리스라는 사람을 다룬 프로그램으로, 그 사람은 아름다운 것을 그저 감상하는 데에 그치지 않고 생활 자체에 접목시키려 궁리했다고 한다. 순수하다 못해 신성하기까지 한 그 발상에 하라 씨는 스스로도 놀랄 만큼 감명받았다고 한다.

"따지고 보면 그게 다 평범한 발상 아니냐고."

재미있어하는 표정으로 하라 씨는 그렇게 말했다.

"그야말로 천재적인 순수함이야."

차가 멈춘 곳은 어둡고 평범한 길이었다. 외벽을 새빨갛게 칠한 가게 한 채만이 초롱을 여러 개 내걸고 있어 눈에 띄게 밝다. 의외의 기분이 들었다. 이때까지 하라 씨에게 이끌려 찾았던 가게는 두 곳 모두 조용하고 청결한, 정말 고급스런 느낌이 나는 가게였다. 그런데 이곳은 분위기가 사뭇 다르다. 식욕을 자극하는 복잡한 냄새―생강, 참기름, 이름 모를 여러 잡다한 향신료, 게다가 아마도 나무 찜통을 사용한 찜 요리 냄새―와 함께 중국어로 고함치는 듯한 목소리가 가게 밖까지 들려온다.

"고함치는 건가?"

깜짝 놀라 나도 모르게 중얼거렸다.

"괜찮아. 너한테 그러는 게 아니야."

하라 씨는 싱긋 웃으며 문을 밀어 열어주었다.

하지만 놀라긴 아직 일렀다. 문을 열고 들어가자, 바로 눈앞 테이블석에 슈코 씨가 앉아 있었다. 소음 따윈 들리지 않는 양, 우아하다고 해도 좋을 자세로. 슈코 씨의 시선이 우선 내게 와 닿고, 아주 짧은 순간이었지만 내 뒤를 향했다는 것을 알 수 있었다. 확실히 있는지 없는지 확인하려는 듯이.

"안녕."

슈코 씨의 인사도, 웃는 얼굴도 모두 나를 향하고 있었다. 옆에서 윗옷을 옷걸이에 걸려고 하는 하라 씨의 존재는 안중에도 없는 양.

"안녕하세요."

어쩔 수 없이 나는 말했다. 언짢은 목소리가 나와버렸지만, 사실 그랬다.

"당신 혹시, 미미한테 나 온다고 말 안 했어?"

슈코 씨가 오히려 놀란 듯이 하라 씨에게 물었다.

"어? 아아, 응. 깜짝 놀라게 해주려고."

하라 씨는 그렇게 대답하고, 작은 통나무 의자에 앉아 웃는 얼굴로 머리카락을 쓸어 올렸다. 그러고 나서 날 향해 슈코가 널 좋아해서, 하고 말했다.

"내가 널 만날 수 있었던 것도 슈코 덕분이니까, 가끔은 다 같이 봐야지."

하라 씨는 아무에게도 뭘 마시고 싶은지 묻지 않고 맥주 두 잔과 우롱차를 주문했다.

"어쨌든 미미, 나중에 여기 사오싱주를 한번 마셔봐, 괜찮을 거야. 아주 조금이어도 되니까 꼭 한번 마셔봐."

나는 대답하지 않았다. 뭐가 됐든 굳이 대답하는 것도 이상할 것 같았기에. 사오싱주는 마셔보고 싶었지만.

식사하는 내내 나는 거의 입을 떼지 않았다. 아까 하던 이야기를 계속하자면, 하면서 하라 씨는 윌리엄 모리스에 대해 이야기했다. 모리스의 친구였던 다른 화가 이야기며, 어쩌고 하는 이름의 유리공예 작가 이야기도. 미술을 전공한 슈코 씨는 적극적으로 발언했다. 하지만 그것들은 전부 나를 위한 보충 설명 같았다. 그 후 화제는 중국의 음식 문화로 옮겨 가고, 중국어로 옮겨 가고, 어째서인지 미국인의 사고방식으로 옮겨 갔다.

"어떻게 생각해?"

슈코 씨가 물었다. 내가 미국에서 살다 왔기 때문이리라.

"글쎄요."

자차이榨菜, 쓰촨 성에서 나는 갓 뿌리를 소금에 절인 중국 김치의 한 종류를 삼키고 나는 대답했다.

요리는 다 맛있었다. 더우먀오豆苗, 완두의 어린 싹과 줄기 볶음으로 시작해 상하이 누룽지로 끝이 났다. 물론 중간중간 여러 가지가 나왔다. 사오싱주도 나왔지만 나는 마시고 싶지 않다고 했다.

9시가 지나서 가게를 나섰다. 하라 씨가 바래다주겠다고 했지만 나는 전철로 갈 거니까 괜찮다고 대답했다. 하지만 슈코 씨가 반대해 결국 나는 하라 씨와 함께 택시를 타고 말았다.

"슈코도 타. 같은 방향이니까."

하라 씨가 말했지만 슈코 씨는 고개를 저었다.

안쪽에 탄 나는 두 사람이 대화하는 동안 가방에서 이어폰을 꺼내고 엠디플레이어 스위치를 켰다. 스팅의 목소리. 슈코 씨가 내게 뭔가 말하고 있는 것 같아서 한쪽 이어폰만 뺐다.

"만나서 반가웠어. 또 엄마 집에서 볼 수 있겠지."

나는 네, 하고 대답했다. 잘 먹었습니다, 하고 말을 덧붙이고 가볍게 고개 숙여 인사했다. 문이 닫히자 차가 움직이기 시작한다.

운전기사에게 행선지—우리 집—를 댄 후에 하라 씨는 한동안 말이 없었다. 나도 말없이 스팅의 노래를 듣고 있었다. 하지만 볼륨을 조금 줄인 상태였기 때문에 하라 씨의 한숨 소리도 들렸고, 몸을 움직이는 기척도 느껴졌다. 그런데 별안간 하라 씨가 내 귀에서 이어폰을 뺐다. 살며시. 만약 조금이라도 거칠게 잡아 뺐다면 상황이 전혀 달라졌으리라. 나는 화가 나 소리쳤을지도 모른다. 하지만 그가 이어폰을 살며시 빼는 바람에 나는 울고 싶어졌다. 왠지 모르게.

그래도 나는 애초부터 화가 나 있었기 때문에 하라 씨를 노려보았다.

"미안. 화낼 줄은 몰랐어. 슈코와 사이가 좋은 줄 알았거든."

몸속 빈 공간—어디일까? 기관氣管? 아니면 자궁?—이 화로 가득 차다못해 끓어오를 지경이 되었고 나는 한동안 그것과 싸워야 했다.

"슈코 씨가 싫은 건 아니에요."

나는 말했다.

"하지만 그런 건……."

말을 찾는다. 온 힘을 다해. 그리고 드디어 적당한 말을 찾아냈다.

"무시당한 기분이 든다고요."

도전하듯이 하라 씨를 보았다. 다음 순간, 하라 씨는 당치도 않게 웃었다. 살며시, 그러나 즐거운 듯이.

"그건……."

침묵이 끼어들었기에 이 사람도 할 말을 찾고 있다는 걸 알 수 있었다.

"그건 미안했다."

다른 뜻은 없었다고 하라 씨는 말했다. 정말 미안하다고.

"이제 됐어요."

사과의 뜻으로 한잔, 물론 술은 아니고 건전한 가게에서 음료수를 대접해도 되겠냐고 하라 씨는 물었다. 맹세코 소홀히 대하지는 않을 테고, 원한다면 패스트푸드점으로 가자고. 하지만 나는 딱 잘라 거절했다.

집에 돌아와보니 엄마는 아직 귀가 전이었다. 꺼두었던 휴대전화를 켜자 엄마로부터 전화가 두 건, 그리고 '어디 있니?'라는 내용의 문자메시지가 한 통 와 있었다. 나는 엄마 앞으로 써두었던 편지를 구겨 휴지통에 버렸다.

박하사탕 캔을 가방에서 꺼내는데 슬픔이 밀려왔다. 이걸 샀을 때만 해도 무척 즐거운 기분이었는데.

이튿날 아침, 나는 엄마에게 귀가 따갑도록 설교를 들어야 했다. 문자메시지를 확인한 후, 바로 엄마 휴대전화로 전화를 걸어 집에 들어온 사실을 말했지만, 이미 너무 늦었던 것이다. 근무 중에는 전화를 받지 못하기에 나는 문자메시지만 남길 생각이었고, 별다른 마음의 준비 없이 전화를 걸어보았는데, 하필 그날따라 엄마는 대뜸 전화를 받았다. 엄마는 노여움이 실린 작은 목소리로 내일 이야기하자고 했다. 학교는 지각해도 상관없으니까 엄마가 집에 갈 때까지 기다리라고.

집에 들어온 엄마에게 나는 거의 전부 솔직하게 이야기했다. 거의 전부란, 내가 화를 냈던 일은 제외했다는 의미다. 미리 말하지 않은 것에 대해서는 몇 번이나 사과했고, 두 번 다시 학교와 집 이외의 장소에서 휴대전화를 꺼놓지 않겠다고 약속했다. 그래도 엄마는 화가 가라앉지 않는 눈치였다. 내가 '마냥 거리를 어슬렁어슬렁 돌아다니는 것'이나, '잘 알지도 못하는 할머니 집에 멋대로 드나드는 것'에 대해서도 언급했다.

어느 순간부터 나는 말할 기분이 나지 않았다. 사과할 기분도, 뭔가를 설명할 기분도.

그래서 그저 엄마 얼굴을 보고만 있었다. 멍하니. 오늘은 학교에 가고 싶지 않다는 생각이 들었다. 학교에도 가기 싫고 집 안에 있고 싶지도 않았다.

"아무튼 엄마는 네가 그 부부를 이제 안 만났으면 좋겠어."

엄마 블라우스에 얼룩이 묻어 있는 것이 눈에 들어왔다. 스타킹 올이 나간 것도.

"너는 옛날부터 사람을 쉽게 믿는 구석이 있어. 특히 너보다 나이 많은 사람을."

그건 엄마 아냐, 하고 나는 생각했다. 몇 번을 울고도 금세 또 믿어버리잖아.

"알겠니?"

엄마가 묻기에 나는 모르겠어, 하고 대답했다.

"어제 일은 미안해. 하지만 그 뒤의 말은 모르겠어."

엄마는 나를 한번 보고, 뒤이어 천장을 올려다보았다.

"그럼 됐다, 이제."

엄마는 지친 목소리로 말했다.

"알았어."

나도 거기에 답했다. 뭘 알았는데, 하고 물으면 그럼 이제 됐다는 거, 하고 대답할 생각이었으나 엄마는 묻지 않았다. 그 대신 이렇게 말했다.

"학교 끝나면 곧장 들어와."

현관을 나설 때만 해도 그럴 생각은 전혀 없었다. 그저 밖으로 나오고 싶었을 뿐이다. 학교에 갈 기분이 아니었기 때문에 '리메론'이나 도서관에 가든지, 아니면 그저 걷거나 전철만 타도 좋을 것 같았다.

맑게 갠 바깥으로 나와 차갑게 응축된 겨울 공기를 마시고 낙엽을 밟으며 걷기 시작한 순간, 하라 씨의 목소리가 너무 듣고 싶어졌다. 아빠도 아니고 와타루도 아닌 하라 씨의 목소리가.

전화를 걸어보았지만 연결되지 않았다. 어느 정도 예상한 일이었기에 실망하지는 않았다. 나중에 다시 걸자. 그렇게 생각하니 오히려 신이 났고, 나는 도서관으로 향했다. 엄마가 야근하고 들어온 날이면 늘 그렇듯 역 앞 빵 가게에서 샌드위치를 사서 전철을 탔다.

느긋하게 기다릴 생각이었는데 예상외로 전화가 빨리 연결되고 말았다.

"어이, 미미."

하라 씨가 '네'도 '여보세요'도 생략하고 그렇게 말했을 때 나는 공원 벤치에 앉아 있었다. 도서관에 들어가기 전에 이른 점심을 먹기로 하고, '그 전에 한 번'이라는 생각으로 전화를 걸어 본 것이었다.

"안녕하세요."

나는 말했다.

"지금 통화 괜찮아요?"

하늘이 참 파랗다. 저만치에서 갓 걸음마를 익힌 듯한 어린아이가 엄마 손에 이끌려 연못을 들여다보고 있는 모습이 눈에 들어왔다.

"괜찮아. 기분이 풀린 건가. 아니면 그저 심심해서?"

"둘 다."

나는 대답했다.

"그것 말고도 두 가지 더."

"⋯⋯엄청 많네."

"넷이에요."

나는 정정했다.

"첫 번째는, 어제 화내서 미안해요. 두 번째는 진짜 심심해요. 세 번째는 오해하지 않았으면 하는 마음에서."

하라 씨가 아무 말도 하지 않았기 때문에 나는 그대로 말을 계속했다.

"다음에 만약 식사 자리에 불러주실 일 있으면 슈코 씨도 또 불러주세요. 셋이 만나는 편이 더 즐겁기도 하고, 어제 화낸 건 뭐랄까, 너무 갑작스러워서였던 것 같아요. 깜짝 놀랐달까."

전화기 너머에서 하라 씨가 웃는 듯했다. 뒤이어 알았어, 하고 말하는 부드러운 목소리. 나는 안심한다. 누군가가 이해해준다는 건 중요한 일이다.

어젯밤, 나는 내가 화를 냈던 이유에 대해 곰곰이 생각해보았다. 목욕을 하는 동안에도, 이를 닦는 동안에도, 잠자리에 들어서도.

"그래서, 네 번째는?"

"목소리가 듣고 싶었어요."

하라 씨의 물음에 그렇게 대답했다. 내가 생각해도 의외일 정도로 시원스럽게 그 말이 입을 타고 나왔다. 두근거리지도 부끄럽지도 않았다.

"그거 영광이네. 나도 네 목소리가 듣고 싶던 참이거든."

어젯밤 생각하고 또 생각한 끝에 인정하지 않을 수 없었다. 나는 어제 '하라 씨와 단 둘이 만나고 싶었던 것'이다.

"두 번째만 해결이 안 났군."

하라 씨가 말했다.

"지금 어디야? 점심이라도 어때?"

기쁨이 모락모락 피어올랐다.

"수락하죠."

최근 배운 말로 대답하자 하라 씨는 다시 웃었다.

바람이 차고 건조하다. 도쿄의 가을은 따뜻하다고 느꼈지만, 11월도 막바지에 접어들면 확실히 공기가 차갑다. 엄마 말에 따르면 옛날엔 도쿄의 가을도 겨울도 지금보다 훨씬 추웠던 모양이다.

저녁이 되면 상점가는 떠들썩해진다. 과일 가게 앞은 알록달록 조명을 켜고, 정육점에서는 튀김 냄새가 풍겨온다. 빛이 흘러나오는 약국, 그 옆은 접골원, 그 옆은 빵 가게. 이제 막 5시가 지났을 뿐인데 밤처럼 어둡다. 나는 잰걸음으로 신호등을 건너 모퉁이를 돌아 주택가로 들어간다. 주택가라 해도 이 주변 역시

점포들이 드문드문 섞여 있다. 주류상, 부티크, 찻집, 그리고 구제 옷 가게.

와타루는 카운터 뒤에서 잡지를 읽고 있었다. 라디오에선 케케묵은 대중가요가 흐른다.

"여!"

와타루가 나를 보자 잡지를 덮으며 말했다. 가게 안은 무척 밝다. 히터 외에 가습기도 가동 중이다.

"코트, 제대로 갖춰놨네."

나는 가게 안을 대충 둘러보고 말했다. 피코트, 더플코트, 위엄 있어 보이는 장교 코트까지 있다.

"쇼 케이스 안은 변함이 없네. 손목시계와 라이터, 터키석 액세서리."

이 가게에 온 것은 오랜만이었다. 와타루의 수염과 체형, 말이 아니라 발산되는 분위기……, 이와 같은 것을 접하는 것도 오랜만이어서 감회가 새롭고 가슴이 두근거렸다.

"잘 지냈어?"

별 관심 없어 보이는 말투로 와타루는 물었다. 늘 그렇다. 차가운 건 아니지만 무덤덤하달까, 아무튼 무뚝뚝하다.

"응."

나는 대답했다.

"가게 문 닫으면 같이 밥 먹을 수 있어?"

티셔츠를 구석구석 훑어보며 묻자 료코 씨가 오케이한다면, 하는 대답이 돌아왔다.

"상관없잖아."

부루퉁한 얼굴을 해 보였지만 얄밉게도 와타루는 눈도 깜빡하지 않는다.

"상관있어."

단번에 그렇게 돌려받았다.

"됐으니까 료코 씨에게 전화부터 하고, 세일 상품 스탬프 찍는 것 좀 도와줘."

어쩔 수 없이 나는 시키는 대로 했다. 도중에 몇 팀인가 손님이 들어왔다. 마흔 살쯤 돼 보이는 여자가, 본인은 시크하달까 보수적인 느낌이 나는 옷을 입었으면서 오렌지와 빨강, 노랑, 녹색 천을 이어 붙인 무척 사이키델릭psychedelic, 환각제를 복용한 뒤에 생기는 것과 같은 환각적 도취 상태를 재현한 것한 남자용 셔츠를 사기에 깜짝 놀랐다. 누가 입을 거지? 애인? 아니면 남편? 남동생? 생판 남이라서 상상이 가지 않는다.

"감사합니다."

와타루는 담담하게 배웅한다.

워낙 조용한 가게 안이, 손님이 들어오면 한층 더 조용해지는 것을 깨닫는다. 가게 안을 돌아다니는 신발 소리라든지 사람들의 숨결, 옷걸이가 한쪽으로 밀리며 부딪치는 소리, 내가 스탬프를 찍을 때마다 탁 하고 들리는 희미한 소리 따위가 유난히 두드러진다. 분명 긴장감 탓일 것이다. 사람 수며 움직임이 늘어날수록 조용하게 느껴지다니, 묘한 일이다.

손님이 나가기 무섭게 가게 안에는 긴장이 풀리고, 나는 그제야 거리낌 없이 탁, 탁, 탁, 스탬프를 찍는다. 와타루는 내게 일을 시켜놓고, 정작 자신은 잡지를 읽고 있다. 넘실대는 듯한 모양의 두터운 창유리 너머로 보이는 것이라곤 밤의 어둠뿐이다.

나와 와타루 단 둘이 이 작은 가게 안에 틀어박혀 있는 느낌이다. 눈보라 치는 밤, 초원에 자리한 따뜻한 집 안에서 서로 의지한 채 엄마는 바느질을, 아빠는 가구를 수리하고 있는 그림이 떠오른달까.

"마음이 차분해지네, 여기."

내 말에도 와타루는 잡지에서 얼굴 한 번 들지 않고—페이지를 넘기는 마른 소리—, 그래, 하고 대답할 뿐이지만.

가게 문을 닫은 뒤에 와타루가 데려간 곳은 전에 갔던 근처 고깃집이었다.

"또 여기야? 데이트에 머리를 쓰지 않으면 여자 친구가 금방 질려버릴 거야."

말은 얄밉게 했지만 배가 고팠던 터라 고기는 반가웠다. 냄새와 연기, 떠들썩함. 와타루와 둘이서 소란한 세상으로 나온 것 같은 느낌이 든다.

"고급스러운 초밥집 같은 데?"

와타루의 그 말에 엄마가—또는 엄마를 경유해 아빠가—하라 씨 이야기를 했다는 걸 알 수 있었다.

"뭐야 그게."

갑자기 너무 화가 났다. 어른들끼리 한패가 되다니 너무 싫다. 유치하다. 흐늘흐늘 들러붙어 사람을 꾀는 여고생 같다.

"이번엔 정말 상관없다고 생각하는데요."

나는 정중하게 말해주었다. 하지만 와타루는 내 말에 개의치 않고 종업원을 불러 주문하기 시작한다. 맥주와 우롱차, 샐러드, 생간과 안창살, 로스, 우설…….

우선 그렇게 줘요, 하고 웃으며 메뉴판을 돌려준 후 표정을 읽을 수 없는 평소 얼굴로 돌아와 말한다.

"료코 씨가 걱정하더라."

"뭘?"

내 물음에 그는 침묵했다. 달갑지 않은 침묵이다. 알고 있잖아, 하고 말하는 듯한 저 표정도 싫다.

"걱정할 일은 하나도 없어."

내가 먼저 입을 연 까닭은 물론 상대가 와타루이기 때문이다.

"말해두는데, 엄마는 엉뚱한 걱정을 하는 거고, 엄마가 생각하는 것과는 전혀 달라."

"뭐가 뭐랑 다른데?"

"엄마의 걱정과 나의 현실."

마실 것이 나오고 와타루는 맥주에 입을 댄다.

"그럼, 현실은 어떤데?"

와타루는 그렇게 묻고 나서 담배를 물고 불을 붙였다. 나는 처음으로 와타루의 그 담배가 싫어졌다. 시간 벌기랄까, 여유를 버는 것 같다. 엄마와 달리 나는 담배에 대한 편견은 갖지 않을 생각이지만.

"그러니까."

한 박자 쉬고 나서 나는 이렇게 설명했다.

"나는 그 사람과 마음이 맞아. 함께 있으면 즐거워. 하라 씨도 그래 보이고. 하지만 그게 다야. 엄마는 남자를 만나면 자기가 그 남자를 금방 좋아하게 돼버리니까, 그리고 그렇게 되면 그 남자한테만 찰싹 붙어 다니게 되니까 누구나 다 그렇게 되는 줄 아는 모양이지만, 다를 수도 있잖아?"

나는 그렇게 설명했지만 와타루가 내 말을 듣고 있지 않는 것 같은 기분이 들었다. 아니, 듣고 있지만 내 말이 그에게 닿지 않는 것 같은 기분이 들었다. 셔터가 내려진 가게 앞에서 무언가를 설명하고 있는 듯한 공허함. 그 와중에도 주문한 고기는 속속 나오고 석쇠 위에서 지글지글 익어갔다. 다 구워지자 와타루는 고기를 내 접시에 옮겨 담고 레몬을 뿌려 먹으라든지, 아무것도 찍지 말고 그대로 먹으라든지 맛있게 먹는 방법을 지시해주었다.

하라 씨와는 다음 주에 만나기로 되어 있다. 슈코 씨도 함께. 요전에 하라 씨와 둘이서 점심을 먹던 날, 그렇게 정하고 수첩에 적어 넣었다. 하라 씨 회사 바로 옆, 옥외 카페에서.

슈코 씨나 기리코 씨와 마찬가지로 하라 씨도 내가 학교는 어떻게 하고 왔는지 묻지 않았다. 우리는 그저 함께 점심을 먹고 날씨가 좋네, 라든지, 지난번에는 슈코한테 한 소리 들었어, 라든지, 나도 엄마한테 야단맞았어요, 라는 정도만 이야기했을 뿐이다. 함께 보낸 시간은 한 시간도 채 안 되었던 것 같다.

"그럼 이만."

그렇게 말하고 우리는 헤어졌다. 하라 씨는 굳이 회사까지 오게 해서 미안하다고 말하지 않았고, 나 또한 근무 중에 방해해서 미안하다고 말하지 않았다. 당연하다는 듯이 그저 만나고 헤어졌다. 무척 기분 좋고 자연스럽게.

내 생각이긴 하지만 그 집 사람들은 모두 눈앞에 있는 인간을 그저 눈앞에 있는 인간으로밖에 보지 않는다. 어린아이가 아닌, 그렇다고 슈코 씨 같은 성인 여자도 아닌, 네기시 미우미로만 나를 본다. 따라서 나는 존재할 수 있다. 분명하고 확실하게. 그 증거(아마도)로 하라 씨는 종종 내게 소홀히 대하진 않을 테니까, 하고 말한다. 그건 하라 씨의 의도적인 말실수랄까, 일부러 그런 말을 골라 하는 것이라고 나는 생각한다. 일가족 모두가 솔직한 것이다.

하지만 그것을 와타루에게 설명하기는 불가능할 것 같다.

"다음번에 하라 씨랑 같이 만나자."

그래서 그렇게 말해보았다.

"싫어. 내가 뭐하러 그런 아저씨를."

그는 즉시 그렇게 답했다. 실망했다. 와타루의 셔터는 오늘 밤에도 역시 닫혀 있는 것이다. 하라 씨라면 와타루를 꼭 만나보고 싶다고 진심으로 대답할 게 분명했다. 어떤 느낌의 사람일지 스스로 확인해보지도 않고 대체 뭘 말할 수 있다는 걸까.

"와타루, 전엔 그러지 않았는데."

슬픈 심정으로 나는 말했다.

"전이라니?"

기가 막혔다. 정말 몰라서 묻는 말인지.

"우리 아빠의 딸이라는 이유만으로, 일본에 갓 돌아와 아무것도 모르는 나와 성의껏 만나서 이야기해주었잖아. 그때는 지금처럼 닫혀 있지 않았단 말이야."

"지금도 성의껏 만나서 이야기하고 있잖아."

제대로는 아냐, 하고 나는 생각했다.

"기리코 씨 이야기가 나왔을 때는 만나보고 싶다고 했잖아. 그런 재미있는 할머니라면 만나보고 싶다고 자기 입으로 말하고, 초대받지도 않았는데 같이 놀러 갔으면서."

와타루는 그거랑 이건 이야기가 다르잖냐느니 뭐라느니 말하려 했지만 나는 듣지 않았다. 슬픔과 답답함이 한꺼번에 밀려와 와타루의 맥주를 집어 들고 꿀꺽꿀꺽 마셨다.

"헉."

호들갑스럽게 놀란 목소리를 내곤 무슨 바보짓이냐는 말도 잊은 채 굳어 있는 와타루 눈앞에 텅 하는 소리를 내며 맥주잔을 내려놔주었다.

일요일. 엄마는 아침부터 청소에 여념이 없다. 화장실 청소에서 시작해 계단과 복도 걸레질을 마치고, 지금은 방방마다 달려 있는 커튼에 청소기를 돌리고 있다. 나는 욕실 청소와 유리창을 맡았다. 손을 나누어 일하면 빨리 끝나니까, 하고 엄마는 말한다. 생각해보니 나는 아주 어려서부터 그 말을 들으며 자라왔다. 손을 나누다. 희한한 말 같다. 나와 엄마의, 네 개의 손.

다음 주부터 학교에서는 기말고사가 시작된다. 시험공부 따위 하지 않아도 아무 문제 없다고 말할 수 있다면 좋으련만, 공교롭게도 나는 성적이 나쁘다. 큰일이네, 하고 생각하면서 마당에 내놓은 사다리에 올라가 유리창을 닦는 중이다. 하늘은 흐리고 기온은 낮다. 겨울 장미가 몇 송이 피어 있다. 잔디는 시들고 조팝나무는 잎을 다 떨구었다.

커튼 청소를 마치고 바닥 청소를 시작한 엄마가 청소기를 멈추고 전화기를 향해 뛰어가는 모습이 보였다. 창이 닫혀 있는 데다가 나는 이어폰을 끼고 피비 스노의 노래를 듣고 있어서 소리는 들리지 않았지만, 표정이 스르르 풀어지는 듯한 엄마의 웃는 얼굴과 그 후의 행동—무선전화기를 쥔 채 2층으로 올라갔다—에서 애인으로부터 온 전화라는 것을 알 수 있었다. 싫은 건 아니지만 나도 모르게 한숨을 쉬고 있었다. 창문을 등지고 사다리에 앉아 이어폰을 뺀다. 어딘가 가까이에서 까마귀 울음소리가 들렸다.

"와타루의 엄마가 엄마를 만나고 싶어 한대."

어느 날, 집에 들어와서 와타루에게 부탁받은 말을 전하자 엄마는 의아하다는 듯한 얼굴을 했다.

"사야카 씨가? 뭣 때문인지 와타루가 말 안 하디?"

모른다고 대답했지만 실은 알고 있었다.

"아, 맞다. 료코 씨에게 우리 엄마가 만나고 싶어 하더라고 전해줘."

시부야를 경유해 에비스까지 전철로 나를 바래다준 후, 헤어질 때 와타루는 그렇게 말했다.

"료코 씨가 재혼할지도 모른다고, 네기시 씨한테 들은 것 같다며."

재혼 소리는 들어본 적도 없고, 아빠도 경솔하게 그런 말을 해서는 안 되는 거였다. 하지만 나는 아무 말 하지 않았다.

"알았어."

나는 그렇게 될 가능성도 있을 것 같다고 생각하며 대답했다.

다시 돌아온 엄마는 창문을 열고 미우미, 농땡이 부리지 마, 하고 기운차게 말했다.

"거기 일만 마치면, 저녁 먹을 때까지 방에서 공부해도 돼."

검정 스웨터에 짙은 갈색 트레이닝팬츠, 화장기는 없지만 엄마의 표정에는 생기가 넘쳤다.

그날은 현대 국어와 물리 시험이 있었다. 두 과목뿐이라서 일찍 집에 올 수 있었기에 다음 날 있을 시험 준비를 착실히 했다. 그 벼락치기조차 낮에만 해서 성과가 얼마나 있을지는 알 수 없지만.

처음부터 슈코 씨가 나오는 줄 알았다면 나도 기분 좋게 나갔으리라. 그녀는 예쁘고 예의 바르며 사람에게 길들여지지 않은 동물 같은 구석이 있어서 아주 흥미롭다.

기리코 씨 생일 모임이 있었던 가게. 그곳을 제안한 것은 나였다. 그곳이라면 어디에 있는지 기억하기 때문에 혼자 찾아갈 수 있고, 집에 올 때도 지하철로 한 정거장이면 된다. 느낌이 괜찮은 가게인 데다 요리도 맛있었다. 게다가…… 그곳은 내가 처음으로 하라 씨를 만난 장소다. 가게로 이어지는 언덕길을 오르면서 나는 도저히 그 생각을 하지 않을 수 없었다.

노랗게 칠한 외벽, 차양에 적힌 'BISTRO A VIN'이란 글자, 고요하고 어두운 길에 그곳만 빛이 흘러넘친다. 내 손으로 문을 열기 전에 안에서 종업원이 열어주는 것도 이전과 똑같았다. 겉옷을 맡기고 머뭇머뭇 예약된 이름을 말했다.

"와 계십니다."

점원은 시원시원하게 말했다.

불과 2주 전에 만났는데 하라 씨 얼굴이 보인 순간, 엄청 오랜만인 듯한 기분이 들었다. 그래서, 내가 생각해도 지나치게 싱글썽글썽한다는 것을 알 수 있는 얼굴이 되어버렸다. 기쁘다기보다 안심해서.

"안녕하세요."

되도록 천천히 걸어가 되도록 무덤덤한 표정으로 의자에 앉았다. 옆자리에 커다란 가방을 털썩 내려놓자 무슨 이유에서인지 하라 씨가 웃었다. 테이블은 세 사람분으로 세팅되어 내 옆은 공석이라서 상관없을 텐데.

"여."

하라 씨의 목소리는 술이 조금 들어간 사람처럼 들떠 있다.

"딱 맞춰 왔네."

나는 고개를 움츠려 보였다. 당연하죠, 라는 의미다.

"시험은 어땠어?"

"그저 그래요."

나는 대답했다.

"출장은요?"

"고마워. 만족스러웠다고 대답해둘게."

문자메시지를 주고받은 덕에 하라 씨는 내가 시험 중이었다는 것을, 나는 하라 씨가 오늘 오비히로에서 막 돌아왔다는 것을 알고 있다. 가는 비행기가 늦어진 것도, 그저께 밤—도쿄에는 우박이 내렸지만—, 오비히로 하늘에는 별이 아주 많았다는 것도.

"앗."

하라 씨가 창밖을 보고 말했다.

"저건 틀림없이 내가 좋아하는 슈코다."

나는 깜짝 놀라고 만다. 저런 소리가 술술 입에서 나오는 사람을, 나는 정말이지 '결단코' 처음 보았다.

종업원이 문을 열자 슈코 씨가 들어온다. 추위로 코와 뺨이 빨개진 그 모습이 귀여워 보였다. 숄을 풀고 코트를 벗는다. 오늘의 슈코 씨는 온통 검정색이다. 스웨터도, 타이트스커트도, 하이힐도, 핸드백도.

하라 씨가 자리에서 일어나고, 두 사람은 뺨과 뺨을 맞대며 인사했다.

"잘 다녀왔어?"

슈코 씨는 그렇게 말하며 하라 씨를 응시한다. 겨울의 바깥공기와 향수 냄새가 테이블 너머 내게도 전해졌다.

"안녕."

이어서 나를 보며 슈코 씨가 말했다. 부부간에만 하는 인사를 보이고도 부끄러워하는 기색은 전혀 없었다. 오히려 내가 부끄러워지려는 찰나, 세 개의 글라스에 샴페인이 채워진다.

"물도 주세요."

그렇게 말했지만 건배만큼은 샴페인으로 했다. 정말 대단한 잉꼬부부라는 생각과 함께.

샐러드와 반숙란 요리에 이어 뜨거운 양파 그라탱 수프가 나온 찰나, 내 휴대전화가 진동했다. 들여다보니 웬걸, 아빠였다.

"여보세요?"

최악의 타이밍이다. 하긴, 수프는 너무 뜨거워 보여 바로 먹으면 입을 델 것 같긴 했다.

"미우미?"

아빠가 말했다. 그러고 나서 갑자기 미안하다고 한다.

"새해 여행, 이번엔 무리지 싶다."

아빠와 나는 매년 설에 여행을 하기로 약속되어 있다. 매년이라고는 해도, 내가 귀국한 이후로 이번이 세 번째지만.

"취소가 아니라 연기하는 거야."

아빠는 말했다.

"봄방학에는 꼭 데리고 갈게."

나는 알았다고 대답했다. 눈앞의 테이블 클로스와, 하얀 그릇에 담긴 아직 뽀글거리는 수프, 클로스 위에 직접 놓아 주변에 부스러기가 흩어져 있는 빵을 보면서.

그러는 동안에도 하라 씨와 슈코 씨는 소리 죽여 속삭이는가 하면, 뭐가 그리 우스운지 키득키득 웃기도 하고 호들갑스럽게 눈을 휘둥그레 떠 보이기도 한다.

"밖이니? 꽤 떠들썩한 곳에 있나 보네."

"응, 밖이야. 레스토랑에 와 있어. 그러니까 끊을게."

전화를 끊고 휴대전화를 가방에 넣다가 문득 생각났다. 그러고 보니 슈코 씨는 그때 아빠와 긴 '산책'을 나갔었다.

낮잠 잘 시간에 아빠 방에 놀러 오면 돼요. 내 말에 슈코 씨는 잠시 멈칫하는가 싶더니 그럼 생각해보겠다고 대답했다. 승마 후, 덥고 먼지 많은 길에 앉아서. 그때 그 여자와, 지금 이렇게 하라 씨 옆에 있는 슈코 씨가 나로서는 잘 연결되지 않는다. 전혀 연결되지 않는다.

"아, 맞다. 이거 미미 주려고 가져왔어."

식사를 마치고 하라 씨 부부의 단골집이라는 작은 바로 자리를 옮겨 마실 것을 주문하기에 앞서 슈코 씨가 말했다. 부드러워 보이는 검정 가죽 가방에서 무언가를 꺼내 카운터에 놓는다. 턱 하고 무거운 소리가 났다. 병이다.

"잼이에요?"

가게 안이 어두워서 뭐가 들었는지 잘 보이지 않았지만 나는 그렇게 물어보았다. 기리코 씨 집에서 몇 번 보았던 것과 비슷했기 때문에.

"맞아. 마침 미라벨이 손에 들어와서."

슈코 씨는 대답한다. 나는 병을 들어 조명에 비추어 보았다.

"미라벨이요?"

그것은 금색 같기도 하고 황갈색이나 살구색 같기도 했다. 아무튼 아주 진한 느낌이 나는 색이었다.

"나는 버번 록을. 이 사람에게는 늘 마시던 걸로. 그리고 이 아가씨에게는……."

옆에서 하라 씨가 바텐더에게 말하다가 도중에 말을 끊고 나를 보기에 나는 고개를 끄덕였다. 뭐가 됐든 시도해보겠어요, 라는 의미로.

"그럼, 이 아가씨에게는 모스크바 뮬을."

"과일이야."

슈코 씨가 간결하게 말한다.

"미라벨이란 프랑스어인데, 일본어로는 뭐라고 하는지 모르지만 아무튼 과일이야."

"이 사람은 잼 만드는 걸 좋아해서."

재미있다는 듯이 하라 씨는 말했다.

"뭐가 됐든 1년 내내 잼이 떨어지질 않아. 뭐, 시중에서 파는 것보다 맛있으니 됐지만. 그건 어떤 맛일까."

가게 안은 소란스럽게 음악이 흐르고 있다. 카운터 뒤 벽면에는 고색창연한 레코드 재킷이, 오른편의 저것은 영화 포스터일까. 꽤 흥미로운 곳이다. 아빠도 아마 마음에 들어 할 것이다. 하지만 엄마는 너무 어둡고 담배 피우는 사람이 많아서 싫다고 할지 모른다.

"두고두고 간직할 수 있거든."

슈코 씨가 말했다.

"과일은 내버려두면 상하거나 썩어버리잖아? 하지만 잼으로 만들면 두고두고 간직할 수 있어. 맛도 향도 진해지고, 색도 짙어져서 예쁘고."

나는 과일은 그냥 먹는 편이 좋다고 생각했지만 말하지 않았다.

"그 곡, 틀어줄 수 있나요?"

마실 것을 내온 바텐더에게 하라 씨가 물었다. 됩니다, 하고 웃는 얼굴로 대답한 바텐더는 쉰 살가량의 상냥해 보이는 아저씨다. 머리에는 하얀 털모자를 쓰고 있다.

모스크바 뮬은 무척 시원한 맛이 났다. 살짝 단맛이 나면서 톡 쏘는—생강?—게 전체적으로 라임 맛이 났다. 꿀꺽꿀꺽 마실 뻔했지만 신경 써서 조금씩 마신다.

하라 씨는 슈코 씨에게 출장 이야기를 했다. 아무개가 당신에게 안부 전해달라더라, 어디어디에서 먹은 치즈가 맛있더라 등등. 나는 하라 씨가 그저께 보았던 하늘 이야기는 하지 않았으면 좋겠다고 생각했다.

'이곳은 하늘이 별천지야. 바라보고 있으니 어쩐지 미미가 생각났어.'

문자메시지에는 그렇게 적혀 있었다. 나는 방 창문을 열고 비 냄새를 맡았다. 비록 멀리 있지만 적어도 공기는 그곳의 하늘과 이어져 있으려니 생각하면서.

"미미는 홋카이도에 가본 적 있니?"

슈코 씨가 내게 물었다.

"없어요."

"가보고 싶니?"

내가 생각해도 왜 그렇게 대답했는지 모르겠다. 질문이 너무 바보 같았던 탓인지도 모르고, 나를 대화에 끼워주려는 슈코 씨의 배려가 싫어서였는지도 모른다.

"아뇨."

아무튼 나는 그렇게 대답했다.

"그저께, 잠깐이지만 분명히 갔다 온 기분이라서요."

슈코 씨는 궁금하다는 듯 나를 보았다. 아주 살짝 고개를 갸우뚱한 채 다음 말을 기다리는 듯이. 나는 그게 다라는 표시로 양손을 들어 보였다. 한번 뱉어버린 말을 주워 담을 수는 없다.

그때 스테픈울프의 노래가 흘러나왔다.

"자, 이건 미미를 위해 신청했어."

하라 씨 말에 나는 소름이 돋을 정도로 깜짝 놀랐다. 〈BORN TO BE WILD〉다. 이 곡을 엄청 좋아한다는 사실을 나는 어느 누구에게도—하라 씨에게도, 엄마에게도, 심지어 스테픈울프를 알게 해준 와타루에게도—말한 적이 없다.

"어째서요?"

이 상황이 마치 꿈만 같아 물어보았다.

"어째서라니. 딱 맞을 것 같아서지, 와일드한 미미에게."

하라 씨는 그렇게 말하고 술잔을 흔들었다. 얼음이 서로 부딪쳐 소리를 냈다. 우후후, 하고 하라 씨 옆에서 슈코 씨가 웃는다. 수줍음 많은 소녀처럼 사랑스럽게.

가게를 나왔을 때, 시각은 10시 반이었다. 시원한 맛이 나는 술을 한 잔 더 마시고 싶었지만 화내는 엄마 모습이 떠올라 자리에서 일어날 수밖에 없었다.

입심이 하얗다. 이런 시각에도 이 거리는 시끌벅적하다. 사람도 차도 넘쳐난다. 슈코 씨는 아직 바에 있다. 하라 씨의 가방이며 코트와 함께. 때문에 하라 씨가 다시 그곳에 돌아갈 생각이라는 것을 나도 안다. 나를 택시에 태운 후, 운전기사에게 요금을 먼저 건네고, 길을 자세하게 지시하고 나면 바로. 카페, 자동

판매기, 횡단보도.

"앗, 저건 틀림없이 내가 좋아하는 슈코다."

걸으면서 나는 말했다.

"큰일이다. 서둘러 돌아가지 않으면 외간 남자가 부인에게 다가가고 말 거예요."

"호오. 그거 흥미진진한걸. 구경하러 가야겠다."

하라 씨는 그렇게 응수한다.

나는 멈춰 서서 하라 씨의 얼굴을 보았다. 하라 씨는 얼굴에 여유로운 미소를 띠고 있다.

"바보 같은 얼굴."

솔직하게 감상을 말했지만 나는 조금 질투하고 있었던 것 같다. 가게에 있는 내내 하라 씨 오른손은 슈코 씨 무릎에 놓여 있었다. 불쾌한 느낌이 아니라 지극히 자연스럽게.

택시들이 줄지어 서 있었다. 선두에 선 한 대의 문이 열린다. 나는 타고 싶지 않았다. 요금이 미리 건네지고 행선지가 지시된다. 내가 할 수 있는 건 아무것도 없었다.

"잘 먹었습니다. 들어가세요."

그렇게 말하고 택시에 오르자 하라 씨는 한 손을 척 들어 보이고는 문을 닫았다. 차가 움직이기 시작하자 바로 나는 이어폰을 귀에 꽂았다. 하지만 스위치는 켜지 않았다. 휴대전화를 꺼내 무릎에 올려놓았다. 헤어지고 바로—여태 같이 있었으면서—어린아이같이 전화를 걸지도 모른다고 생각했기 때문이다.

하지만 택시가 집에 도착할 때까지 결국 어느 쪽 기계에서도 소리가 나지 않았다.

시험이 모두 끝나고 종업식에 이어 겨울방학이 시작되었다.

12월. 엄마는 일과 데이트로 바쁘고 나는 매일 한가하게 지내고 있다. 어젯밤에는 디브이디를 두 편 보았다. 〈이구아나의 밤〉이라는 오래된 미국 영화와 〈제인의 말로〉라는 조금 더 오래된, 역시 미국 영화다. 두 편 다 꽤 재미있었지만 익살맞은 장면에서 동시에 웃음을 터뜨리거나 무서운 장면에서 함께 숨을 들이켤 상대가 없어서 유감이었다. 혼자서는 자막에 대한 감상을 나눌 수도 없다. 영화를 다 보았을 때에는 새벽 1시가 지나 있었지만 엄마는 그때까지 돌아오지 않았다.

오늘은 오전 근무조여서 아침 7시에 나갔다. '건조기 안의 빨래 개어놓을 것'이라느니 '저녁이 되면 쌀만 씻어둬'라느니 '세탁소 아저씨가 수금하러 올지 모르니까 오전 중에는 나가지 말도록' 등 이것저것 적은 메모를 남겨놓고.

나는 아침 설거지를 하고 시키는 대로 세탁물을 개어놓았다. 밖은 밝고 화창하다. 건축가인 네기시 히데히코가 엄마와 나(와

할아버지, 할머니)를 위해 심혈을 기울여 설계한 이 집은, 아침을 혼자 맞이하기에는 너무 넓고 너무 조용하다.

재혼이나, 앞으로 애인과 어떻게 할 것인지에 대해 엄마는 아무 말도 하지 않는다. 여전히 전화는 매일같이 오고 데이트도 자주 하니 잘되어가고 있다는 것만 알 뿐이다.

하라 씨에게는 그 후로 몇 번인가 전화를 걸었다. 어느 때처럼 바로 연결되지는 않았지만, 하라 씨는 그때마다 성실하게 다시 전화해주었다. 하지만 무척 바쁜 듯하다.

"안 만나요?"

내가 물으면 하라 씨는 어김없이 만나야지, 하고 대답한다. 하지만 구체적인 약속까지는 나아가지 않고 대개 며칠 내로 다시 연락하겠다는 말을 들으며 전화를 끊게 된다. 나를 상대해주지 않는다고 생각하니 화도 나고 조금 쓸쓸하다.

어제 다이칸야마를 걷다가 엄마에게 줄 크리스마스 선물로, 펠트로 된 실내화를 샀다. 속옷이며 잠옷이며, 뭔지 모를 작은 소품 주머니 따위를 팔고 있는 가게에서. 쇼윈도에 토끼 장식물이 몇 가지나 진열되어 있어 거기에 이끌려 들어가보았던 것이다. 토끼는 미국에서는 부활절에 봄을 데리고 오는 동물로 알려져 있다. 부활절이 돌아올 때면 유치원에서도 초등학교에서도 미술 시간에 달걀 껍질에 색을 칠했다. 물방울이나 줄무늬 혹은 추상적인 무늬도 다 괜찮았다. 암묵적으로, 부활절 장식용 달걀은 알록달록하면 알록달록할수록 좋은 거였다.

"선물용으로 포장해주세요."

그런 기억들을 떠올리면서 내가 말하자 젊은 여자 점원은 상당히 오랜 시간을 들여 실내화를 포장했다. 토끼가 있는 안쪽 쇼윈도 너머로 메마른 겨울 거리가 보였다.

오전 10시, 나는 기리코 씨 댁을 방문하기로 마음먹었다. 바로 나가면 오전 중에 도착할 수 있고, 오전 중이라면 슈코 씨도 아직 출근하기 전일 것이다. 슈코 씨와는 왠지 마주치고 싶지 않았다. 수금하러 올지도 모르는 세탁소 아저씨 일은 잊어버린 척하기로 했다. 그 정도는 나중에 엄마가 어떻게든 하면 될 일이다. 날씨도 좋고 누군가의 집을 방문하기에 딱 좋은 날이다. 나가기로 결정하자 갑자기 기운이 났다. 기리코 씨도 무료해하고 있을지 모른다.

요시나 씨가 현관을 열어주었다. 이내 안에서 기리코 씨도 나와 어머, 미미, 하고 당황한 얼굴로 말했다. 들어오렴, 추웠지, 요시다 씨, 홍차 부탁해요, 라는 말에 이어 늘 갑자기 오네, 하고 말했을 때에는 목소리가 거의 웃고 있었다.

햇살, 괘종시계, 부담스럽게 큰 팔걸이의자와 앤티크한 탁자.

어질러진 쿠션, 읽다 만 신문. 기리코 씨 방이다. 나는 재빨리 부엌에서 의자를 가져온다.

"오늘은 춥네. 요즘은 저녁보다도 아침이 추워. 하이쿠俳句, 일본의 단시短詩로, 특정한 달이나 계절의 자연에 대한 인상을 묘사하는 서정시의 계절어로 '초목이 서리를 맞아 시들어가는 시기'인 거지. '서리 내리네 봉긋한 누군가의 무덤'이라고, 마사오카 시키正岡子規, 하이쿠의 혁신을 일으킨 시인이자 국어학 연구가가 말했던가."

기리코 씨는 혼자서 말한다.

"그래도 다행이야. 한동안 네 얼굴을 못 봐서 어떻게 지내나 궁금하던 참이었는데."

나는 장식용 선반 앞에 소형 기름 난로가 나와 있는 것을 알아차렸다. 이 집에서 처음으로 보는 물건이다. 기리코 씨의 겨울채비. 어쩐지 굴에 틀어박혀 있는 새끼 곰이 떠올랐다.

"이거, 갓 나온 거야."

건네받은 것은 화집 비슷한 책이었다. 표지가 잡지처럼 부드럽고, 화집이라고 할 만큼 화려하지는 않다. 뭘까, 미술 참고서?

"전람회 도록이야."

기리코 씨가 말했다.

"거의 다 슈코가 번역했어."

나는 커다란 정방형에 가까운 매끄러운 촉감의 페이지를 넘긴다.

"나야 현대미술은 잘 모르지만, 잘 만들어진 것 같아. 뭐, 도록으로서는 말이지. 화가나 조각가 같은 사람들을 알 수 있어서 재미있어."

관장의 인사말 부분을 조금 읽다 말고 바로 다음 페이지로 넘어갔다. 하지만 나로서는 활자가 무척 작고 문장도 빽빽하게 나열된 도록이라는 것밖에는 알 수 없었다. 슈코 씨의 일······.

요시다 씨가 내온 홍차는 기리코 씨가 타주는 것보다 연했다. 뜨거운 것을 마실 때면 기리코 씨의 입술 위쪽 피부에 주름이 진다. 나도 모르게 그 주름을 뚫어져라 보고 만다.

기리코 씨는 질문하는 것을 좋아한다. 어머니는 잘 계시니, 그런 타이츠는 어디서 사니 등 대답하기 쉬운 질문만 하는 것이 기리코 씨의 좋은 점이다. 예의 바른 사람 같다. 잘 계세요, 라느니, 이세탄에서 사요, 하고 대답하면서 나는 내 마음이 바른 위치에 자리 잡아가는 것을 느낀다. 내가 누구이며, 어떤 인간인지 획 실해지는 느낌.

"이런 재떨이는 어디서 사세요?"

나도 물었다. 크림색 바탕에 핑크색 테두리가 둘러진 작고 귀여운 도기 재떨이다.

"그건 프랑스에서 샀어."

기리코 씨는 대답한다.

"그럼, 그 플로어 램프는요?"

"아, 그건 아주 옛날에 남편이 어딘가 가구점에서 사 왔어."

나무를 조각해 만든 양 모양 장식물이라든지, 유리로 만든 사탕함이라든지, 앤티크 풍 탁자라든지, 이 집엔 그야말로 어디서 파는지 모를 물건들이 넘쳐난다.

"공부는 하고 있니?"

또 다른 질문이다.

"별로요."

나는 솔직하게 대답한다.

"하지만 수업은 되도록 빼먹지 않고, 수업 중에는 정신 차려서 듣고 있어요."

기리코 씨는 고개를 끄덕인다.

"그게 좋은 거지."

내가 생각해도 놀라운 일이지만 아직 엄마에게도 하지 않은 말을 불쑥 꺼냈다.

"고등학교를 졸업하면 미국에 있는 대학에 갈 생각이에요."

학기 말에 나눠준 진로 희망 조사서에도 그렇게 적어 냈다.

"그래."

기리코 씨는 다시 고개를 끄덕인다.

"영어를 공부하고 있으니까, 그게 딱 좋겠네."

대학에서 영어와 영문학을 전공할 생각은 없었지만, 이야기가 복잡해질 것 같아 더 말하지 않았다. 기리코 씨는 싱긋 웃으며 말을 이었다.

"몸조심하고."

마치 내가 내일 당장 미국으로 떠나기라도 하는 듯이.

점심을 같이하면 어떻겠냐는 말에 나는 사양했다.

"슈코도 작업실에 올 때가 다 됐고."

그 말에는 잠깐 갈등했다. 솔직히 마주치고 싶지 않은 기분이었지만, 이대로 돌아가면 마치 피하는 것처럼 보일 테고, 그렇게 보이는 게 싫었기 때문이다. 하지만 나는 결국 일어서기로 했다.

돌아오는 길은 몸이 가볍다. 늘 그렇다. 기리코 씨는 사람을 웃기거나 농담을 하는 것도 아닌데 언제나 무척 재미있다. 나는 마트에 들러 점심으로 먹을 도시락을 사서 집에 가기로 했다.

엄마는 내가 고른 실내화를 마음에 들어 했다. 간만에 신이 나 둘이 3단 케이크를 구워 먹고, 엄마는 남은 절반을 다음 날 애인에게 주었다(그런 눈치다). 매년 그렇지만, 우리는 '손을 나누어' 새해맞이 준비를 했다. 한 달 전부터 조금씩 시작한 대청소를 마치고, 냉장고가 꽉꽉 차게 식료품을 사들이고, 현관에 감귤을 매달아 장식하고, 대문 앞에는 소나무를 장식한다. 끈으로 동여맨 소나무 가지에 금줄 장식까지 달고 나니 추위로 곱은 손이 송진 때문에 끈적끈적해졌다.

  아빠와의 여행이 연기되었기에 설은 엄마와 둘이 보냈다. 초사흗날에는 엄마 애인이 집에 찾아와 샤브샤브를 해 먹었다. 그 사람은 나이는 많아도 대식가다. 하지만 술은 뭐든지 조금만 마신다. 그날은 맥주와 일본주를 마셨다. '조금만'이라는 점이 건강에 관해 철저한 엄마의 마음에 들었는지도 모른다. 말수가 많지 않은 사람이라서 식탁은 조용했다. 그 점이 나로서는 불편했다. 마음을 써서 대화를 이끌어가는 사람도 없고, 손님이 와 있다는 느낌이 없다는 것이.

  샤브샤브를 먹은 다음 날, 엄마와 나는 사야카 씨를 만나러 갔다. 사야카 씨는 와타루의 엄마다. 와타루의 부모님은 우리 엄마 아빠의 결혼 중매인이기도 해서 나도 아주 옛날에는 만난 적이 있는 모양인데, 기억이 나질 않는다. 엄마에게 전해 들은 사야카 씨―귀국 인사차 갔을 때 죽은 남편의 셔츠를 입고 맞아주었다―는 조금 무섭다. 하지만 와타루의 엄마라서 흥미가 솟는다. 그녀가 살고 있는 집이 와타루의 친가이기도 하고.

하늘이 흐리다. 바람이 세고 공기는 피부가 아프도록 차갑다.

"눈이라도 내릴 기세네."

지가사키 역 개찰구를 나와 코트 주머니에 양손을 넣고 엄마는 말했다. 어깨에 맨 핸드백은 거의 등에 둘러져 있다. 목에는 목도리를 맸다.

"역에서 멀어?"

나는 그렇게 묻고 내 목도리에 턱과 입을 묻는다.

"멀어."

우리는 나란히 걷는다. 엄마의 부츠는 또각또각 울리고 내 부츠는 소리를 내지 않는다.

"인사 제대로 하고."

어린아이에게 이르듯이 엄마는 말했다.

사야카 씨 집은 좁은 골목 막다른 곳에 있었다. 집도 문패도 다 나무로 만들어져 있고, 마당에는 징검돌이 놓여 있다. 차고에는 무척 오래돼 보이는 빨간 볼보가 서 있다. 마당 가장자리에 목장갑을 걸쳐놓은 손수레며 가래, 물뿌리개가 놓여 있는 것을 보니 사야카 씨는 아마도 원예를 좋아하는 모양이다.

초인종을 누르고 잠시 기다린다.

문이 열리고, 밖으로 나온 여자는 내가 상상했던 모습과 전혀 달랐다. 반들반들 윤기가 흐르는 짧은 보브 스타일 머리. 머리

밖에 보이지 않았던 이유는 료코 씨, 사야카 씨, 하며 두 사람이 느닷없이 껴안았기 때문이다. 깜짝 놀랐다. 발치에선 작은 강아지가 흥분해 짖으며 폴짝폴짝 뛰어오르질 않나. 엄마 등에 둘러진 사야카 씨 왼손에는 결혼반지가 끼워져 있었다. 그리고 그 왼손 검지와 중지 사이에는 담배가 끼워진 채였다.

"미우미? 어머나, 많이 컸네."

포옹이 끝나자 사야카 씨는 나를 보며 얼굴 가득 미소를 띠었다. 몸집이 큰 여자다. 넉넉한 검정 터틀넥 스웨터에 팔락거리는 빨간 스커트.

"어서 들어와요, 어서. 먼 곳까지 용케 와주셨네. 쉿, 니나, 조용히 해."

갈색 토이 푸들을 안아 올리며 누가 아줌마 아니랄까 봐 묘하게 빠른 말로 떠들어댄다.

"그만해, 니나. 료코 씨랑 미우미잖아. 친구야 친구. 짖지 않아도 돼."

안내를 받아 들어간 곳은 피아노가 있는 거실이었다. 창가에는 무려 나무 벤치가 놓여 있다. 이 집의 가구는 모두 죽은 남편이 손수 만든 거라고 엄마가 내게 귀띔했다.

"벌써 저녁이네, 잘됐다."

사야카 씨는 와인병을 손에 들고 있다.

"네기시 씨랑 참 많이 닮았다."

사야카 씨는 나를 보고 미소 지으며 엄마에게 말했다.

"어느새 이렇게 자라다니. 우리가 나이를 먹긴 먹었나 봐요."

누가 아니래요, 하고 엄마도 맞장구친다. 와타루가 그렇게 멋진 청년이 되어 훌륭하게 일을 해내고 있는 걸 보면 가끔 놀란다니까요, 라느니, 처음 보았을 때는 아직 초등학생에 엄청 얌전한 아이였던 걸로 기억하는데, 라느니.

나는 신기한 기분이 들었다. 초등학생인 와타루라……. 엄마와 사야카 씨는 서로 칭찬하기 시작한다.

"사야카 씨, 참 대단해요. 여자 혼자 몸으로 와타루를 그렇게 잘 키워내다니."

"어머, 료코 씨도 그렇잖아요? 어린아이를 데리고 그 먼 외국에서. 잘해내셨죠."

나는 새삼 방 안을 둘러본다. 와타루가 자란 집으로서.

여기저기 사진이 장식되어 있다. 창가에는 관엽식물을 심은 화분이 세 개 놓여 있다. 남편이 손수 만들었다는 가구는 하나같이 낡고 퇴색되었다. 둥그렇고 큼지막한 털실 뭉치가 들어 있는 바구니, 의자에 앉은 앤티크 인형.

내 시선을 알아차렸는지 사야카 씨가 말했다.

"너무 어질러져 있지? 당최 뭘 버리질 못해서."

미안한 마음이 들고 말았다. 딱히 어질러져 있다는 생각으로 보고 있었던 것은 아니다. 실제로 이 방은 전혀 어질러져 있지 않다. 오히려 깔끔하게 정돈되어 있다.

"추억의 물건들이네요."

엄마가 한마디 거들자 사야카 씨는 손에 든 잔으로 시선을 떨어뜨렸다. 잔을 천천히 흔들어 백포도주를 회전시킨다. 그리고 말했다.

"잡동사니들뿐이에요."

쓸쓸하게 미소 지으며, 하지만 어쩐지 자랑스러운 듯이.

"그보다 료코 씨, 새로운 파트너가 나타났다면서요?"

사야카 씨가 말투를 확 바꾸며 화제를 돌린다.

"어떤 사람이에요?"

그때 나는 왠지 기리코 씨를 떠올렸다. 질문 방법이 비슷해서인지도 모르고, 두 사람 다 남편을 여의고 혼자 살기 때문인지도 모른다. 물론 사야카 씨는 아직 할머니는 아니고 생활상도, 집안 모습도 전혀 다르지만.

엄마는 설명한다. 고토 씨의 직업이며 그를 언제 처음 만났는지, 지금 어떻게 만나고 있는지.

나는 귀를 기울였지만 이미 알고 있는 이야기들뿐이었다. 엄마의 입에서는 재혼의 '재'자도 나오지 않았고 사야카 씨도 그렇게까지 구체적으로는 묻지 않았다. 두 사람 다 와인에는 거의 입을 대지 않았다. 마치 마시기 위해서가 아니라 바라보기 위해, 혹은 가끔 흔들기 위해 잔에 따라놓기라도 한 양.

"나도."

끝으로 엄마는 말했다.

"나도 사야카 씨처럼 한 남자만의 여자로 살 수 있다면 좋으련만."

자조적인 말투였기에 나로서는 그 말이 그냥 하는 소리인지 엄마의 본심인지 알 수 없었다. 사야카 씨는 웃음을 터뜨리고 바보 같은 소리 말아요, 하고 반쯤은 나무라는 투로 말했다.

"네기시 씨는 살아 있으니까 된 거예요. 살아 있는 상대에 대한 감정을 변함없이 보존할 수는 없어요."

사야카 씨는 그 밖에도 뭔가 말을 했다. 엄마는 아직 젊다느니, 아빠도 엄마의 행복을 빌어주고 있을 거라느니, 그 밖에도 뭔가 말했지만 나는 절반밖에 듣지 못했다. 감정을 변함없이 보존한다. 그 말이 걸렸다. 아주 최근, 비슷한 말을 들은 것 같다. 언제였더라. 어디서였더라. 뭔가, 슈코 씨와 하라 씨와 관계된 일이었는데.

"남편을 흠모한 젊은 사람들이 말이죠."

사야카 씨가 이야기한다.

"자주 놀러도 와주고…… 바로 그저께도, 새해 인사를 하러……."

잼이 떠올랐다. 먹어보니 확실히 진하고 달았던 그 잼. 미라벨이라는 과일이라고 슈코 씨가 설명해준, 지금 우리 집 부엌에 놓여 있는 그 잼.

두고두고 간직할 수 있거든.

그 사람 특유의 부드러운 목소리로, 그러나 확신을 가지고 슈코 씨는 말했다. 부부의 단골집이라는 어둑어둑한 바에서, 내버려두면 과일은 상하지만 잼으로 만들면 두고두고 간직할 수 있다고.

그때 일이 떠오르자 어쩐지 무서워진다. 슈코 씨는 냉정하고 온화하며, 아줌마 말투의 사야카 씨와는 하나도 닮지 않았다. 하지만 분명 같은 말을 했다. 두고두고 간직해두는 것. 두 사람에게 그것은 아마도 중요한 일이리라.

발에 차가운 기운이 느껴져 내려다보니 사야카 씨네 강아지였다. 촉촉한 작은 코를 밀어붙인 채, 언제라도 달아날 수 있도록 엉덩이는 들고 머리를 낮춰 냄새를 맡고 있다. 이 강아지는 내가 수상쩍은 것이다.

"됐어, 니나. 이리 오렴."

사야카 씨가 말한다. 이 집에서 나를 수상하게 여기는 건 니

나뿐이다. 그렇게 생각하니 친근감이 솟으면서 갑자기 이 개가 좋아졌다. 그만큼 똑똑한 녀석이기 때문이다. 나는 '사야카 씨 지인의 딸'이라는 자격으로 여기 와 있지만, 그 자격을 걷어내면 니나도 사야카 씨도 나에 대해 아무것도 알지 못한다.

나는 하라 씨가 보고 싶어졌다. 나를 나로서만 봐주고, 알아주고, 이해해준 하라 씨가. 할 수만 있다면 지금 당장 만나고 싶었다. 나이도 한참 위인 데다 자신이 인기 있다고(아마도) 여기며, 예쁜 아내가 있고, 나 같은 건 상대도 해주지 않는, 번번이 전화 연결도 안 되는 남자가.

하지만 그 기회는 좀처럼 찾아오지 않았다. 가끔 문자메시지는 주고받았고, 거기에는 내가 기뻐할 만한 말—미미에게 보여주고 싶다든지, 다음에 같이 가자든지, 미미라면 뭐라고 말할까 생각했다든지—이 잔뜩 적혀 있었지만, 그게 다였다. 나는 절대 '보고 싶다'고 적어 보내지 않았다. 음성으로도 그런 메시지는 남기지 않도록 조심했다. 하고 싶은 말이 아니라 듣고 싶은 말이었기에.

그러는 사이 학교에서 학부모, 교사, 학생 간의 '면담'이라는 것이 시작되었고, 급기야 엄마한테 동거 계획을 고백받는 처지가 되었다.

"왜 말 안 했니?"

엄마는 분개했다. 하늘은 흐렸다. 우리는 학교 근처, 테라스 딸린 카페에 와 있다. 가게가 넓어 실내 테이블도 많이 비어 있었는데 엄마는 굳이 야외석을 선택했다. 코트도 목도리도 벗지 않은 채 등나무 의자를 끌어당겨 앉았다.

"언제 결정했니? 언제부터 생각하고 있었던 거야?"

엄마는 장갑을 벗어 주머니에 밀어 넣는다. 내가 미국에 있는 대학에 가려 한다는 것을 담임에게 듣고 충격을 받은 것이다. 담임은 담임대로 엄마가 모르고 있었다는 사실에 놀랐다.

"왜 말이 없니? 엄마가 묻고 있잖아."

대답하지 않은 것은 엄마의 질문이 질문처럼 들리지 않았기 때문이다. 그저 질책으로만 들렸다.

"언제부터인지 기억 안 나. 그냥 쭉 생각해왔던 일이야."

"그냥?"

엄마는 내 말을 가로막으며 성난 목소리를 냈다.

"그냥 결정할 만한 일은 아니잖아?"

"그냥 결정한 게 아니라, 그냥 생각했다잖아."

"그게 그거지."

대번에 잘라 말하기에 나는 이야기할 마음이 사라졌다. 할머니가 돌아가시고 일본으로 돌아오게 됐을 때 엄마는 이사가 잦은 인생이라서 미안하다고 말했다. 모처럼 여기서 친구도 생기고 브라스밴드—나는 그 클럽에 가입해 있었다—연습도 열심히 하고 있었는데, 라고. 나는 상관없다고 대답했다. 정말 상관없었으니까. 하지만 그때 엄마는 내게 약속했다. 물론 네 인생은 네 것이니까 대학에 들어갈 땐 이쪽으로 다시 올 수도 있고, 일본에서 대학을 마치고 돌아올 수도 있어. 네가 원한다면…….

교실을 나서면서부터 엄마의 미간은 줄곧 험악하게 좁아져 있다. 하얀 피부는 건조해 화장이 잘 먹지 않았다. 주문한 카페오레를 마시자 잔에 립스틱이 묻었다.

"반대하는 게 아니야."

엄마는 잔을 쥔 채 내가 아닌 큰길로 시선을 돌리며 말했다.

"하지만 네가 가고 없다니, 생각도 해보지 않은 일이라서."

큰길에는 사람, 또 사람. 오후 이 시각에는 혼자 걷는 사람이 많다. 배달용 트럭 한 대가 비상등을 켜고 길가에 서 있다. 우리 학교가 있는 거리, 여러 곡절 끝에 내가 다다르고, 엄마가 돌아온 도쿄.

"미우미."

이름을 부르는 소리에 돌아보니 엄마가 진지한 눈빛으로 나를 보고 있었다.

"엄마는 있지, 네가 대학에 입학하면 시험 삼아 고토 씨와 살아볼 생각이야."

깜짝 놀랐다.

"무슨 뜻이야? 우리 집? 우리 집에서 고토 씨랑 산다고?"

내 목소리는 나의 의도를 넘어 분노마저 드러냈다. 말하자면, 엄마에게는 엄마 나름의 계획이 있었다는 거다.

"아빠가 우리를 위해 설계한 그 집에서?"

믿을 수 없었다. 엄마는 아무 말도 하지 않는다. 엄마는 추위에 콧잔등이 빨갛게 된 채 여전히 나를 가만히 보고 있다. 매달리는 듯이.

"그럼 마침 잘된 거잖아."

나는 자리에서 일어났다.

"내가 없어지면 엄마는 그 집에서 누구하고든 살 수 있으니."

잠깐 기다려, 하는 엄마 목소리가 들렸지만 뒤돌아보지 않았다. 걸으면서 주머니에서 이어폰을 꺼내 양쪽 귀에 꽂았다. 테이블 사이를 지나 데스크 앞을 통과해 바깥으로 나왔다. 엄마는 쫓아 나오지 않았다.

상관없어. 걸으면서 나는 생각했다. 엠디플레이어의 볼륨을 높인다. 이 주변은 내 구역이다. 맛있는 케이크 가게도 있고, 도서관도 있다. 걸어서 아빠 사무실까지 갈 수도 있다. 기리코 씨 집에 가도 되고, 슈퍼마켓을 둘러봐도 된다. 부티크며 귀여운 소품 가게도 있다. 하라 씨에게 전화할 수도 있고, 전철을 타고 와타루의 가게로 가서 고기를 얻어먹을 수도 있다.

  하지만 나는 그 어느 것도 하지 않았다. 그저 걸어 다녔다. 공원을, 상점가를, 그리고 그 다음엔 큰길을, 에비스를 경유해 시부야까지 걸었다. 교복을 입은 채 목적지가 있는 사람처럼 빠른 걸음으로. 해는 이미 기울고, 입술이며 귀가 아플 정도로 공기가 차가웠다. 친구와—동료와?—어울려 노는 아이들을 보니 스스로가 바보같이 여겨지고, 또 쓸쓸했다. 나 혼자만 이 거리에 뿌리내리지 못하고 있는 듯한 기분이 들었다. 많은 소리, 많은 빛, 많은 가게, 많은 사람이 있지만 그 무엇도 나를 위한 것은 아니다.

  아빠와 엄마의 이혼이 결정 난 날에도 나는 거리를 걸었다. 하지만 그때는 아만다가 함께했다. 내 손을 끌어주면서 유감이라고 말한 그녀의 얼굴을 기억한다. 정말 딱해 보이는, 어딘가 아파 보이는 얼굴이었다. 항구에 펄럭이던 깃발, 아만다가 쓰고 있던 털모자, 그녀가 사준 달짝지근한 튀김 과자.

  시부야에서 혼잡한 야마노테 선 전철을 탔다. 나는 더 이상 아홉 살은 아니건만 아홉 살 무렵의 그날과 마찬가지로 무력하고, 마찬가지로 방황하고 있다.

  집에 돌아와보니 엄마는 나가고 없었다. 원래 데이트 약속이 있었던 것이다. 간단한 메모가 놓여 있고 저녁도 차려져 있었다. 나는 놀라는 한편 역시나 하고 생각했다. 카페에서 딸과 다투고도, 아니 그런 일이 있었기에 더더욱 엄마는 애인을 만날 필요가 있었던 것이리라.

나는 채소 수프를 데우고 엄마가 만들어놓은 연근 떡을 튀겨 명란젓과 함께 밥을 먹었다. 그리고 나서 목욕을 하고 텔레비전 CS방송에서 방영하는 〈멋진 휴일〉이라는 영화를 보았다. 오래전에 좋아했던 할리우드 흑백영화다.

영화를 다 보았을 즈음에는 마음이 차분해져서 엄마에게 문자메시지를 보냈다.

'잘돼가? 좀 전에 본 영화 속에서 'fresh'란 말에 건방지다는 자막이 떴어. 나로서는 생각해낼 수 없는 일본어지만 딱이었어. 대단하지? 그 영화에 자막 단 사람.'

2월에 들어서자마자 눈이 내렸다. '도쿄에서는 좀처럼 없는 큰 눈'인 모양이다. 보스턴의 대설에 비할 바는 아니지만, 그래도 지난밤부터 내리기 시작하여 아침에 일어나보니 15센티미터나 쌓여 있었다. 그러고도 쉴 새 없이 계속 내리고 있었기에 나는 학교를 쉬었다. 이런 날 학교를 가기엔 아까웠기 때문이다. 하루 종일 창 너머로 밖을 보다가 가끔 문밖에 나가 눈을 만졌다. 손바닥에 얹을 정도의 작은 눈사람도 만들어 조팝나무 아래에 놓아두었다. 눈은 점심나절에 그쳤지만 해가 나오지 않으니 내일까지는 녹지 않을 것이다.

휴대전화가 울렸을 때 나는 발톱에 매니큐어를 바르고 있었다. 시디플레이어로 피비 스노의 곡을 들으며, 에어컨을 최강으로 틀어놓고, 창 너머 마당의 눈을 보면서.

"어이."

하라 씨가 말했다.

"학교에 갔나 싶었는데."

오랜만에 듣는 목소리는 아주 먼 곳에서 들려오는 것 같기도 하고, 아주 가까이에 있는 것 같기도 해서 나는 제대로 대답할 수 없었다.

"이번 주에 시간 좀 낼 수 있을까."

같이 식사하자고 하라 씨는 말했다.

"슈코는 지금 여행 중이라서 나 혼자 나가겠지만, 그래도 상관없다면."

나는 가슴이 설레었다.

"미미?"

"다음 말을 기다리고 있어요. 상관없다면 뭐요?"

전화 너머로 하라 씨가 미소 짓는 게 느껴졌다. 남몰래 고개

숙인 채.

"상관없다면, 널 보고 싶어."

나는 웃음을 터뜨리고 만다. 기쁨에 겨워 심장이 터질 지경이 되어.

"그럼 오늘 봐요."

짧은 침묵이 끼어들었다. 아마도 내 말이 예상 밖이었던 것이리라. 하지만 하라 씨는 동요하지 않고 알았어, 오늘, 하고 대답했다. 조용하지만 유쾌한 목소리로.

거리의 눈은 깨끗이 치워져 있었다. 나뭇가지며 담장 위, 길거리에 주차한 차량 위에는 여전히 하얗게 쌓여 있지만 길가로 치워진 눈은 이미 더러워지고 얼어붙어 있다. 보행에는 아무런 지장이 없었기에, 두툼한 양말과 스노 부츠를 신고 온 나는 아주 조금 실망했다.

그래도 이런 시각에 이런 거리를 하라 씨와 걸을 수 있다는 건 유쾌한 일이다. 따끈한 한국식 찌개를 먹고 나온 후라서 입김이 하얗다.

하라 씨는 만나자마자 내 복장을 칭찬해주었다.

"좋네. 아주 잘 어울려."

슈코 씨한테 받았다고 대답하자 하라 씨는 한순간 놀라더니 새삼 나의 온몸을 바라보았다. 나의 온몸과, 외국 할머니 같아서 귀엽다고 생각하는 코위찬 스웨터를.

그러고 나서 다시 한 번 말했다. 아주 좋아, 라고. 천천히, 확신을 가지고.

슈코 씨는 지금 기리코 씨와 둘이 터키에 갔다고 한다.

한국식 찌개는 빨간 고춧가루 색을 띤 걸쭉한 요리였다. 내장과 채소를 끓여가며 먹는 건데, 너무 매워서 물로 희석한 소주를 곁들여 먹었다.

"눈, 또 오면 좋을 텐데."

먹는 동안 그 소리를 몇 번이나 했는지 모른다. 어릴 때부터 눈 오는 날은 특별했다. 그 특별한 날에 하라 씨를 만났다는 것이 기뻤다. 은빛 세계까지는 아니어도 거리가 평소와 다른 얼굴을 하고 있다. 나는 그야말로 '우걱우걱' 식사를 했다. 하라 씨 얼굴을 보자 갑자기 배가 고파진 것이다. 줄곧 아무것도 먹지 않은 듯한 기분이 들었다. 줄곧, 아마도 이전에 하라 씨와 슈코 씨와 프랑스식 식당에 갔던 날 이후로……

"오늘은 기분이 엄청 좋아 보이네."

그렇게 하라 씨에게 지적받았을 때에는 조금 부끄러웠지만 대답은 자연스레 나왔다.

"보고 싶단 말에 기뻤어요."

어른스러운 분위기가 흐르는 가게였다. 반지하로 된 가게는 작고 조용했다. 하라 씨가 예약한 테이블은 아라비안나이트 풍 커튼으로 칸이 질러져 있었다.

나는 평소보다 말이 빨라졌던 것 같다. 이야기하고 싶은 마음이 너무 강해서 말을 기다릴 수가 없었기 때문이다.

우리는 많은 이야기를 나눴다. 나의 유학 문제며 엄마의 동거 계획(막상 이야기해보니 그것들은 흔한 일처럼 느껴졌다), 하라 씨의 어릴 적 눈에 관한 추억, 눈을 보며 술을 마셨던 이야기, 내가 처음이자 마지막으로 스키를 경험했던 캐나다 스키장 이야기, 엄마가 채소 죽에 설탕을 뿌린 일, 하라 씨가 새해에 어김없이 듣는 슈만의 레코드와 그의 '광기'에 관한 이야기, 그리고 정월의 도쿄는 공기가 맑고 깨끗하다는 것까지.

"놀라워."

하라 씨가 말했다.

"미미한테는 사람을 빠져들게 하는 매력이 있다니까."

그걸로 충분했다. 나는 싱긋 웃었다. 하라 씨가 뭘 말하고 싶은 건지 알 수 있었기에.

"나도 하라 씨에게 빠져들어요. 말이 술술 나와요. 전부 이해해주니까 좀 더 이해받고 싶어져요."

그런 식으로 우리는 식사를 했다. 배도 마음도 가득 채워 밖으로 나왔을 때 팔짱을 끼는 것은 자연스러운 일인 양 느껴졌다. 하라 씨 코트는 매끈매끈하고 차갑다. 뺨을 대자 밤거리 냄새가 났다.

우리는 지난번의 그 바를 향해 눈이 치워진 길을 걸었다. 하지만 나는 바가 아니라 다른 곳으로 가고 싶었다. 호텔이나 자가용 안 같은 장소. 알몸이 될 수 있는 장소로 가서 섹스를 해보고 싶었다. 어떻게든 이 남자와 그것을 하고 싶다는 생각이 들었다.

희한하게도 여러 사람의 얼굴이 떠올랐다. 엄마와 아빠, 와타루, 보스턴에서 옆집에 살았던 노부부, 게다가 아만다의 얼굴까지. 그 사람들은 알고 있고, 나는 아직 알지 못하는 것······.

"안녕하세요."

문을 열자 카운터 너머에서 주인이 상냥하게 말했다.

"추우시죠?"

춥네요, 하고 답한 뒤 하라 씨는 코트를 벗고 스툴에 앉았다.

"얼음 띄운 버번이랑."

하라 씨는 그렇게 말하며 나를 보았지만, 나는 아무 대답 없이 그냥 서 있었다.

"왜?"

음악, 양초의 붉은 빛, 반들반들한 카운터. 마음을 굳히고 하라 씨에게 다가가자 하라 씨는 아이를 지탱하는 아버지처럼 내 등에 팔을 둘렀다.

"소홀히 대해줬으면 좋겠어요."

하라 씨의 귓가에 속삭이자 순간 내 등에 둘러진 팔이 치워졌다. 우리는 마주 보는 모양이 되었지만 나는 긴장한 나머지 웃을 수도 울 수도 없었다.

하라 씨는 주머니에서 돈을 꺼내 카운터에 놓았다.

"미안합니다. 버번은 됐어요. 토다가 오면 내가 돌아갔다고 전해줘요. 그리고 이 돈으로 원하는 걸 마시게 해줘요."

토다란 사람과 약속이 있었던 모양이었지만 내가 알 바 아니었다. 훌쩍 코트를 걸치고 문을 열어준 하라 씨를 잠자코 따라가기에 급급했다.

두 시간 후, 나는 호텔 침대 위에 있다. 네온사인이 깜빡이고 입구 부근에 주차장이 있는, 러브호텔이라 불리는 곳에 가는 건 가 싶었는데 아니었다. 이곳은 평범한, 그리고 어엿한 호텔이다. 나는 무료해져 머리맡의 라디오를 만지작거리고 있다. 음악에 맞춰 하라 씨가 허밍을 한다.

"누구 노래예요?"

"요즘 잘나가는 자리타레ジャリ・タレ, 어린 스타를 뜻하는 신조어 노래야."

자리타레. 처음 듣는 명사였지만 되묻지 않았다. 일본인으로 구성된 랩 그룹. 우리는 둘 다 알몸이다. 하지만 우습게도 부끄럽지가 않다. 모포 아래 반듯이 누워 눈을 감아본다. 방금 우리가 한 짓이 영화처럼 되살아나기 시작한다. 하라 씨의 가슴, 배, 남자 냄새, 피부의 열기, 무거워서 움직일 수 없었던 것, 눈이 마주쳤을 때 하라 씨 얼굴이 검붉게 보였던 것. 이게 그건가. 그런 생각이 들자 나는 어쩐지 차분해졌다. 내 몸이 두 시간 전까지와는 다른 몸이 된 듯한 기분이 들면서 첫 경험을 하라 씨와 나누게 되어 다행이라고 생각했다.

"슈코 씨와 기리코 씨, 지금쯤 뭘 하고 있을까."

떠오른 생각을 그대로 말했다.

"글쎄. 대낮이니까 민트차라도 마시고 있거나, 시장이라도 어정거리고 있지 않을까."

섹스는 내가 상상했던 것과는 달랐다. 뭐라고 말하면 좋을까. 흠칫 놀랄 정도로 독창적인 일이었다. 비좁은 장소에 팔다리가 여덟 개씩이나 있어서 섬뜩했고, 그를 받아들이기에 급급한 나를 보며 하라 씨가 웃었을 때는 화가 났다.

"기대되네요."

내가 말했다. 눈을 감고 있어도, 하라 씨가 옆에서 담배를 입에 무는 것을 알 수 있었다.

"뭐가?"

입술을 다문 채 내는 목소리. 아마도 담배가 오르락내리락해서일 것이다.

"다음번에 슈코 씨랑 만나는 게."

나는 그렇게 대답하고 일어났다. 그러고는, 아무 대답도 못하는 하라 씨에게 싱긋 웃어 보였다.

밖으로 나와보니 밤공기는 한없이 맑았다. 눈은 대기의 차가움 속에서만 그 흔적을 남기고 있다.

"봄방학 때 아빠랑 또 푸껫에 가요."

택시에 올라 나는 그렇게 말했다. 밤이 늦었는데도 졸리지 않았고, 오히려 온몸이 따뜻하고 유쾌했다.

"작년에 거기서 처음 슈코 씨와 기리코 씨를 만났잖아요. 따분한 여행이었지만 그 부분은 재미있었어요."

나는 바다와 수영장, 레스토랑에서 만난 두 사람을 떠올리며 말했다.

"올해는 두 사람이 없어서 재미없겠다."

아빠는 보나마나 또 다른 여자를 찾아낼 것이다. 눈요기를 위한, 혹은 잠깐 꼬이기 위한.

"따분하면 나한테 전화하면 되지."

하라 씨는 내가 기대한 말을 해준다. 여유만만하게.

"그 빌라에 대해선 슈코한테 들어서 좀 알아. 무선전화기가 있어서 테라스에서도 걸 수 있다지."

"내가 하라 씨에게 걸 것 같아요?"

그렇게 묻자 하라 씨는 말없이 고개를 움츠려 보였다. 내 자유에 맡기겠다는 느낌으로.

"절대 안 걸 거야."

내 질문에 스스로 대답한다.

"슈코 씨하곤 다르니까."

나와 하라 씨를 태운 택시는 밤중의 고속도로─이미 눈에 익은─를 그저 달리고 있다. 불같이 화가 난 엄마가 기다리는 우리 집을 향해.